GERMINAL

ŒUVRES COMPLÈTES ILLUSTRÉES DE ÉMILE ZOLA

— ÉDITION NE VARIETUR —

LES ROUGON-MACQUART

HISTOIRE NATURELLE ET SOCIALE D'UNE FAMILLE SOUS LE SECOND EMPIRE

GERMINAL

TOME PREMIER

PARIS

BIBLIOTHÈQUE-CHARPENTIER

EUGÈNE FASQUELLE, ÉDITEUR

11, RUE DE GRENELLE, 11

1906

GERMINAL

PREMIÈRE PARTIE

I

Dans la plaine rase, sous la nuit sans étoiles, d'une obscurité et d'une épaisseur d'encre, un homme suivait seul la grand'route de Marchiennes à Montsou, dix kilomètres de pavé, coupant tout droit, à travers les champs de betteraves. Devant lui, il ne voyait même pas le sol noir, et il n'avait la sensation de l'immense horizon plat que par les souffles du vent de mars, des rafales larges comme sur une mer, glacées d'avoir balayé des lieues de marais et de terres nues. Aucune ombre d'arbre ne tachait le ciel, le pavé se déroulait avec la rectitude d'une jetée. au milieu de l'embrun aveuglant des ténèbres.

L'homme était parti de Marchiennes vers deux heures. Il marchait d'un pas allongé, grelottant sous le coton aminci de sa veste et de son pantalon de velours. Un petit paquet, noué dans un mouchoir à carreaux, le gênait beaucoup : et il le serrait contre ses flancs, tantôt d'un coude, tantôt de l'autre, pour glisser au fond de ses poches les deux mains à la fois, des mains gourdes que les lanières du vent d'est faisaient saigner. Une seule idée occupait sa tête vide d'ouvrier sans travail et sans gîte, l'espoir que le froid serait moins vif après le lever du jour. Depuis une heure, il avançait ainsi, lorsque sur la gauche, à deux kilomètres de Montsou, il aperçut des feux rouges, trois brasiers brûlant au plein air, et comme suspendus. D'abord, il hésita, pris de crainte ; puis, il ne put résister au besoin douloureux de se chauffer un instant les mains.

Un chemin creux s'enfonçait. Tout disparut. L'homme avait à droite une palissade, quelque mur de grosses planches fermant une voie ferrée ; tandis qu'un talus d'herbe s'élevait à gauche, surmonté de pignons confus, d'une vision de village aux toitures basses et uniformes. Il fit environ deux cents pas. Brusquement, à un coude du chemin, les feux reparurent près de lui, sans qu'il comprît davantage comment ils brûlaient si haut dans le ciel mort, pareils à des lunes fumeuses. Mais, au ras du sol, un autre spectacle venait de l'arrêter. C'était une masse lourde, un tas écrasé de constructions, d'où se dressait la silhouette d'une cheminée d'usine ; de rares lueurs sortaient des fenêtres encrassées, cinq ou six lanternes tristes étaient pendues dehors, à des charpentes dont les bois noircis alignaient vaguement des profils de tréteaux gigantesques ; et, de cette apparition fantastique, noyée de nuit et de fumée, une seule voix montait, la respiration grosse et longue d'un échappement de vapeur, qu'on ne voyait point.

Alors, l'homme reconnut une fosse. Il fut repris de honte : à quoi bon ? il n'y aurait pas de travail. Au lieu de se diriger vers les bâtiments, il se risqua enfin à gravir le terri, sur lequel brûlaient les trois feux de houille, dans des corbeilles de fonte, pour éclairer et réchauffer la besogne. Les ouvriers de la coupe à terre avaient dû travailler tard, on sortait encore les déblais inutiles. Maintenant, il entendait les moulineurs pousser les trains sur les tréteaux, il distinguait des ombres vivantes culbutant les berlines, près de chaque feu.

— Bonjour, dit-il en s'approchant d'une des corbeilles.

Tournant le dos au brasier, le charretier était debout, un vieillard vêtu d'un tricot de laine violette, coiffé d'une casquette en poil de lapin ; pendant que son cheval, un gros cheval jaune, attendait, dans une immobilité de pierre, qu'on eût vidé les six berlines montées par lui. Le manœuvre employé au culbuteur, un gaillard roux et efflanqué, ne se pressait guère, pesait sur le levier d'une main endormie. Et, là-haut, le vent redoublait, une bise glaciale, dont les grandes haleines régulières passaient comme des coups de faux.

— Bonjour, répondit le vieux.

Un silence se fit. L'homme, qui se sentait regardé d'un œil méfiant, dit son nom tout de suite.

— Je me nomme Étienne Lantier, je suis machineur... Il n'y a pas de travail ici?

Les flammes l'éclairaient, il devait avoir vingt et un ans, très brun, joli homme, l'air fort malgré ses membres menus.

Rassuré, le charretier hochait la tête.

— Du travail pour un machineur, non, non... Il s'en est encore présenté deux hier. Il n'y a rien.

Une rafale leur coupa la parole. Puis, Étienne demanda, en montrant le tas sombre des constructions, au pied du terri :

— C'est une fosse, n'est-ce pas?

Le vieux, cette fois, ne put répondre. Un violent accès de toux l'étranglait. Enfin, il cracha, et son crachat, sur le sol empourpré, laissa une tache noire.

— Oui, une fosse, le Voreux... Tenez ! le coron est tout près.

A son tour, de son bras tendu, il désignait dans la nuit le village dont le jeune homme avait deviné les toitures. Mais les six berlines étaient vides, il les suivit sans un claquement de fouet, les jambes raidies par des rhumatismes; tandis que le gros cheval jaune repartait tout seul, tirait pesamment entre les rails, sous une nouvelle bourrasque, qui lui hérissait le poil.

Le Voreux, à présent, sortait du rêve. Étienne, qui s'oubliait devant le brasier à chauffer ses pauvres mains saignantes, regardait, retrouvait chaque partie de la fosse, le hangar goudronné du criblage, le beffroi du puits, la vaste chambre de la machine d'extraction, la tourelle carrée de la pompe d'épuisement. Cette fosse, tassée au fond d'un creux, avec ses constructions trapues de briques, dressant sa cheminée comme une corne menaçante, lui semblait avoir un air mauvais de bête goulue, accroupie là pour manger le monde. Tout en l'examinant, il songeait à lui, à son existence de vagabond, depuis huit jours qu'il cherchait une place; il se revoyait dans son atelier du chemin de fer, giflant son chef, chassé de Lille, chassé de partout; le samedi, il était arrivé à Marchiennes, où l'on disait qu'il y avait du travail, aux Forges; et rien, ni aux Forges, ni chez Sonneville, il avait dû passer le dimanche caché sous les bois d'un chantier de charronnage, dont le surveillant venait de l'expulser, à deux heures de la nuit. Rien, plus un sou, pas même une croûte : qu'allait-il faire ainsi par les chemins, sans but, ne sachant seulement où s'abriter contre la bise? Oui, c'était bien une fosse, les rares lanternes éclairaient le carreau, une porte brusquement ouverte lui avait permis d'entrevoir les foyers des générateurs, dans une clarté vive. Il s'expliquait jusqu'à l'échappement de la pompe, cette respiration grosse et longue, soufflant sans relâche, qui était comme l'haleine engorgée du monstre.

Le manœuvre du culbuteur, gonflant le dos, n'avait pas même levé les yeux

sur Étienne, et celui-ci allait ramasser son petit paquet tombé à terre, lorsqu'un
accès de toux annonça le retour du charretier. Lentement, on le vit sortir de
l'ombre, suivi du cheval jaune, qui montait six nouvelles berlines pleines.

— Il y a des fabriques à Montsou? demanda le jeune homme.

Le vieux cracha noir, puis répondit dans le vent :

— Oh! ce ne sont pas les fabriques qui manquent. Fallait voir ça, il y a trois
ou quatre ans! Tout ronflait, on ne pouvait trouver des hommes, jamais on n'avait
tant gagné... Et voilà qu'on se remet à se serrer le ventre. Une vraie pitié dans
le pays, on renvoie le monde, les ateliers ferment les uns après les autres... Ce
n'est peut-être pas la faute de l'empereur; mais pourquoi va-t-il se battre
en Amérique? Sans compter que les bêtes meurent du choléra, comme les gens.

Alors, en courtes phrases, l'haleine coupée, tous deux continuèrent à se
plaindre. Étienne racontait ses courses inutiles depuis une semaine : il fallait
donc crever de faim? bientôt les routes seraient pleines de mendiants. Oui, disait
le vieillard, ça finirait par mal tourner, car il n'était pas Dieu permis de jeter
tant de chrétiens à la rue.

— On n'a pas de la viande tous les jours

— Encore si l'on avait du pain!

— C'est vrai, si l'on avait du pain seulement!

Leurs voix se perdaient, des bourrasques emportaient les mots dans un
hurlement mélancolique.

— Tenez! reprit très haut le charretier en se tournant vers le midi,
Montsou est là...

Et, de sa main tendue de nouveau, il désigna dans les ténèbres des points
invisibles, à mesure qu'il les nommait. Là-bas, à Montsou, la sucrerie Fauvelle
marchait encore, mais la sucrerie Hoton venait de réduire son personnel; il n'y
avait guère que la minoterie Dutilleul et la corderie Bleuze pour les câbles de
mine, qui tinssent le coup. Puis, d'un geste large, il indiqua, au nord, toute
une moitié de l'horizon : les ateliers de construction Sonneville n'avaient pas
reçu les deux tiers de leurs commandes habituelles; sur les trois hauts fourneaux
des Forges de Marchiennes, deux seulement étaient allumés ; enfin, à la verrerie
Gagebois, une grève menaçait, car on parlait d'une réduction de salaire.

— Je sais, je sais, répétait le jeune homme à chaque indication. J'en
viens.

— Nous autres, ça va jusqu'à présent, ajouta le charretier. Les fosses ont
pourtant diminué leur extraction Et regardez, en face, à la Victoire, il n'y a
aussi que deux batteries de fours à coke qui flambent.

Il cracha, il repartit derrière son cheval somnolent, après l'avoir attelé
aux berlines vides.

Maintenant, Étienne dominait le pays entier. Les ténèbres demeuraient
profondes, mais la main du vieillard les avait comme emplies de grandes

— C'EST UNE FOSSE N'EST-CE PAS? (Page 3.)

misères, que le jeune homme, inconsciemment, sentait à cette heure autour de lui, partout, dans l'étendue sans bornes. N'était-ce pas un cri de famine que roulait le vent de mars, au travers de cette campagne nue? Les rafales s'étaient enragées, elles semblaient apporter la mort du travail, une disette qui tuerait beaucoup d'hommes. Et, les yeux errants, il s'efforçait de percer les ombres, tourmenté du désir et de la peur de voir. Tout s'anéantissait au fond de l'inconnu des nuits obscures, il n'apercevait, très loin, que les hauts fourneaux et les fours à coke. Ceux-ci, des batteries de cent cheminées, plantées obliquement, alignaient des rampes de flammes rouges ; tandis que les deux tours, plus à gauche, brûlaient toutes bleues en plein ciel, comme des torches géantes. C'était d'une tristesse d'incendie, il n'y avait d'autres levers d'astres à l'horizon menaçant, que ces feux nocturnes des pays de la houille et du fer.

— Vous êtes peut-être de la Belgique? reprit derrière Étienne le charretier, qui était revenu.

Cette fois, il n'amenait que trois berlines. On pouvait toujours culbuter celles-là : un accident arrivé à la cage d'extraction, un écrou cassé, allait arrêter le travail pendant un grand quart d'heure. En bas du terri, un silence s'était fait, les moulineurs n'ébranlaient plus les tréteaux d'un roulement prolongé. On entendait seulement sortir de la fosse le bruit lointain d'un marteau, tapant sur de la tôle.

— Non, je suis du Midi, répondit le jeune homme.

Le manœuvre, après avoir vidé les berlines, s'était assis à terre, heureux de l'accident ; et il gardait sa sauvagerie muette, il avait simplement levé de gros yeux éteints sur le charretier, comme gêné par tant de paroles. Ce dernier, en effet, n'en disait pas si long d'habitude. Il fallait que le visage de l'inconnu lui convînt et qu'il fût pris d'une de ces démangeaisons de confidences, qui font parfois causer les vieilles gens tout seuls, à haute voix.

— Moi, dit-il, je suis de Montsou, je m'appelle Bonnemort.

— C'est un surnom? demanda Étienne étonné.

Le vieux eut un ricanement d'aise, et montrant le Voreux :

— Oui, oui... On m'a retiré trois fois de là dedans en morceaux, une fois avec tout le poil roussi, une autre avec de la terre jusque dans le gésier, la troisième avec le ventre gonflé d'eau comme une grenouille... Alors, quand ils ont vu que je ne voulais pas crever, ils m'ont appelé Bonnemort, pour rire.

Sa gaieté redoubla, un grincement de poulie mal graissée, qui finit par dégénérer en un accès terrible de toux. La corbeille de feu, maintenant, éclairait en plein sa grosse tête, aux cheveux blancs et rares, à la face plate, d'une pâleur livide, maculée de taches bleuâtres. Il était petit, le cou énorme, les mollets et les talons en dehors, avec de longs bras dont les mains carrées tombaient à ses genoux. Du reste, comme son cheval qui demeurait immobile sur les pieds, sans paraître souffrir du vent, il semblait en pierre, il n'avait l'air de se donter ni du froid ni des bourrasques sifflant à ses oreilles. Quand il eut toussé, la gorge arrachée par un raclement profond, il cracha au pied de la corbeille, et la terre noircit.

Étienne le regardait, regardait le sol qu'il tachait de la sorte.

— Il y a longtemps, reprit-il, que vous travaillez à la mine?

Bonnemort ouvrit tout grands les deux bras.

— Longtemps, ah! oui!... Je n'avais pas huit ans, lorsque je suis descendu, tenez! juste dans le Voreux, et j'en ai cinquante-huit, à cette heure. Calculez un peu... J'ai tout fait là dedans, galibot d'abord, puis herscheur, quand j'ai eu la force de rouler, puis haveur pendant dix-huit ans. Ensuite, à cause de mes sacrées jambes, ils m'ont mis de la coupe à terre, remblayeur, raccommodeur, jusqu'au moment où il leur a fallu me sortir du fond, parce que le médecin disait que j'allais y rester. Alors, il y a cinq années de cela, ils m'ont fait charretier... Hein? c'est joli, cinquante ans de mine, dont quarante-cinq au fond!

Tandis qu'il parlait, des morceaux de houille enflammés, qui, par moments, tombaient de la corbeille, allumaient sa face blême d'un reflet sanglant.

— Ils me disent de me reposer, continua-t-il. Moi, je ne veux pas, ils me croient trop bête!... J'irai bien deux années, jusqu'à ma soixantaine, pour avoir la pension de cent quatre-vingts francs. Si je leur souhaitais le bonsoir aujourd'hui, ils m'accorderaient tout de suite celle de cent-cinquante. Ils sont malins, les bougres!... D'ailleurs, je suis solide, à part les jambes. C'est, voyez-vous, l'eau qui m'est entrée sous la peau, à force d'être arrosé dans les tailles. Il y a des jours où je ne peux pas remuer une patte sans crier.

Une crise de toux l'interrompit encore.

— Et ça vous fait tousser aussi? dit Étienne.

Mais il répondit non de la tête, violemment. Puis, quand il put parler:

— Non, non, je me suis enrhumé, l'autre mois. Jamais je ne toussais, à présent je ne peux plus me débarrasser... Et le drôle, c'est que je crache, c'est que je crache...

Un raclement monta de sa gorge, il cracha noir.

— Est-ce que c'est du sang? demanda Étienne, osant enfin le questionner.

Lentement, Bonnemort s'essuyait la bouche d'un revers de main.

— C'est du charbon... J'en ai dans la carcasse de quoi me chauffer jusqu'à la fin de mes jours. Et voilà cinq ans que je ne remets pas les pieds au fond. J'avais ça en magasin, paraît-il, sans même m'en douter. Bah! ça conserve!

Il y eut un silence, le marteau lointain battait à coups réguliers dans la fosse, le vent passait avec sa plainte, comme un cri de faim et de lassitude venu des profondeurs de la nuit. Devant les flammes qui s'effaraient, le vieux continuait plus bas, remâchant des souvenirs. Ah! bien sûr, ce n'était pas d'hier que lui et les siens tapaient à la veine! La famille travaillait pour la

TOUS LES SABOTS ÉTAIENT RANGÉS SOUS LE BUFFET. (Page 16.)

E. ZOLA. — GERMINAL. — 2.

Compagnie des mines de Montsou, depuis la création ; et cela datait de loin, il y avait déjà cent six ans. Son aïeul, Guillaume Maheu, un gamin de quinze ans alors, avait trouvé le charbon gras à Réquillart, la première fosse de la Compagnie, une vieille fosse aujourd'hui abandonnée, là-bas, près de la sucrerie l'auvelle. Tout le pays le savait, à preuve que la veine découverte s'appelait la veine Guillaume, du prénom de son grand-père. Il ne l'avait pas connu, un gros à ce qu'on racontait, très fort, mort de vieillesse à soixante ans. Puis, son père, Nicolas Maheu dit le Rouge, âgé de quarante ans à peine, était resté dans le Voreux, que l'on fonçait en ce temps-là : un éboulement, un aplatissement complet, le sang bu et les os avalés par les roches. Deux de ses oncles et ses trois frères, plus tard, y avaient aussi laissé leur peau. Lui, Vincent Maheu, qui en était sorti à peu près entier, les jambes mal d'aplomb seulement, passait pour un malin. Quoi faire, d'ailleurs ? Il fallait travailler. On faisait ça de père en fils, comme on aurait fait autre chose. Son fils, Toussaint Maheu, y crevait maintenant, et ses petits-fils, et tout son monde, qui logeait en face, dans le coron. Cent six ans d'abatage, les mioches après les vieux, pour le même patron : hein ? beaucoup de bourgeois n'auraient pas su dire si bien leur histoire !

— Encore, lorsqu'on mange ! murmura de nouveau Étienne.

— C'est ce que je dis, tant qu'on a du pain à manger, on peut vivre.

Bonnemort se tut, les yeux tournés vers le coron, où des lueurs s'allumaient une à une. Quatre heures sonnaient au clocher de Montsou, le froid devenait plus vif.

— Et elle est riche, votre Compagnie ? reprit Étienne.

Le vieux haussa les épaules, puis les laissa retomber, comme accablé sous un écroulement d'écus.

— Ah ! oui, ah ! oui... Pas aussi riche peut-être que sa voisine, la Compagnie d'Anzin. Mais des millions et des millions tout de même. On ne compte plus... Dix-neuf fosses, dont treize pour l'exploitation, le Voreux, la Victoire, Crèvecœur, Mirou, Saint-Thomas, Madeleine, Feutry-Cantel, d'autres encore, et six pour l'épuisement ou l'aérage, comme Réquillart... Dix mille ouvriers, des concessions qui s'étendent sur soixante-sept communes, une extraction de cinq mille tonnes par jour, un chemin de fer reliant toutes les fosses, et des ateliers, et des fabriques !... Ah ! oui, ah ! oui, il y en a, de l'argent !

Un roulement de berlines, sur les tréteaux, fit dresser les oreilles du gros cheval jaune. En bas, la cage devait être réparée, les moulineurs avaient repris leur besogne. Pendant qu'il attelait sa bête, pour redescendre, le charretier ajouta doucement, en s'adressant à elle :

— Faut pas t'habituer à bavarder, fichu paresseux !... Si M. Hennebeau savait à quoi tu perds le temps !

Étienne, songeur, regardait la nuit. Il demanda :

— Alors, c'est à M. Hennebeau, la mine ?

— Non, expliqua le vieux, M. Hennebeau n'est que le directeur général. Il est payé comme nous.

D'un geste, le jeune homme montra l'immensité des ténèbres.

— A qui est-ce donc, tout ça ?

Mais Bonnemort resta un instant suffoqué par une nouvelle crise, d'une telle violence, qu'il ne pouvait reprendre haleine. Enfin, quand il eut craché et essuyé l'écume noire de ses lèvres, il dit, dans le vent qui redoublait :

— Hein ? à qui tout ça ?... On n'en sait rien. A des gens.

Et, de la main, il désignait dans l'ombre un point vague, un lieu ignoré et reculé, peuplé de ces gens, pour qui les Maheu tapaient à la veine depuis plus d'un siècle. Sa voix avait pris une sorte de peur religieuse, c'était comme s'il eût parlé d'un tabernacle inaccessible, où se cachait le dieu repu et accroupi, auquel ils donnaient tous leur chair, et qu'ils n'avaient jamais vu.

— Au moins si l'on mangeait du pain à sa suffisance ! répéta pour la troisième fois Étienne, sans transition apparente.

— Dame, oui ! si l'on mangeait toujours du pain, ce serait trop beau !

Le cheval était parti, le charretier disparut à son tour, d'un pas traînard d'invalide. Près du culbuteur, le manœuvre n'avait point bougé, ramassé en boule, enfonçant le menton entre ses genoux, fixant sur le vide ses gros yeux éteints.

Quand il eut repris son paquet, Étienne ne s'éloigna pas encore. Il sentait les rafales lui glacer le dos, pendant que sa poitrine brûlait, devant le grand feu. Peut-être, tout de même, ferait-il bien de s'adresser à la fosse : le vieux pouvait ne pas savoir ; puis, il se résignait, il accepterait n'importe quelle besogne. Où aller et que devenir, à travers ce pays affamé par le chômage ? laisser derrière un mur sa carcasse de chien perdu ? Cependant, une hésitation le troublait, une peur du Voreux, au milieu de cette plaine rase, noyée sous une nuit si épaisse. A chaque bourrasque, le vent paraissait grandir, comme s'il eût soufflé d'un horizon sans cesse élargi. Aucune aube ne blanchissait dans le ciel mort, les hauts fourneaux seuls flambaient, ainsi que les fours à coke, ensanglantant les ténèbres, sans en éclairer l'inconnu. Et le Voreux, au fond de son trou, avec son tassement de bête méchante, s'écrasait davantage, respirait d'une haleine plus ····sse et plus longue, l'air gêné par sa digestion pénible de chair humaine.

II

Au milieu des champs de blé et de betteraves, le coron des Deux-Cent-Quarante dormait sous la nuit noire. On distinguait vaguement les quatre immenses corps de petites maisons adossées, des corps de caserne ou d'hôpital, géométriques, parallèles, que séparaient les trois larges avenues, divisées en jardins égaux. Et, sur le plateau désert, on entendait la seule plainte des rafales, dans les treillages arrachés des clôtures.

Chez les Maheu, au numéro 16 du deuxième corps, rien ne bougeait. Des ténèbres épaisses noyaient l'unique chambre du premier étage, comme écrasant de leur poids le sommeil des êtres que l'on sentait là, en tas, la bouche ouverte, assommés de fatigue. Malgré le froid vif du dehors, l'air alourdi avait une chaleur vivante, cet étouffement chaud des chambrées les mieux tenues, qui sentent le bétail humain.

Quatre heures sonnèrent au coucou de la salle du rez-de-chaussée, rien encore ne remua, des haleines grêles sifflaient, accompagnées de deux ronflements sonores. Et, brusquement, ce fut Catherine qui se leva. Dans sa fatigue, elle avait, par habitude, compté les quatre coups du timbre, à travers le plancher, sans trouver la force de s'éveiller complètement. Puis, les jambes jetées hors des couvertures, elle tâtonna, frotta enfin une allumette et alluma la chandelle. Mais elle restait assise, la tête si pesante, qu'elle se renversait entre les deux épaules, cédant au besoin invincible de retomber sur le traversin.

Maintenant, la chandelle éclairait la chambre, carrée, à deux fenêtres, que trois lits emplissaient. Il y avait une armoire, une table, deux chaises de vieux noyer, dont le ton fumeux tachait durement les murs, peints en jaune clair. Et rien autre, des hardes pendues à des clous, une cruche posée sur le carreau, près d'une terrine rouge servant de cuvette. Dans le lit de gauche, Zacharie, l'aîné, un garçon de vingt et un ans, était couché avec son frère Jeanlin, qui achevait sa onzième année ; dans celui de droite, deux mioches, Lénore et Henri, la première de six ans, le second de quatre, dormaient aux bras l'un de l'autre ; tandis que Catherine partageait le troisième lit avec sa sœur Alzire, si chétive pour ses neuf ans, qu'elle ne l'aurait même pas sentie près d'elle, sans la bosse de la petite infirme qui lui enfonçait les côtes. La porte vitrée était ouverte, on apercevait le couloir du palier, l'espèce de boyau où le père et la mère occupaient un quatrième lit, contre lequel ils avaient dû installer le berceau de la dernière venue, Estelle, âgée de trois mois à peine.

Cependant, Catherine fit un effort désespéré. Elle s'étirait, elle crispait ses deux mains dans ses cheveux roux, qui lui embroussaillaient le front et la nuque. Fluette pour ses quinze ans, elle ne montrait de ses membres, hors du fourreau étroit de sa chemise, que des pieds bleuis, comme tatoués de charbon, et des bras délicats, dont la blancheur de lait tranchait sur le teint blême du visage, déjà gâté par les continuels lavages au savon noir. Un dernier bâillement ouvrit sa bouche un peu grande, aux dents superbes dans la pâleur chlorotique des gencives ; pendant que ses yeux gris pleuraient de sommeil combattu, avec une expression douloureuse et brisée, qui semblait enfler de fatigue sa nudité entière.

Mais un grognement arriva du palier, la voix de Maheu bégayait, empâtée :

— Sacré nom ! il est l'heure... C'est toi qui allumes, Catherine ?

— Oui, père... Ça vient de sonner, en bas.

— Dépêche-toi donc, fainéante ! Si tu avais moins dansé hier dimanche, tu nous aurais réveillés plus tôt... En voilà une vie de paresse !

Et il continua de gronder, mais le sommeil le reprit à son tour, ses reproches s'embarrassèrent, s'éteignirent dans un nouveau ronflement.

La jeune fille, en chemise, pieds nus sur le carreau, allait et venait par la chambre. Comme elle passait devant le lit d'Henri et de Lénore, elle rejeta sur eux la couverture, qui avait glissé ; et ils ne s'éveillaient pas, anéantis dans le gros sommeil de l'enfance. Alzire, les yeux ouverts, s'était retournée pour prendre la place chaude de sa grande sœur, sans prononcer un mot.

— Dis donc, Zacharie ! et toi, Jeanlin, dis donc ! répétait Catherine, debout devant les deux frères, qui restaient vautrés, le nez dans le traversin.

Elle dut saisir le grand par l'épaule et le secouer ; puis, tandis qu'il mâchait des injures, elle prit le parti de les découvrir, en arrachant le drap. Cela lui parut drôle, elle se mit à rire, lorsqu'elle vit les deux garçons se débattre, les jambes nues.

— C'est bête, lâche-moi ! grogna Zacharie de méchante humeur, quand il se fut assis. Je n'aime pas les farces... Dire, nom de Dieu ! qu'il faut se lever !

Il était maigre, dégingandé, la figure longue, salie de quelques rares poils de barbe, avec les cheveux jaunes et la pâleur anémique de toute la famille. Sa chemise lui remontait au ventre, et il la baissa, non par pudeur, mais parce qu'il n'avait pas chaud.

— C'est sonné en bas, répétait Catherine. Allons, houp ! le père se fâche.

Jeanlin, qui s'était pelotonné, referma les yeux, en disant :

— Va te faire fiche, je dors !

Elle eut un nouveau rire de bonne fille. Il était si petit, les membres grêles avec des articulations énormes, grossies par des scrofules, qu'elle le prit, à pleins bras. Mais il gigotait, son masque de singe blafard et crépu, troué de ses yeux verts, élargi par ses grandes oreilles, pâlissait de la rage d'être faible. Il ne dit rien, il la mordit au sein droit.

— Méchant bougre ! murmura-t-elle en retenant un cri et en le posant par terre.

Alzire, silencieuse, le drap au menton, ne s'était pas rendormie. Elle suivait de ses yeux intelligents d'infirme sa sœur et ses deux frères, qui maintenant s'habillaient. Une autre querelle éclata autour de la terrine, les garçons bousculèrent la jeune fille, parce qu'elle se lavait trop longtemps. Les chemises volaient, pendant que, gonflés encore de sommeil, ils se soulageaient sans honte, avec l'aisance tranquille d'une portée de jeunes chiens, grandis ensemble. Du reste, Catherine fut prête la première. Elle enfila sa culotte de mineur, passa la veste de toile, noua le béguin bleu autour de son chignon ; et, dans ces vêtements propres du lundi, elle avait l'air d'un petit homme, rien ne lui restait de son sexe, que le dandinement léger des hanches.

— Quand le vieux rentrera, dit méchamment Zacharie, il sera content de trouver le lit défait... Tu sais, je lui raconterai que c'est toi.

Le vieux, c'était le grand-père, Bonnemort, qui, travaillant la nuit, se couchait au jour ; de sorte que le lit ne refroidissait pas, il y avait toujours dedans quelqu'un à ronfler.

Sans répondre, Catherine s'était mise à tirer la couverture et à la border. Mais, depuis un instant, des bruits s'entendaient derrière le mur, dans la maison voisine. Ces constructions de briques, installées économiquement par la Compagnie, étaient si minces, que les moindres souffles les traversaient. On vivait coude à coude, d'un bout à l'autre ; et rien de la vie intime n'y restait caché, même aux gamins. Un pas lourd avait ébranlé un escalier, puis il y eut comme une chute molle, suivie d'un soupir d'aise.

— Bon ! dit Catherine, Levaque descend, et voilà Bouteloup qui va retrouver la Levaque.

Jeanlin ricana, les yeux d'Alzire eux-mêmes brillèrent. Chaque matin, ils s'égayaient ainsi du ménage à trois des voisins, un haveur qui logeait un ouvrier de la coupe à terre, ce qui donnait à la femme deux hommes, l'un de nuit, l'autre de jour.

— Philomène tousse, reprit Catherine, après avoir tendu l'oreille.

Elle parlait de l'aînée des Levaque, une grande fille de dix-neuf ans, la maîtresse de Zacharie, dont elle avait deux enfants déjà, si délicate de poitrine d'ailleurs, qu'elle était cribleuse à la fosse, n'ayant jamais pu travailler au fond.

— Ah, ouiche! Philomène! répondit Zacharie, elle s'en moque, elle dort!...
C'est cochon de dormir jusqu'à six heures !

Il passait sa culotte, lorsqu'il ouvrit une fenêtre, préoccupé d'une idée brusque.
Au dehors, dans les ténèbres, le coron s'éveillait, des lumières pointaient une à
une, entre les lames des persiennes. Et ce fut encore une dispute : il se penchait
pour guetter s'il ne verrait pas sortir de chez les Pierron, en face, le maître-
porion du Voreux, qu'on accusait de coucher avec la Pierronne; tandis que sa
sœur lui criait que le mari avait, depuis la veille, pris son service de jour à
l'accrochage, et que bien sûr Dansaert n'avait pu coucher, cette nuit-là. L'air
entrait par bouffées glaciales, tous deux s'emportaient, en soutenant chacun
l'exactitude de ses renseignements, lorsque des cris et des larmes éclatèrent.
C'était, dans son berceau, Estelle que le froid contrariait.

Du coup, Maheu se réveilla. Qu'avait-il donc dans les os? voilà qu'il se ren-
dormait comme un propre à rien! Et il jurait si fort, que les enfants, à côté, ne
soufflaient plus. Zacharie et Jeanlin achevèrent de se laver, avec une lenteur
déjà lasse. Alzire, les yeux grands ouverts, regardait toujours. Les deux mioches,
Lénore et Henri, aux bras l'un de l'autre, n'avaient pas remué, respirant du
même petit souffle, malgré le vacarme.

— Catherine, donne-moi la chandelle! cria Maheu.

Elle finissait de boutonner sa veste, elle porta la chandelle dans le cabinet,
laissant ses frères chercher leurs vêtements, au peu de clarté qui venait de la
porte. Son père sautait du lit. Mais elle ne s'arrêta point, elle descendit en gros
bas de laine, à tâtons, et alluma dans la salle une autre chandelle, pour préparer
le café. Tous les sabots de la famille étaient sous le buffet.

— Te tairas-tu, vermine! reprit Maheu, exaspéré des cris d'Estelle, qui
continuaient.

Il était petit comme le vieux Bonnemort, et il lui ressemblait en gras, la tête
forte, la face plate et livide, sous les cheveux jaunes, coupés très courts. L'enfant
hurlait davantage, effrayée par ces grands bras noueux qui se balançaient
au-dessus d'elle.

— Laisse-la, tu sais bien qu'elle ne veut pas se taire, dit la Maheude, en s'al-
longeant au milieu du lit.

Elle aussi venait de s'éveiller, et elle se plaignait, c'était bête de ne jamais
faire sa nuit complète. Ils ne pouvaient donc partir doucement? Enfouie dans la
couverture, elle ne montrait que sa figure longue, aux grands traits, d'une
beauté lourde, déjà déformée à trente neuf ans par sa vie de misère et les sept
enfants qu'elle avait eus. Les yeux au plafond, elle parla avec lenteur, pendant
que son homme s'habillait. Ni l'un ni l'autre n'entendait plus la petite qui
s'étranglait à crier.

— Hein? tu sais, je suis sans le sou, et nous voici à lundi seulement : encore
six jours à attendre la quinzaine... Il n'y a pas moyen que ça dure. A vous tous,

— ON N'A PAS BESOIN D'UN OUVRIER ICI? DEMANDA ETIENNE (Page 22.)

É. ZOLA. — GERMINAL. — 3

vous apportez neuf francs. Comment veux-tu que j'arrive? nous sommes dix à la maison.

— Oh! neuf francs! se récria Maheu. Moi et Zacharie, trois : ça fait six... Catherine et le père, deux : ça fait quatre; quatre et six, dix... Et Jeanlin, un, ça fait onze.

— Oui, onze, mais il y a les dimanches et les jours de chômage... Jamais plus de neuf, entends tu!

Il ne répondit pas, occupé à chercher par terre sa ceinture de cuir. Puis, il dit en se relevant :

— Faut pas se plaindre, je suis tout de même solide. Il y en a plus d'un, à quarante-deux ans, qui passe au raccommodage.

— Possible, mon vieux, mais ça ne nous donne pas du pain... Qu'est-ce que je vais fiche, dis? Tu n'as rien, toi?

— J'ai deux sous.

— Garde-les pour boire une chope... Mon Dieu! qu'est-ce que je vais fiche? Six jours, ça n'en finit plus. Nous devons soixante francs à Maigrat, qui m'a mise à la porte avant-hier. Ça ne m'empêchera pas de retourner le voir. Mais, s'il s'entête à refuser...

Et la Maheude continua d'une voix morne, la tête immobile, fermant par instants les yeux sous la clarté triste de la chandelle. Elle disait le buffet vide, les petits demandant des tartines, le café même manquant, et l'eau qui donnait des coliques, et les longues journées passées à tromper la faim avec des feuilles de choux bouillies. Peu à peu, elle avait dû hausser le ton, car le hurlement d'Estelle couvrait ses paroles. Ces cris devenaient insoutenables. Maheu parut tout d'un coup les entendre, hors de lui, et il saisit la petite dans le berceau, il la jeta sur le lit de la mère, en balbutiant de fureur :

— Tiens! prends-la, je l'écraserais... Nom de Dieu d'enfant! ça ne manque de rien, ça tette, et ça se plaint plus haut que les autres!

Estelle s'était mise à téter, en effet. Disparue sous la couverture, calmée par la tiédeur du lit, elle n'avait plus qu'un petit bruit goulu des lèvres.

— Est-ce que les bourgeois de la Piolaine ne t'ont pas dit d'aller les voir? reprit le père au bout d'un silence.

La mère pinça la bouche, d'un air de doute découragé.

— Oui, ils m'ont rencontrée, ils portent des vêtements aux enfants pauvres... Enfin, je mènerai ce matin chez eux Lénore et Henri. S'ils me donnaient cent sous seulement!

Le silence recommença. Maheu était prêt. Il demeura un moment immobile, puis il conclut de sa voix sourde :

— Qu'est-ce que tu veux? c'est comme ça, arrange-toi pour la soupe... Ça n'avance à rien d'en causer, vaut mieux être là-bas au travail.

— Bien sûr, répondit la Maheude. Souffle la chandelle, je n'ai pas besoin de voir la couleur de mes idées.

Il souffla la chandelle. Déjà, Zacharie et Jeanlin descendaient ; il les suivit ; et l'escalier de bois craquait sous leurs pieds lourds, chaussés de laine. Derrière eux, le cabinet et la chambre étaient retombés aux ténèbres. Les enfants dormaient, les paupières d'Alzire elle-même s'étaient closes. Mais la mère restait maintenant les yeux ouverts dans l'obscurité, tandis que, tirant sur sa mamelle pendante de femme épuisée, Estelle ronronnait comme un petit chat.

En bas, Catherine s'était d'abord occupée du feu, la cheminée de fonte, à grille centrale, flanquée de deux fours, et où brûlait constamment un feu de houille. La Compagnie distribuait par mois, à chaque famille, huit hectolitres d'escaillage, charbon dur ramassé dans les voies. Il s'allumait difficilement, et la jeune fille, qui couvrait le feu chaque soir, n'avait qu'à le secouer le matin, en ajoutant des petits morceaux de charbon tendre, triés avec soin. Puis, après avoir posé une bouillotte sur la grille, elle s'accroupit devant le buffet.

C'était une salle assez vaste, tenant tout le rez-de-chaussée, peinte en vert-pomme, d'une propreté flamande, avec ses dalles lavées à grande eau et semées de sable blanc. Outre le buffet de sapin verni, l'ameublement consistait en une table et des chaises du même bois. Collées sur les murs, des enluminures violentes, les portraits de l'Empereur et de l'Impératrice donnés par la Compagnie, des soldats et des saints, bariolés d'or, tranchaient crûment dans la nudité claire de la pièce ; et il n'y avait d'autres ornements qu'une boîte de carton rose sur le buffet, et que le coucou à cadran peinturluré, dont le gros tic-tac semblait emplir le vide du plafond. Près de la porte de l'escalier, une autre porte conduisait à la cave. Malgré la propreté, une odeur d'oignon cuit, enfermée depuis la veille, empoisonnait l'air chaud, cet air alourdi, toujours chargé d'une âcreté de houille.

Devant le buffet ouvert, Catherine réfléchissait. Il ne restait qu'un bout de pain, du fromage blanc en suffisance, mais à peine une lichette de beurre ; et il s'agissait de faire les tartines pour eux quatre. Enfin, elle se décida, coupa les tranches, en prit une qu'elle couvrit de fromage, en frotta une autre de beurre, puis les colla ensemble : c'était « le briquet », la double tartine emportée chaque matin à la fosse. Bientôt, les quatre briquets furent en rang sur la table, répartis avec une sévère justice, depuis le gros du père jusqu'au petit de Jeanlin.

Catherine, qui paraissait toute à son ménage, devait pourtant rêvasser aux histoires que Zacharie racontait sur le maître-porion et la Pierronne, car elle entre-bâilla la porte d'entrée et jeta un coup d'œil dehors. Le vent soufflait toujours, des clartés plus nombreuses couraient sur les façades basses du coron, d'où montait une vague trépidation de réveil. Déjà des portes se refermaient, des files noires d'ouvriers s'éloignaient dans la nuit. Était-elle bête, de se refroidir, puisque le chargeur à l'accrochage dormait bien sûr, en attendant d'aller prendre son service, à six heures ! Et elle restait, elle regardait la maison, de l'autre côté des jardins. La porte s'ouvrit, sa curiosité s'alluma. Mais ce ne pouvait être que la petite des Pierron, Lydie, qui partait pour la fosse

Un bruit sifflant de vapeur la fit se tourner. Elle ferma, se hâta de courir : l'eau bouillait et se répandait, éteignart le feu. Il ne restait plus de café, elle dut se contenter de passer l'eau sur le marc de la veille ; puis, elle sucra dans la cafetière, avec de la cassonade. Justement, son père et ses deux frères descendaient.

— Fichtre ! déclara Zacharie, quand il eut mis le nez dans son bol, en voilà un qui ne nous cassera pas la tête !

Maheu haussa les épaules d'un air résigné.

— Bah ! c'est chaud, c'est bon tout de même.

Jeanlin avait ramassé les miettes des tartines et trempait une soupe. Après avoir bu, Catherine acheva de vider la cafetière dans les gourdes de fer-blanc. Tous quatre, debout, mal éclairés par la chandelle fumeuse, avalaient en hâte.

— Y sommes-nous à la fin ! dit le père. On croirait qu'on a des rentes !

Mais'une voix vint de l'escalier, dont ils avaient laissé la porte ouverte. C'était la Maheude qui criait :

— Prenez tout le pain, j'ai un peu de vermicelle pour les enfants !

— Oui, oui ! répondit Catherine.

Elle avait recouvert le feu, en calant, sur un coin de la grille, un restant de soupe, que le grand-père trouverait chaude, lorsqu'il rentrerait à six heures. Chacun prit sa paire de sabots sous le buffet, se passa la ficelle de sa gourde à l'épaule, et fourra son briquet dans son dos, entre la chemise et la veste. Et ils sortirent, les hommes devant, la fille derrière, soufflant la chandelle, donnant un tour de clef. La maison redevint noire.

— Tiens ! nous filons ensemble, dit un homme qui refermait la porte de la maison voisine.

C'était Levaque, avec son fils Bébert, un gamin de douze ans, grand ami de Jeanlin. Catherine, étonnée, étouffa un rire, à l'oreille de Zacharie : quoi donc ? Bouteloup n'attendait même plus que le mari fût parti !

Maintenant, dans le coron, les lumières s'éteignaient. Une dernière porte claqua, tout dormait de nouveau, les femmes et les petits reprenaient leur somme au fond des lits plus larges. Et, du village éteint au Voreux qui soufflait, c'était sous les rafales un lent défilé d'ombres, le départ des charbonniers pour le travail, roulant des épaules, embarrassés de leurs bras, qu'ils croisaient sur la poitrine ; tandis que, derrière, le briquet faisait à chacun une bosse. Vêtus de toile mince, ils grelottaient de froid, sans se hâter davantage, débandés le long de la route, avec un piétinement de troupeau.

III

Étienne, descendu enfin du terri, venait d'entrer au Voreux; et les hommes
auxquels il s'adressait, demandant s'il y avait du travail, hochaient la tête, lui
disaient tous d'attendre le maître-porion. On le laissait libre, au milieu des bâtiments mal éclairés, pleins de trous noirs, inquiétants avec la complication de leurs
salles et de leurs étages. Après avoir monté un escalier obscur à moitié détruit,
il s'était trouvé sur une passerelle branlante, puis avait traversé le hangar du criblage, plongé dans une nuit si profonde, qu'il marchait les mains en avant, pour ne
pas se heurter. Devant lui, brusquement, deux yeux jaunes, énormes, trouèrent les
ténèbres. Il était sous le beffroi, dans la salle de recette, à la bouche même du puits.

Un porion, le père Richomme, un gros à figure de bon gendarme, barrée
de moustaches grises, se dirigeait justement vers le bureau du receveur.

— On n'a pas besoin d'un ouvrier ici, pour n'importe quel travail? demanda
de nouveau Étienne.

Richomme allait dire non; mais il se reprit et répondit comme les autres
en s'éloignant :

— Attendez M. Dansaert, le maître-porion.

Quatre lanternes s'étaient plantées là, et les réflecteurs, qui jetaient toute
la lumière sur le puits, éclairaient vivement les rampes de fer, les leviers
des signaux et des verrous, les madriers des guides, où glissaient les deux cages.
Le reste, la vaste salle, pareille à une nef d'église, se noyait, peuplée de grandes
ombres flottantes. Seule, la lampisterie flambait au fond, tandis que, dans le
bureau du receveur, une maigre lampe mettait comme une étoile près de
s'éteindre. L'extraction venait d'être reprise; et, sur les dalles de fonte, c'était
un tonnerre continu, les berlines de charbon roulées sans cesse, les courses des
moulineurs, dont on distinguait les longues échines penchées, dans le remuement de toutes ces choses noires et bruyantes qui s'agitaient.

Un instant, Étienne resta immobile, assourdi, aveuglé. Il était glacé, des

courants d'air entraient de partout. Alors, il fit quelques pas, attiré par la
machine, dont il voyait maintenant luire les aciers et les cuivres. Elle se trouvait
en arrière du puits, à vingt-cinq mètres, dans une salle plus haute, et assise
si carrément sur son massif de briques, qu'elle marchait à toute vapeur, de
toute sa force de quatre cents chevaux, sans que le mouvement de sa bielle
énorme, émergeant et plongeant avec une douceur huilée, donnât un frisson
aux murs. Le machineur, debout à la barre de mise en train, écoutait les
sonneries des signaux, ne quittait pas des yeux le tableau indicateur, où le puits
était figuré, avec ses étages différents, par une rainure verticale, que parcou-
couraient des plombs pendus à des ficelles, représentant les cages. Et, à chaque
départ, quand la machine se remettait en branle, les bobines, les deux immenses
roues de cinq mètres de rayon, aux moyeux desquelles les deux câbles d'acier
s'enroulaient et se déroulaient en sens contraire, tournaient d'une telle vitesse,
qu'elles n'étaient plus qu'une poussière grise.
— Attention donc! crièrent trois moulineurs, qui traînaient une échelle
gigantesque.
Étienne avait manqué d'être écrasé. Ses yeux s'habituaient, il regardait en
l'air filer les câbles, plus de trente mètres de ruban d'acier, qui montaient d'une
volée dans le beffroi, où ils passaient sur les molettes, pour descendre à pic dans
le puits s'attacher aux cages d'extraction. Une charpente de fer, pareille à la haute
charpente d'un clocher, portait les molettes. C'était un glissement d'oiseau, sans
un bruit, sans un heurt, la fuite rapide, le continuel va-et-vient d'un fil de poids
énorme, qui pouvait enlever jusqu'à douze mille kilogrammes, avec une vitesse
de dix mètres à la seconde.
— Attention donc, nom de Dieu! crièrent de nouveau les moulineurs, qui
poussaient l'échelle de l'autre côté, pour visiter la molette de gauche.
Lentement, Étienne revint à la recette. Ce vol géant sur sa tête l'ahurissait.
Et, grelottant dans les courants d'air, il regarda la manœuvre des cages, les
oreilles cassées par le roulement des berlines. Près du puits, le signal fonc-
tionnait, un lourd marteau à levier, qu'une corde tirée du fond, laissait tomber
sur un billot. Un coup pour arrêter, deux pour descendre, trois pour monter :
c'était sans relâche comme des coups de massue dominant le tumulte, accom-
pagnés d'une claire sonnerie de timbre; pendant que le moulineur, dirigeant
la manœuvre, augmentait encore le tapage, en criant des ordres au machineur,
dans un porte-voix. Les cages, au milieu de ce branle-bas, apparaissaient et
s'enfonçaient, se vidaient et se remplissaient, sans qu'Étienne comprît rien à ces
besognes compliquées.
Il ne comprenait bien qu'une chose : le puits avalait des hommes par bouchées
de vingt et de trente, et d'un coup de gosier si facile, qu'il semblait ne pas
les sentir passer. Dès quatre heures, la descente des ouvriers commençait. Ils
arrivaient de la baraque, pieds nus, la lampe à la main, attendant par petits

groupes d'être en nombre suffisant. Sans un bruit, d'un jaillissement doux de bête nocturne, la cage de fer montait du noir, se calait sur les verrous, avec ses quatre étages contenant chacun deux berlines pleines de charbon. Des moulineurs, aux différents paliers, sortaient les berlines, les remplaçaient par d'autres, vides ou chargées à l'avance des bois de taille. Et c'était dans les berlines vides que s'empilaient les ouvriers, cinq par cinq, jusqu'à quarante d'un coup, lorsqu'ils tenaient toutes les cases. Un ordre partait du porte-voix, un beuglement sourd et indistinct, pendant qu'on tirait quatre fois la corde du signal d'en bas, « sonnant à la viande », pour prévenir de ce chargement de chair humaine. Puis, après un léger sursaut, la cage plongeait silencieuse, tombait comme une pierre, ne laissait derrière elle que la fuite vibrante du câble.

— C'est profond? demanda Étienne à un mineur, qui attendait près de lui, l'air somnolent.

— Cinq cent cinquante-quatre mètres, répondit l'homme. Mais il y a quatre accrochages au-dessus, le premier à trois cent vingt.

Tous deux se turent, les yeux sur le câble qui remontait. Étienne reprit:

— Et quand ça casse?

— Ah! quand ça casse...

Le mineur acheva d'un geste. Son tour était arrivé, la cage avait reparu, de son mouvement aisé et sans fatigue. Il s'y accroupit avec des camarades, elle replongea, puis jaillit de nouveau au bout de quatre minutes à peine, pour engloutir une autre charge d'hommes. Pendant une demi-heure, le puits en dévora de la sorte, d'une gueule plus ou moins gloutonne, selon la profondeur de l'accrochage où ils descendaient, mais sans un arrêt, toujours affamé, de boyaux géants capables de digérer un peuple. Cela s'emplissait, s'emplissait encore, et les ténèbres restaient mortes, la cage montait du vide dans le même silence vorace.

Étienne, à la longue, fut repris du malaise qu'il avait éprouvé déjà sur le terri. Pourquoi s'entêter? ce maître-porion le congédierait comme les autres. Une peur vague le décida brusquement: il s'en alla, il ne s'arrêta dehors que devant le bâtiment des générateurs. La porte, grande ouverte, laissait voir sept chaudières à deux foyers. Au milieu de la buée blanche, dans le sifflement des fuites, un chauffeur était occupé à charger un des foyers, dont l'ardente fournaise se faisait sentir jusque sur le seuil; et le jeune homme, heureux d'avoir chaud, s'approchait, lorsqu'il rencontra une nouvelle bande de charbonniers, qui arrivait à la fosse. C'étaient les Maheu et les Levaque. Quand il aperçut, en tête, Catherine avec son air doux de garçon, l'idée superstitieuse lui vint de risquer une dernière demande.

— Dites donc, camarade, on n'a pas besoin d'un ouvrier ici, pour n'importe quel travail?

Elle le regarda, surprise, un peu effrayée de cette voix brusque qui sortait de

ON PLAISANTAIT LA MOUQUETTE, UNE HERSCHEUSE DE DIX-HUIT ANS (Page 27.)

l'ombre. Mais, derrière elle, Maheu avait entendu, et il répondit, il causa un instant. Non, on n'avait besoin de personne. Ce pauvre diable d'ouvrier, perdu sur les routes, l'intéressait. Lorsqu'il le quitta, il dit aux autres :

— Hein ! on pourrait être comme ça... Faut pas se plaindre, tous n'ont pas du travail à crever.

La bande entra et alla droit à la baraque, vaste salle grossièrement crépie, entourée d'armoires que fermaient des cadenas. Au centre, une cheminée de fer, une sorte de poêle sans porte, était rouge, si bourrée de houille incandescente, que des morceaux craquaient et déboulaient sur la terre battue du sol. La salle ne se trouvait éclairée que par ce brasier, dont les reflets sanglants dansaient le long des boiseries crasseuses, jusqu'au plafond sali d'une poussière noire.

Comme les Maheu arrivaient, des rires éclataient dans la grosse chaleur. Une trentaine d'ouvriers étaient debout, le dos tourné à la flamme, se rôtissant d'un air de jouissance. Avant la descente, tous venaient ainsi prendre et emporter dans la peau un bon coup de feu, pour braver l'humidité du puits. Mais, ce matin-là, on s'égayait davantage, on plaisantait la Mouquette, une herscheuse de dix-huit ans, bonne fille dont la gorge et le derrière énormes crevaient la veste et la culotte. Elle habitait Réquillart avec son père, le vieux Mouque, palefrenier, et Mouquet, son frère, moulineur ; seulement, les heures de travail n'étant pas les mêmes, elle se rendait seule à la fosse ; et, au milieu des blés en été, contre un mur en hiver, elle se donnait du plaisir, en compagnie de son amoureux de la semaine. Toute la mine y passait, une vraie tournée de camarades, sans autre conséquence. Un jour qu'on lui reprochait un cloutier de Marchiennes, elle avait failli crever de colère, criant qu'elle se respectait trop, qu'elle se couperait un bras, si quelqu'un pouvait se flatter de l'avoir vue avec un autre qu'un charbonnier.

— Ce n'est donc plus le grand Chaval ? disait un mineur en ricanant. T'as pris ce petiot-là ? Mais lui faudrait une échelle !... Je vous ai aperçus, derrière Réquillart. A preuve qu'il est monté sur une borne.

— Après ? répondait la Mouquette en belle humeur. Qu'est-ce que ça te fiche ? On ne t'a pas appelé pour que tu pousses.

Et cette grossièreté bonne enfant redoublait les éclats des hommes, qui enflaient leurs épaules, à demi cuites par le poêle ; tandis que, secouée elle-même de rires, elle promenait au milieu d'eux l'indécence de son costume, d'un comique troublant, avec ses bosses de chair, exagérées jusqu'à l'infirmité.

Mais la gaieté tomba, Mouquette racontait à Maheu que Fleurance, la grande Fleurance, ne viendrait plus : on l'avait trouvée, la veille, raide sur son lit, les uns disaient d'un décrochement du cœur, les autres d'un litre de genièvre bu trop vite. Et Maheu se désespérait : encore de la malchance, voilà qu'il perdait une de ses herscheuses, sans pouvoir la remplacer immédiatement ! Il travaillait au marchandage, ils étaient quatre haveurs associés dans sa taille, lui, Zacharie,

Levaque et Chaval. S'ils n'avaient plus que Catherine pour rouler, la besogne allait souffrir. Tout d'un coup, il cria:

— Tiens! et cet homme qui cherchait de l'ouvrage!

Justement, Dansaert passait devant la baraque. Maheu lui conta l'histoire, demanda l'autorisation d'embaucher l'homme ; et il insistait sur le désir que témoignait la compagnie de substituer aux herscheuses des garçons, comme à Anzin. Le maître-porion eut d'abord un sourire, car le projet d'exclure les femmes du fond répugnait d'ordinaire aux mineurs, qui s'inquiétaient du placement de leurs filles, peu touchés de la question de moralité et d'hygiène. Enfin, après avoir hésité, il permit, mais en se réservant de faire ratifier sa décision par M. Négrel, l'ingénieur.

— Ah bien! déclara Zacharie, il est loin, l'homme, s'il court toujours!

— Non, dit Catherine, je l'ai vu s'arrêter aux chaudières.

— Va donc, fainéante! cria Maheu.

La jeune fille s'élança, pendant qu'un flot de mineurs montaient au puits, cédant le feu à d'autres. Jeanlin, sans attendre son père, alla lui aussi prendre sa lampe, avec Bébert, gros garçon naïf, et Lydie, chétive fillette de dix ans. Partie devant eux, la Mouquette s'exclamait dans l'escalier noir, en les traitant de sales mioches et en menaçant de les gifler, s'ils la pinçaient.

Étienne, dans le bâtiment aux chaudières, causait en effet avec le chauffeur, qui chargeait les foyers de charbon. Il éprouvait un grand froid, à l'idée de la nuit où il lui fallait rentrer. Pourtant, il se décidait à partir, lorsqu'il sentit une main se poser sur son épaule.

— Venez, dit Catherine, il y a quelque chose pour vous.

D'abord, il ne comprit pas. Puis, il eut un élan de joie, il serra énergiquement les mains de la jeune fille.

— Merci, camarade... Ah! vous êtes un bon bougre, par exemple!

Elle se mit à rire, en le regardant dans la rouge lueur des foyers, qui les éclairaient. Cela l'amusait, qu'il la prît pour un garçon, fluette encore, son chignon caché sous le béguin. Lui, riait aussi de contentement; et ils restèrent un instant tous deux à se rire à la face, les joues allumées.

Maheu, dans la baraque, accroupi devant sa caisse, retirait ses sabots et ses gros bas de laine. Lorsque Étienne fut là, on régla tout en quatre paroles : trente sous par jour, un travail fatigant, mais qu'il apprendrait vite. Le haveur lui conseilla de garder ses souliers, et il lui prêta une vieille barrette, un chapeau de cuir destiné à garantir le crâne, précaution que le père et les enfants dédaignaient. Les outils furent sortis de la caisse, où se trouvait justement la pelle de Fleurance. Puis, quand Maheu y eut enfermé leurs sabots, leurs bas, ainsi que le paquet d'Étienne, il s'impatienta brusquement.

— Que fait-il donc, cette rosse de Chaval? Encore quelque fille culbutée sur un tas de pierres!... Nous sommes en retard d'une demi-heure aujourd'hui.

Zacharie et Levaque se rôtissaient tranquillement les épaules. Le premier finit par dire :

— C'est Chaval que tu attends ?... Il est arrivé avant nous, il est descendu tout de suite.

— Comment ! tu sais ça et tu ne m'en dis rien !... Allons ! allons ! dépêchons.

Catherine, qui chauffait ses mains, dut suivre la bande. Étienne la laissa passer, monta derrière elle. De nouveau, il voyageait dans un dédale d'escaliers et de couloirs obscurs, où les pieds nus faisaient un bruit mou de vieux chaussons. Mais la lampisterie flamboya, une pièce vitrée, emplie de râteliers qui alignaient par étages des centaines de lampes Davy, visitées, lavées de la veille, allumées comme des cierges au fond d'une chapelle ardente. Au guichet, chaque ouvrier prenait la sienne, poinçonnée à son chiffre ; puis, il l'examinait, la fermait lui-même ; pendant que le marqueur, assis à une table, inscrivait sur le registre l'heure de la descente. Il fallut que Maheu intervînt pour la lampe de son nouveau herscheur. Et il y avait encore une précaution, les ouvriers défilaient devant un vérificateur, qui s'assurait si toutes les lampes étaient bien fermées.

— Fichtre ! il ne fait pas chaud ici, murmura Catherine grelottante.

Étienne se contenta de hocher la tête. Il se retrouvait devant le puits, au milieu de la vaste salle, balayée de courants d'air. Certes, il se croyait brave, et pourtant une émotion désagréable le serrait à la gorge, dans le tonnerre des berlines, les coups sourds des signaux, le beuglement étouffé du porte-voix, en face du vol continu de ces câbles, déroulés et enroulés à toute vapeur par les bobines de la machine. Les cages montaient, descendaient avec leur glissement de bête de nuit, engouffraient toujours des hommes, que la gueule du trou semblait boire. C'était son tour maintenant, il avait très froid, il gardait un silence nerveux, qui faisait ricaner Zacharie et Levaque ; car tous deux désapprouvaient l'embauchage de cet inconnu, Levaque surtout, blessé de n'avoir pas été consulté. Aussi Catherine fut-elle heureuse d'entendre son père expliquer les choses au jeune homme.

— Regardez, au-dessus de la cage, il y a un parachute, des crampons de fer qui s'enfoncent dans les guides, en cas de rupture. Ça fonctionne, oh ! pas toujours... Oui, le puits est divisé en trois compartiments, fermés par des planches, du haut en bas : au milieu les cages, à gauche le goyot des échelles...

Mais il s'interrompit pour gronder, sans se permettre de trop hausser la voix :

— Qu'est-ce que nous fichons là, nom de Dieu ! Est-il permis de nous faire geler de la sorte !

Le porion Richomme, qui allait descendre lui aussi, sa lampe à feu libre fixée par un clou dans le cuir de sa barrette, l'entendit se plaindre.

— Méfie-toi, gare aux oreilles ! murmura-t-il paternellement, en vieux mineur resté bon pour les camarades. Faut bien que les manœuvres se fassent... Tiens ! nous y sommes, embarque avec ton monde.

. La cage, en effet, garnie de bandes de tôle et d'un grillage à petites mailles, les attendait, d'aplomb sur les verrous. Maheu, Zacharie, Levaque, Catherine se glissèrent dans une berline du fond ; et, comme ils devaient y tenir cinq, Étienne y entra à son tour ; mais les bonnes places étaient prises, il lui fallut se tasser près de la jeune fille, dont un coude lui labourait le ventre. Sa lampe l'embarrassait, on lui conseilla de l'accrocher à une boutonnière de sa veste. Il n'entendit pas, la garda maladroitement à la main. L'embarquement continuait, dessus et dessous, un enfournement confus de bétail. On ne pouvait donc partir, que se passait-il ? Il lui semblait s'impatienter depuis de longues minutes. Enfin, une secousse l'ébranla, et tout sombra, les objets autour de lui s'envolèrent ; tandis qu'il éprouvait un vertige anxieux de chute, qui lui tirait les entrailles. Cela dura tant qu'il fut au jour, franchissant les deux étages des recettes, au milieu de la fuite tournoyante des charpentes. Puis, tombé dans le noir de la fosse, il resta étourdi, n'ayant plus la perception nette de ses sensations. .

— Nous voilà partis, dit paisiblement Maheu.

Tous étaient à l'aise. Lui, par moments, se demandait s'il descendait ou s'il montait. Il y avait comme des immobilités, quand la cage filait droit, sans toucher aux guides ; et de brusques trépidations se produisaient ensuite, une sorte de dansement dans les madriers, qui lui donnait la peur d'une catastrophe. Du reste, il ne pouvait distinguer les parois du puits, derrière le grillage où il collait sa face. Les lampes éclairaient mal le tassement des corps, à ses pieds. Seule, la lampe à feu libre du porion, dans la berline voisine, brillait comme un phare.

— Celui-ci a quatre mètres de diamètre, continuait Maheu, pour l'instruire. Le cuvelage aurait bon besoin d'être refait, car l'eau filtre de tous côtés... Tenez ! nous arrivons au niveau, entendez-vous ?

Étienne se demandait justement quel était ce bruit d'averse. Quelques grosses gouttes avaient d'abord sonné sur le toit de la cage, comme au début d'une ondée ; et, maintenant, la pluie augmentait, ruisselait, se changeait en un véritable déluge. Sans doute, la toiture était trouée, car un filet d'eau, coulant sur son épaule, le trempait jusqu'à la chair. Le froid devenait glacial, on enfonçait dans une humidité noire, lorsqu'on traversa un rapide éblouissement, la vision d'une caverne où des hommes s'agitaient, à la lueur d'un éclair. Déjà, on retombait au néant.

Maheu disait :

— C'est le premier accrochage. Nous sommes à trois cent vingt mètres... Regardez la vitesse.

Levant sa lampe, il éclaira un madrier des guides, qui filait ainsi qu'un rail sous un train lancé à toute vapeur ; et, au delà, on ne voyait toujours rien. Trois autres accrochages passèrent, dans un envolement de clartés. La pluie assourdissante battait les ténèbres.

— Comme c'est profond ! murmura Étienne.

Cette chute devait durer depuis des heures. Il souffrait de la fausse position
qu'il avait prise, n'osant bouger, torturé surtout par le coude de Catherine. Elle
ne prononçait pas un mot, il la sentait seulement contre lui, qui le réchauffait.
Lorsque la cage, enfin, s'arrêta au fond, à cinq cent cinquante-quatre mètres, il
s'étonna d'apprendre que la descente avait duré juste une minute. Mais le bruit
des verrous qui se fixaient, la sensation sous lui de cette solidité, l'égaya brusquement ; et ce fut en plaisantant qu'il tutoya Catherine.

— Qu'as-tu sous la peau, à être chaud comme ça ?... J'ai ton coude dans le
ventre, bien sûr.

Alors, elle éclata aussi. Était-il bête, de la prendre encore pour un garçon ! Il
avait donc les yeux bouchés !

— C'est dans l'œil que tu l'as, mon coude, répondit-elle, au milieu d'une
tempête de rires, que le jeune homme, surpris, ne s'expliqua point.

La cage se vidait, les ouvriers traversèrent la salle de l'accrochage, une salle
taillée dans le roc, voûtée en maçonnerie, et que trois grosses lampes à feu
libre éclairaient. Sur les dalles de fonte, les chargeurs roulaient violemment des
berlines pleines. Une odeur de cave suintait des murs, une fraîcheur salpêtrée où
passaient des souffles chauds, venus de l'écurie voisine. Quatre galeries s'ouvraient là, béantes.

— Par ici, dit Maheu à Étienne. Vous n'y êtes pas, nous avons à faire deux
bons kilomètres.

Les ouvriers se séparaient, se perdaient par groupes, au fond de ces trous
noirs. Une quinzaine venaient de s'engager dans celui de gauche ; et Étienne
marchait le dernier, derrière Maheu, que précédaient Catherine, Zacharie et
Levaque. C'était une belle galerie de roulage, à travers banc, et d'un roc si solide,
qu'elle avait eu besoin seulement d'être muraillée en partie. Un par un, ils
allaient, ils allaient toujours, sans une parole, avec les petites flammes des
lampes. Le jeune homme butait à chaque pas, s'embarrassait les pieds dans les
rails. Depuis un instant, un bruit sourd l'inquiétait, le bruit lointain d'un orage
dont la violence semblait croître et venir des entrailles de la terre. Était-ce le
tonnerre d'un éboulement, écrasant sur leurs têtes la masse énorme qui les
séparait du jour ? Une clarté perça la nuit, il sentit trembler le roc ; et, lorsqu'il
se fut rangé le long du mur, comme les camarades, il vit passer contre sa face un
gros cheval blanc, attelé à un train de berlines. Sur la première, tenant les guides,
Bébert était assis ; tandis que Jeanlin, les poings appuyés au bord de la dernière,
courait pieds nus.

On se remit en marche. Plus loin, un carrefour se présenta, deux nouvelles
galeries s'ouvraient, et la bande s'y divisa encore, les ouvriers se répartissaient
peu à peu dans tous les chantiers de la mine. Maintenant, la galerie de roulage
était boisée, des étais de chêne soutenaient le toit, faisaient à la roche ébouleuse
une chemise de charpente, derrière laquelle on apercevait les lames des schistes.

étincelants de mica, et la masse grossière des grès, ternes et rugueux. Des trains de berlines pleines ou vides passaient continuellement, se croisaient, avec leur tonnerre emporté dans l'ombre par des bêtes vagues, au trot de fantôme. Sur la double voie d'un garage, un long serpent noir dormait, un train arrêté, dont le cheval s'ébroua, si noyé de nuit, que sa croupe confuse était comme un bloc tombé de la voûte. Des portes d'aérage battaient, se refermaient lentement. Et, à mesure qu'on avançait, la galerie devenait plus étroite, plus basse, inégale de toit, forçant les échines à se plier sans cesse.

Étienne, rudement, se heurta la tête. Sans la barrette de cuir, il avait le crâne fendu. Pourtant, il suivait avec attention, devant lui, les moindres gestes de Maheu, dont la silhouette sombre se détachait sur la lueur des lampes. Pas un des ouvriers ne se cognait, ils devaient connaître chaque bosse, nœud des bois ou renflement de la roche. Le jeune homme souffrait aussi du sol glissant, qui se trempait de plus en plus. Par moments, il traversait de véritables mares, que le gâchis boueux des pieds révélait seul. Mais ce qui l'étonnait surtout, c'étaient les brusques changements de température. En bas du puits, il faisait très frais, et dans la galerie de roulage, par où passait tout l'air de la mine, soufflait un vent glacé, dont la violence tournait à la tempête, entre les muraillements étroits. Ensuite, à mesure qu'on s'enfonçait dans les autres voies, qui recevaient seulement leur part disputée d'aérage, le vent tombait, la chaleur croissait, une chaleur suffocante, d'une pesanteur de plomb.

Maheu n'avait plus ouvert la bouche. Il prit à droite une nouvelle galerie, en disant simplement à Étienne, sans se tourner :

— La veine Guillaume.

C'était la veine où se trouvait leur taille. Dès les premières enjambées, Étienne se meurtrit de la tête et des coudes. Le toit en pente descendait si bas, que, sur des longueurs de vingt et trente mètres, il devait marcher cassé en deux. L'eau arrivait aux chevilles. On fit ainsi deux cents mètres ; et, tout d'un coup, il vit disparaître Levaque, Zacharie et Catherine, qui semblaient s'être envolés par une fissure mince, ouverte devant lui.

— Il faut monter, reprit Maheu. Pendez votre lampe à une boutonnière, et accrochez-vous aux bois.

Lui-même disparut. Étienne dut le suivre. Cette cheminée, laissée dans la veine, était réservée aux mineurs et desservait toutes les voies secondaires. Elle avait l'épaisseur de la couche de charbon, à peine soixante centimètres. Heureusement, le jeune homme était mince, car, maladroit encore, il s'y hissait avec une dépense inutile de muscles, aplatissant les épaules et les hanches, avançant à la force des poignets, cramponné aux bois. Quinze mètres plus haut, on rencontra la première voie secondaire ; mais il fallut continuer, la taille de Maheu et consorts était à la sixième voie, dans l'enfer, ainsi qu'ils disaient ; et, de quinze mètres en quinze mètres, les voies se superposaient, la montée n'en finissait plus,

VEUX-TU PARTAGER AVEC MOI? (Page 40.)

à travers cette fente qui raclait le dos et la poitrine. Étienne râlait, comme si le poids des roches lui eût broyé les membres, les mains arrachées, les jambes meurtries, manquant d'air surtout, au point de sentir le sang lui crever la peau. Vaguement, dans une voie, il aperçut deux bêtes accroupies, une petite, une grosse, qui poussaient des berlines : c'étaient Lydie et la Mouquette, déjà au travail. Et il lui restait à grimper la hauteur de deux tailles ! La sueur l'aveuglait, il désespérait de rattraper les autres, dont il entendait les membres agiles froler le roc d'un long glissement.

— Courage, ça y est ! dit la voix de Catherine.

Mais, comme il arrivait en effet, une autre voix cria du fond de la taille :

— Eh bien ! quoi donc ? est-ce qu'on se fout du monde...? J'ai deux kilomètres à faire de Montsou, et je suis là le premier !

C'était Chaval, un grand maigre de vingt-cinq ans, osseux, les traits forts, qui se fâchait d'avoir attendu. Lorsqu'il aperçut Étienne, il demanda, avec une surprise de mépris :

— Qu'est-ce que c'est que ça?

Et, Maheu lui ayant conté l'histoire, il ajouta entre les dents :

— Alors, les garçons mangent le pain des filles !

Les deux hommes échangèrent un regard, allumé d'une de ces haines d'instinct qui flambent subitement. Étienne avait senti l'injure, sans comprendre encore. Un silence régna, tous se mettaient au travail. C'étaient enfin les veines peu à peu emplies, les tailles en activité, à chaque étage, au bout de chaque voie. Le puits dévorateur avait avalé sa ration quotidienne d'hommes, près de sept cents ouvriers, qui besognaient à cette heure dans cette fourmilière géante, trouant la terre de toutes parts, la criblant ainsi qu'un vieux bois piqué de vers. Et, au milieu du silence lourd, de l'écrasement des couches profondes, on aurait pu, l'oreille collée à la roche, entendre le branle de ces insectes humains en marche, depuis le vol du câble qui montait et descendait la cage d'extraction, jusqu'à la morsure des outils entamant la houille, au fond des chantiers d'abatage.

Étienne, en se tournant, se trouva de nouveau serré contre Catherine. Mais, cette fois, il devina les rondeurs naissantes de la gorge, il comprit tout d'un coup cette tiédeur qui l'avait pénétré.

— Tu es donc une fille ? murmura-t-il, stupéfait.

Elle répondit de son air gai, sans rougeur :

— Mais oui... Vrai ! tu y as mis le temps !

IV

Les quatre haveurs venaient de s'allonger les uns au-dessus des autres, sur toute la montée du front de taille. Séparés par les planches à crochets qui retenaient le charbon abattu, ils occupaient chacun quatre mètres environ de la veine ; et cette veine était si mince, épaisse à peine en cet endroit de cinquante centimètres, qu'ils se trouvaient là comme aplatis entre le toit et le mur, se traînant des genoux et des coudes, ne pouvant se retourner sans se meurtrir les épaules. Ils devaient, pour attaquer la houille, rester couchés sur le flanc, le cou tordu, les bras levés et brandissant de biais la rivelaine, le pic à manche court.

En bas, il y avait d'abord Zacharie ; Levaque et Chaval s'étageaient au-dessus ; et, tout en haut enfin, était Maheu. Chacun havait le lit de schiste, qu'il creusait à coups de rivelaine ; puis, il pratiquait deux entailles verticales dans la couche, et il détachait le bloc, en enfonçant un coin de fer, à la partie supérieure. La houille était grasse, le bloc se brisait, roulait en morceaux le long du ventre et des cuisses. Quand ces morceaux, retenus par la planche, s'étaient amassés sous eux, les haveurs disparaissaient, murés dans l'étroite fente.

C'était Maheu qui souffrait le plus. En haut, la température montait jusqu'à trente-cinq degrés, l'air ne circulait pas, l'étouffement à la longue devenait mortel. Il avait dû, pour voir clair, fixer sa lampe à un clou, près de sa tête ; et cette lampe, qui chauffait son crâne, achevait de lui brûler le sang. Mais son supplice s'aggravait surtout de l'humidité. La roche, au-dessus de lui, à quelques centimètres de son visage, ruisselait d'eau, de grosses gouttes continues et rapides, tombant sur une sorte de rythme entêté, toujours à la même place. Il avait beau tordre le cou, renverser la nuque : elles battaient sa face, s'écrasaient, claquaient sans relâche. Au bout d'un quart d'heure, il était trempé, couvert de sueur lui-même, fumant d'une chaude buée de lessive. Ce matin-là, une goutte, s'acharnant dans son œil, le faisait jurer. Il ne voulait pas lâcher son havage, il oonnait de grands coups, qui le secouaient violemment entre les deux roches, ainsi qu'un puceron pris entre deux feuillets d'un livre, sous la menace d'un aplatissement complet.

Pas une parole n'était échangée. Ils tapaient tous, on n'entendait que ces coups irréguliers, voilés et comme lointains. Les bruits prenaient une sonorité rauque, sans un écho dans l'air mort. Et il semblait que les ténèbres fussent d'un noir inconnu, épaissi par les poussières volantes du charbon, alourdi par des gaz qui pesaient sur les yeux. Les mèches des lampes, sous leurs chapeaux de toile métallique, n'y mettaient que des points rougeâtres. On ne distinguait rien, la taille s'ouvrait, montait ainsi qu'une large cheminée, plate et oblique, où la suie de dix hivers aurait amassé une nuit profonde. Des formes spectrales s'y agitaient, les lueurs perdues laissaient entrevoir une rondeur de hanche, un bras noueux, une tête violente, barbouillée comme pour un crime. Parfois, en se détachant, luisaient des blocs de houille, des pans et des arêtes, brusquement allumés d'un reflet de cristal. Puis, tout retombait au noir, les rivelaines tapaient à grands coups sourds, il n'y avait plus que le halètement des poitrines, le grognement de gêne et de fatigue, sous la pesanteur de l'air et la pluie des sources.

Zacharie, les bras mous d'une noce de la veille, lâcha vite la besogne en prétextant la nécessité de boiser, ce qui lui permettait de s'oublier à siffler doucement, les yeux vagues dans l'ombre. Derrière les haveurs, près de trois mètres de la veine restaient vides, sans qu'ils eussent encore pris la précaution de soutenir la roche, insoucieux du danger et avares de leur temps.

— Eh ! l'aristo ! cria le jeune homme à Étienne, passe-moi des bois.

Étienne, qui apprenait de Catherine à manœuvrer sa pelle, dut monter des bois dans la taille. Il y en avait de la veille une petite provision. Chaque matin, d'habitude, on les descendait, tout coupés sur la mesure de la couche.

— Dépêche-toi donc, sacrée flemme ! reprit Zacharie, en voyant le nouveau herscheur se hisser gauchement au milieu du charbon, les bras embarrassés de quatre morceaux de chêne.

Il faisait, avec son pic, une entaille dans le toit, puis une autre dans le mur; et il y calait les deux bouts du bois, qui étayait ainsi la roche. L'après-midi, les ouvriers de la coupe à terre prenaient les déblais laissés au fond de la galerie par les haveurs, et remblayaient les tranches exploitées de la veine, où ils noyaient les bois, en ne ménageant que la voie inférieure et la voie supérieure, pour le roulage.

Maheu cessa de geindre. Enfin, il avait détaché son bloc. Il essuya sur sa manche son visage ruisselant, il s'inquiéta de ce que Zacharie était monté faire derrière lui.

— Laisse donc ça, dit-il. Nous verrons après déjeuner... Vaut mieux abattre, si nous voulons avoir notre compte de berlines.

— C'est que, répondit le jeune homme, ça baisse. Regarde, L y a une gerçure. J'ai peur que ça n'éboule.

Mais le père haussa les épaules. — Ah ! ouiche ! ébouler ! Et puis, ce ne serait pas la première fois, on s'en tirerait tout de même. Il finit par se fâcher, il renvoya son fils au front de taille.

Tous, du reste, se détiraient. Levaque, resté sur le dos, jurait en examinant son pouce gauche, que la chute d'un grès venait d'écorcher au sang. Chaval, furieusement, enlevait sa chemise, se mettait le torse nu, pour avoir moins chaud. Ils étaient déjà noirs de charbon, enduits d'une poussière fine que la sueur délayait, faisait couler en ruisseaux et en mares. Et Maheu recommença le premier à taper, plus bas, la tête au ras de la roche. Maintenant, la goutte lui tombait sur le front, si obstinée qu'il croyait la sentir lui percer d'un trou les os du crâne.

— Il ne faut pas faire attention, expliquait Catherine à Étienne. Ils gueulent toujours.

Et elle reprit sa leçon, en fille obligeante. Chaque berline chargée arrivait au jour telle qu'elle partait de la taille, marquée d'un jeton spécial pour que le receveur pût la mettre au compte du chantier. Aussi devait-on avoir grand soin de l'emplir et de ne prendre que le charbon propre : autrement elle était refusée à la recette.

Le jeune homme, dont les yeux s'habituaient à l'obscurité, la regardait, blanche encore, avec son teint de chlorose ; et il n'aurait pu dire son âge, il lui donnait douze ans, tellement elle lui semblait frêle. Pourtant il la sentait plus vieille, d'une liberté de garçon, d'une effronterie naïve, qui le gênait un peu : elle ne lui plaisait pas, il trouvait trop gamine sa tête blafarde de Pierrot, serrée aux tempes par le béguin. Mais ce qui l'étonnait, c'était la force de cette enfant, une force nerveuse où il entrait beaucoup d'adresse. Elle emplissait sa berline plus vite que lui, à petits coups de pelle réguliers et rapides ; elle la poussait ensuite jusqu'au plan incliné, d'une seule poussée lente, sans accrocs, passant à l'aise sous les roches basses. Lui, se massacrait, déraillait, restait en détresse.

A la vérité, ce n'était point un chemin commode. Il y avait une soixantaine de mètres, de la taille au plan incliné ; et la voie, que les mineurs de la coupe à terre n'avaient pas encore élargie, était un véritable boyau, de toit très inégal, renflé de continuelles bosses : à certaines places, la berline chargée passait tout juste, le herscheur devait s'applatir, pousser sur les genoux, pour ne pas se fendre la tête. D'ailleurs les bois pliaient et cassaient déjà. On les voyait, rompus au milieu, en longues déchirures pâles, ainsi que des béquilles trop faibles. Il fallait prendre garde de s'écorcher à ces cassures ; et, sous le lent écrasement qui faisait éclater des rondins de chêne gros comme la cuisse, on se coulait à plat ventre, avec la sourde inquiétude d'entendre brusquement craquer son dos.

— Encore ! dit Catherine en riant.

La berline d'Étienne venait de dérailler, au passage le plus difficile. Il n'arrivait point à rouler droit, sur ces rails qui se faussaient dans la terre humide ; et il jurait, il s'emportait, se battait rageusement avec les roues, qu'il ne pouvait, malgré des efforts exagérés, remettre en place.

— Attends donc, reprit la jeune fille. Si tu te fâches, jamais ça ne marchera.

Adroitement, elle s'était glissée, avait enfoncé à reculons le derrière sous la berline ; et, d'une pesée des reins, elle la soulevait et la replaçait. Le poids était de sept cents kilogrammes. Lui, surpris, honteux, bégayait des excuses.

Il fallut qu'elle lui montrât à écarter les jambes, à s'arc-bouter les pieds contre les bois, des deux côtés de la galerie, pour se donner des points d'appui solides. Le corps devait être penché, les bras raidis, de façon à pousser de tous les muscles, des épaules et des hanches. Pendant un voyage, il la suivit, la regarda filer, la croupe tendue, les poings si bas, qu'elle semblait trotter à quatre pattes, ainsi qu'une de ces bêtes naines qui travaillent dans les cirques. Elle suait, haletait, craquait des jointures, mais sans une plainte, avec l'indifférence de l'habitude, comme si la commune misère était pour tous de vivre ainsi ployé. Et il ne parvenait pas à en faire autant, ses souliers le gênaient, son corps se brisait, à marcher de la sorte, la tête basse. Au bout de quelques minutes, cette position devenait un supplice, une angoisse intolérable, si pénible, qu'il se mettait un instant à genoux, pour se redresser et respirer.

Puis, au plan incliné, c'était une corvée nouvelle. Elle lui apprit à emballer vivement sa berline. En haut et en bas de ce plan, qui desservait toutes les tailles, d'un accrochage à un autre, se trouvait un galibot, le freineur en haut, le receveur en bas. Ces vauriens de douze à quinze ans se criaient des mots abominables ; et, pour les avertir, il fallait en hurler de plus violents. Alors, dès qu'il y avait une berline vide à remonter, le receveur donnait le signal, la herscheuse emballait sa berline pleine, dont le poids faisait monter l'autre, quand le freineur desserrait son frein. En bas, dans la galerie du fond, se formaient les trains que les chevaux roulaient jusqu'au puits.

— Ohé ! sacrées rosses ! criait Catherine dans le plan, entièrement boisé, long d'une centaine de mètres, qui résonnait comme un porte-voix gigantesque.

Les galibots devaient se reposer, car ils ne répondaient ni l'un ni l'autre. A tous les étages, le roulage s'arrêta. Une voix grêle de fillette finit par dire :

— Y en a un sur la Mouquette, bien sûr !

Des rires énormes grondèrent, les herscheuses de la veine se tenaient le ventre.

— Qui est-ce ? demanda Étienne à Catherine.

Cette dernière lui nomma la petite Lydie, une galopine qui en savait plus long et qui poussait sa berline aussi raide qu'une femme, malgré ses bras de poupée. Quant à la Mouquette, elle était bien capable d'être avec les deux galibots à la fois.

Mais la voix du receveur monta, criant d'emballer. Sans doute, un porion passait en bas. Le roulage reprit aux neuf étages, on n'entendit plus que les appels réguliers des galibots et que l'ébrouement des herscheuses arrivant au plan, fumantes comme des juments trop chargées. C'était le coup de bestialité qui soufflait dans la fosse, le désir subit du mâle, lorsqu'un mineur rencontrait une de ces filles à quatre pattes, les reins en l'air, crevant de ses hanches sa culotte de garçon.

Et, à chaque voyage, Étienne retrouvait au fond l'étouffement de la taille, la cadence sourde et brisée des rivelaines, les grands soupirs douloureux des haveurs s'obstinant à leur besogne. Tous les quatre s'étaient mis nus, confondus dans la houille, trempés d'une boue noire jusqu'au béguin. Un moment, il avait fallu dégager Maheu qui râlait, ôter les planches pour faire glisser le charbon sur la voie. Zacharie et Levaque s'emportaient contre la veine, qui devenait dure, disaient-ils, ce qui allait rendre les conditions de leur marchandage désastreuses. Chaval se tournait, restait un instant sur le dos, à injurier Étienne, dont la présence, décidément, l'exaspérait.

— Espèce de couleuvre ! ça n'a pas la force d'une fille !... Et veux-tu remplir la berline ! Hein ! c'est pour ménager tes bras... Nom de Dieu ! je te retiens les dix sous, si tu nous en fais refuser une !

Le jeune homme évitait de répondre, trop heureux jusque-là d'avoir trouvé ce travail de bagne, acceptant la brutale hiérarchie du manœuvre et du maître ouvrier. Mais il n'allait plus, les pieds en sang, les membres tordus de crampes atroces, le tronc serré dans une ceinture de fer. Heureusement, il était **dix** heures, le chantier se décida à déjeuner.

Maheu avait une montre, qu'il ne regarda même pas. Au fond de cette nuit sans astres, jamais il ne se trompait de cinq minutes. Tous remirent leur chemise et leur veste. Puis, descendus de la taille, ils s'accroupirent, les coudes aux flancs, les fesses sur leurs talons, dans cette posture si habituelle aux mineurs, qu'ils la gardent même hors de la mine, sans éprouver le besoin d'un pavé ou d'une poutre pour s'asseoir. Et chacun, ayant sorti son briquet, mordait gravement à l'épaisse tranche, en lâchant de rares paroles sur le travail de la matinée. Catherine, demeurée debout, finit par rejoindre Étienne, qui s'était allongé plus loin, en travers des rails, le dos contre les bois. Il y avait là une place à peu près sèche.

— Tu ne manges pas ? demanda-t-elle, la bouche pleine, son briquet à la main.

Puis, elle se rappela ce garçon errant dans la nuit, sans un sou, sans un morceau de pain peut-être.

— Veux-tu partager avec moi ?

Et, comme il refusait, en jurant qu'il n'avait pas faim, la voix tremblante du déchirement de son estomac, elle continua gaiement :

— Ah ! si tu es dégoûté !... Mais, tiens ! je n'ai mordu que de ce côté-ci, je vais te donner celui-là.

Déjà, elle avait rompu les tartines en deux. Le jeune homme, prenant sa

L'INGÉNIEUR LEVA SA LAMPE, LE REGARDA, SANS LE QUESTIONNER. (Page 48.)

moitié, se retint pour ne pas la dévorer d'un coup ; et il posait les bras sur ses cuisses, afin qu'elle n'en vît point le frémissement. De son air tranquille de bon camarade, elle venait de se coucher près de lui, à plat ventre, le menton dans une main, mangeant de l'autre avec lenteur. Leurs lampes, entre eux, les éclairaient.

Catherine le regarda un moment en silence. Elle devait le trouver joli, avec son visage fin et ses moustaches noires. Vaguement, elle souriait de plaisir.

— Alors, tu es machineur, et on t'a renvoyé de ton chemin de fer... Pourquoi ?

— Parce que j'avais giflé mon chef.

Elle demeura stupéfaite, bouleversée dans ses idées héréditaires de subordination, d'obéissance passive.

— Je dois dire que j'avais bu, continua-t-il, et, quand je bois, cela me rend fou, je me mangerais et je mangerais les autres... Oui, je ne peux pas avaler deux petits verres, sans avoir le besoin de manger un homme... Ensuite, je suis malade pendant deux jours.

— Il ne faut pas boire, dit-elle sérieusement.

— Ah ! n'aie pas peur, je me connais !

Et il hochait la tête, il avait une haine de l'eau-de-vie, la haine du dernier enfant d'une race d'ivrognes, qui souffrait dans sa chair de toute cette ascendance trempée et détraquée d'alcool, au point que la moindre goutte en était devenue pour lui un poison.

— C'est à cause de maman que ça m'ennuie d'avoir été mis à la rue, dit-il après avoir avalé une bouchée. Maman n'est pas heureuse, et je lui envoyais de temps à autre une pièce de cent sous.

— Où est-elle donc, ta mère ?

— A Paris... Blanchisseuse, rue de la Goutte-d'Or.

Il y eut un silence. Quand il pensait à ces choses, un vacillement pâlissait ses yeux noirs, la courte angoisse de la lésion dont il couvait l'inconnu, dans sa belle santé de jeunesse. Un instant, il resta les regards noyés au fond des ténèbres de la mine ; et, à cette profondeur, sous le poids et l'étouffement de la terre, il revoyait son enfance, sa mère jolie encore et vaillante, lâchée par son père, puis reprise après s'être mariée à un autre, vivant entre les deux hommes qui la mangeaient, roulant avec eux au ruisseau, dans le vin, dans l'ordure. C'était là-bas, il se rappelait la rue, des détails lui revenaient : le linge sale au milieu de la boutique, et des ivresses qui empuantissaient la maison, et des gifles à casser les mâchoires.

— Maintenant, reprit-il d'une voix lente, ce n'est pas avec trente sous que je pourrai lui faire des cadeaux... Elle va crever de misère, c'est sûr.

Il eut un haussement d'épaules désespéré, il mordit de nouveau dans sa tartine.

— Veux-tu boire ? demanda Catherine qui débouchait sa gourde. Oh ! c'est du café, ça ne te fera pas de mal... On étouffe, quand on avale comme ça.

Mais il refusa : c'était bien assez de lui avoir pris la moitié de son pain. Pourtant, elle insistait d'un air de bon cœur, elle finit par dire :

— Eh bien ! je bois avant toi, puisque tu es si poli... Seulement, tu ne peux plus refuser à présent, ce serait vilain.

Et elle lui tendait sa gourde. Elle s'était relevée sur les genoux, il la voyait tout près de lui, éclairée par les deux lampes. Pourquoi donc l'avait-il trouvée laide ? Maintenant qu'elle était noire, la face poudrée de charbon fin, elle lui semblait d'un charme singulier. Dans ce visage envahi d'ombre, les dents de la bouche trop grande éclataient de blancheur, les yeux s'élargissaient, luisaient avec un reflet verdâtre, pareils à des yeux de chatte. Une mèche des cheveux roux, qui s'était échappée du béguin, lui chatouillait l'oreille et la faisait rire. Elle ne paraissait plus si jeune, elle pouvait bien avoir quatorze ans tout de même.

— Pour te faire plaisir, dit-il, en buvant et en lui rendant la gourde.

Elle avala une seconde gorgée, le força à en prendre une aussi, voulant partager, disait-elle ; et ce goulot mince, qui allait d'une bouche à l'autre, les amusait. Lui, brusquement, s'était demandé s'il ne devait pas la saisir dans ses bras, pour la baiser sur les lèvres. Elle avait de grosses lèvres d'un rose pâle, avivées par le charbon, qui le tourmentaient d'une envie croissante. Mais il n'osait pas, intimidé devant elle, n'ayant eu à Lille que des filles et de l'espèce la plus basse, ignorant comment on devait s'y prendre avec une ouvrière encore dans sa famille.

— Tu dois avoir quatorze ans alors ? demanda-t-il après s'être remis à son pain.

Elle s'étonna, se fâcha presque.

— Comment ! quatorze ! mais j'en ai quinze !... C'est vrai, je ne suis pas grosse. Les filles, chez nous, ne poussent guère vite.

Il continua à la questionner, elle disait tout, sans effronterie ni honte. Du reste elle n'ignorait rien de l'homme ni de la femme, bien qu'il la sentît vierge de corps et vierge enfant, retardée dans la maturité de son sexe par le milieu de mauvais air et de fatigue où elle vivait. Quand il revint sur la Mouquette, pour l'embarrasser, elle conta des histoires épouvantables, la voix paisible, très égayée. Ah ! celle-là en faisait de belles ! Et, comme il désirait savoir si elle-même n'avait pas d'amoureux, elle répondit en plaisantant qu'elle ne voulait pas contrarier sa mère, mais que cela arriverait forcément un jour. Ses épaules s'étaient courbées, elle grelottait un peu dans le froid de ses vêtements trempés de sueur, la mine résignée et douce, prête à subir les choses et les hommes.

— C'est qu'on en trouve des amoureux, quand on vit tous ensemble, n'est-ce pas ?

— Bien sûr.

— Et puis, ça ne fait du mal à personne... On ne dit rien au curé.

— Oh ! le curé, je m'en fiche !... Mais il y a l'Homme noir.

— Comment, l'Homme noir ?

— Le vieux mineur qui revient dans la fosse et qui tord le cou aux vilaines filles.

Il la regardait, craignant qu'elle ne se moquât de lui.

— Tu crois à ces bêtises, tu ne sais donc rien?

— Si fait, moi, je sais lire et écrire... Ça rend service chez nous, car du temps de papa et de maman, on n'apprenait pas.

Elle était décidément très gentille. Quand elle aurait fini sa tartine, il la prendrait et la baiserait sur ses grosses lèvres roses. C'était une résolution de timide, une pensée de violence qui étranglait sa voix. Ces vêtements de garçon, cette veste et cette culotte sur cette chair de fille, l'excitaient et le gênaient. Lui, avait avalé sa dernière bouchée. Il but à la gourde, la lui rendit pour qu'elle la vidât. Maintenant, le moment d'agir était venu, et il jetait un coup d'œil inquiet vers les mineurs, au fond, lorsqu'une ombre boucha la galerie.

Depuis un instant, Chaval, debout, les regardait de loin. Il s'avança, s'assura que Maheu ne pouvait le voir; et, comme Catherine était restée à terre, sur son séant, il l'empoigna par les épaules, lui renversa la tête, lui écrasa la bouche sous un baiser brutal, tranquillement, en affectant de ne pas se préoccuper d'Étienne. Il avait, dans ce baiser, une prise de possession, une sorte de décision jalouse.

Cependant la jeune fille s'était révoltée.

— Laisse-moi, entends-tu!

Il lui maintenait la tête, il la regardait au fond des yeux. Ses moustaches et sa barbiche rouges flambaient dans son visage noir, au grand nez en bec d'aigle. Et il la lâcha enfin, et il s'en alla, sans dire un mot.

Un frisson avait glacé Étienne. C'était stupide d'avoir attendu. Certes, non, à présent, il ne l'embrasserait pas, car elle croirait peut-être qu'il voulait faire comme l'autre. Dans sa vanité blessée il éprouvait un véritable désespoir.

— Pourquoi as-tu menti? dit-il à voix basse. C'est ton amoureux.

— Mais non, je te jure! cria-t-elle. Il n'y a pas ça entre nous. Des fois, il veut rire... Même qu'il n'est pas d'ici, voilà six mois qu'il est arrivé du Pas-de-Calais.

Tous deux s'étaient levés, on allait se remettre au travail. Quand elle le vit si froid, elle parut chagrine. Sans doute, elle le trouvait plus joli que l'autre, elle l'aurait préféré peut-être. L'idée d'une amabilité, d'une consolation la tracassait; et, comme le jeune homme, étonné, examinait sa lampe qui brûlait bleue, avec une large collerette pâle, elle tenta au moins de le distraire.

— Viens que je te montre quelque chose, murmura-t-elle d'un air de bonne amitié.

Lorsqu'elle l'eut mené au fond de la taille, elle lui fit remarquer une crevasse, dans la houille. Un léger bouillonnement s'en échappait, un petit bruit, pareil à un sifflement d'oiseau.

— Mets ta main, tu sens le vent... C'est du grisou.

Il resta surpris. Ce n'était que ça, cette terrible chose qui faisait tout sauter ? Elle riait, elle disait qu'il y en avait beaucoup ce jour-là, pour que la flamme de lampes fût si bleue.

— Quand vous aurez fini de bavarder, fainéants ! cria la rude voix de Maheu.

Catherine et Étienne se hâtèrent de remplir leurs berlines et les poussèrent au plan incliné, l'échine raidie, rampant sous le toit de la voie. Dès le second voyage, la sueur les inondait et leurs os craquaient de nouveau.

Dans la taille, le travail des haveurs avait repris. Souvent, ils abrégeaient les déjeuner, pour ne pas se refroidir ; et leurs briquets, mangés ainsi loin du soleil, avec une voracité muette, leur chargeaient de plomb l'estomac. Allongés sur le flanc, ils tapaient plus fort, ils n'avaient que l'idée fixe de compléter un gros nombre de berlines. Tout disparaissait dans cette rage du gain disputé si rudement. Ils cessaient de sentir l'eau qui ruisselait et enflait leurs membres, les crampes des attitudes forcées, l'étouffement des ténèbres, où ils blémissaient ainsi que des plantes mises en cave. Pourtant, à mesure que la journée s'avançait, l'air s'empoisonnait davantage, se chauffait de la fumée des lampes, de la pestilence des haleines, de l'asphyxie du grisou, gênant sur les yeux comme des toiles d'araignée, et que devait seul balayer l'aérage de la nuit. Eux, au fond de leur trou de taupe, sous le poids de la terre, n'ayant plus de souffle dans leurs poitrines embrasées, tapaient toujours.

V

Maheu, sans regarder à sa montre laissée dans sa veste, s'arrêta et dit :

— Bientôt une heure... Zacharie, est-ce fait?

Le jeune homme boisait depuis un instant. Au milieu de sa besogne, il était resté sur le dos, les yeux vagues, rêvassant aux parties de crosse qu'il avait faites la veille. Il s'éveilla, il répondit :

— Oui, ça suffira, on verra demain.

Et il retourna prendre sa place à la taille. Levaque et Chaval, eux aussi, lâchaient la rivelaine. Il y eut un repos. Tous s'essuyaient le visage sur leurs bras nus, en regardant la roche du toit, dont les masses schisteuses se fendillaient. Ils ne causaient guère que de leur travail.

— Encore une chance, murmura Chaval, d'être tombé sur des terres qui déboulent !... Ils n'ont pas tenu compte de ça, dans le marchandage.

— Des filous! grogna Levaque. Ils ne cherchent qu'à nous foutre dedans.

Zacharie se mit à rire. Il se fichait du travail et du reste, mais ça l'amusait, d'entendre empoigner la Compagnie. De son air placide, Maheu expliqua que la nature des terrains changeait tous les vingt mètres. Il fallait être juste, on ne pouvait rien prévoir. Puis, les deux autres continuant à déblatérer contre les chefs, il devint inquiet, il regarda autour de lui.

— Chut! en voilà assez!

— Tu as raison, dit Levaque, qui baissa également la voix. C'est malsain.

Une obsession des mouchards les hantait, même à cette profondeur, comme si la houille des actionnaires, encore dans la veine, avait eu des oreilles.

— N'empêche, ajouta très haut Chaval d'un air de défi, que si ce cochon de Dansaert me parle sur le ton de l'autre jour, je lui colle une brique dans le ventre... Je ne l'empêche pas, moi, de se payer les blondes qui ont la peau fine.

Cette fois, Zacharie éclata. Les amours du maître-porion et de la Pierronne étaient la continuelle plaisanterie de la fosse. Catherine elle-même, appuyée sur

sa pelle, en bas de la taille, se tint les côtes et mit d'une phrase Étienne au
courant ; tandis que Maheu se fâchait, pris d'une peur qu'il ne cachait plus.

— Hein? tu vas te taire!... Attends d'être tout seul, si tu veux qu'il t'arrive
du mal.

Il parlait encore, lorsqu'un bruit de pas vint de la galerie supérieure. Presque
aussitôt, l'ingénieur de la fosse, le petit Négrel, comme les ouvriers le nommaient
entre eux, parut en haut de la taille, accompagné de Dansaert, le maître-porion.

— Quand je le disais! murmura Maheu. Il y en a toujours là, qui sortent de
la terre.

Paul Négrel, neveu de M. Hennebeau, était un garçon de vingt-six ans, mince
et joli, avec des cheveux frisés et des moustaches brunes. Son nez pointu, ses
yeux vifs, lui donnaient un air de furet aimable, d'une intelligence sceptique, qui
se changeait en une autorité cassante, dans ses rapports avec les ouvriers. Il
était vêtu comme eux, barbouillé comme eux de charbon ; et, pour les réduire au
respect, il montrait un courage à se casser les os, passant par les endroits les
plus difficiles, toujours le premier sous les éboulements et dans les coups de
grisou.

— Nous y sommes, n'est-ce pas, Dansaert? demanda-t-il.

Le maître-porion, un Belge à face épaisse, au gros nez sensuel, répondit avec
une politesse exagérée :

— Oui, monsieur Négrel... Voici l'homme qu'on a embauché ce matin.

Tous deux s'étaient laissés glisser au milieu de la taille. On fit monter
Étienne. L'ingénieur leva sa lampe, le regarda, sans le questionner.

— C'est bon, dit-il enfin. Je n'aime guère qu'on ramasse des inconnus sur les
routes... Surtout, ne recommencez pas.

Et il n'écouta point les explications qu'on lui donnait, les nécessités du travail,
le désir de remplacer les femmes par des garçons, pour le roulage. Il s'était mis
à étudier le toit, pendant que les haveurs reprenaient leurs rivelaines. Tout d'un
coup, il s'écria :

— Dites donc, Maheu, est-ce que vous vous fichez du monde!... Vous allez
tous y rester, nom d'un chien !

— Oh ! c'est solide, répondit tranquillement l'ouvrier.

— Comment ! solide!... Mais la roche tasse déjà, et vous plantez des bois à
plus de deux mètres, d'un air de regret! Ah! vous êtes bien tous les mêmes,
vous vous laisseriez aplatir le crâne, plutôt que de lâcher la veine, pour mettre
au boisage le temps voulu!... Je vous prie de m'étayer ça sur-le-champ. Doublez
les bois, entendez-vous !

Et, devant le mauvais vouloir des mineurs qui discutaient, en disant qu'ils
étaient bons juges de leur sécurité, il s'emporta.

— Allons donc! quand vous aurez la tête broyée, est-ce que c'est vous qui en
supporterez les conséquences? Pas du tout ! ce sera la Compagnie, qui devra

— ALLONS HOUP! BOUGRESSES! (Page 54.)

vous faire des pensions, à vous ou à vos femmes... Je vous répète qu'on vous connaît : pour avoir deux berlines de plus le soir, vous donneriez vos peaux.

Maheu, malgré la colère dont il était peu à peu gagné, dit encore posément :

— Si l'on nous payait assez, nous boiserions mieux.

L'ingénieur haussa les épaules, sans répondre. Il avait achevé de descendre le long de la taille, il conclut seulement d'en bas :

— Il vous reste une heure, mettez-vous tous à la besogne ; et je vous avertis que le chantier a trois francs d'amende.

Un sourd grognement des haveurs accueillit ces paroles. La force de la hiérarchie les retenait seule, cette hiérarchie militaire qui, du galibot au maître-porion, les courbait les uns sous les autres. Chaval et Levaque pourtant eurent un geste furieux, tandis que Maheu les modérait du regard et que Zacharie haussait gouailleusement les épaules. Mais Étienne était peut-être le plus frémissant. Depuis qu'il se trouvait au fond de cet enfer, une révolte lente le soulevait. Il regarda Catherine résignée, l'échine basse. Était-ce possible qu'on se tuât à une si dure besogne, dans ces ténèbres mortelles, et qu'on n'y gagnât même pas les quelques sous du pain quotidien ?

Cependant, Négrel s'en allait avec Dansaert, qui s'était contenté d'approuver d'un mouvement continu de la tête. Et leurs voix, de nouveau, s'élevèrent : ils venaient de s'arrêter encore, ils examinaient le boisage de la galerie, dont les haveurs avaient l'entretien sur une longueur de dix mètres, en arrière de la taille.

— Quand je vous dis qu'ils se fichent du monde ! criait l'ingénieur. Et vous, nom d'un chien ! vous ne surveillez donc pas ?

— Mais si, mais si, balbutiait le maître-porion. On est las de leur répéter les choses.

Négrel appela violemment :

— Maheu ! Maheu !

Tous descendirent. Il continuait :

— Voyez ça, est-ce que ça tient ?... C'est bâti comme quatre sous. Voilà un chapeau que les moutons ne portent déjà plus, tellement on l'a posé à la hâte... Pardi ! je comprends que le raccommodage nous coûte si cher. N'est-ce pas ? pourvu que ça dure tant que vous en avez la responsabilité ! Et puis tout casse, et la Compagnie est forcée d'avoir une armée de raccommodeurs... Regardez un peu là-bas, c'est un vrai massacre.

Chaval voulut parler, mais il le fit taire.

— Non, je sais ce que vous allez dire encore. Qu'on vous paie davantage, hein ? Eh bien ! je vous préviens que vous forcerez la Direction à faire une chose : oui, on vous paiera le boisage à part, et l'on réduira proportionnellement le prix de la berline. Nous verrons si vous y gagnerez... En attendant, reboisez-moi ça tout de suite. Je passerai demain.

Et dans le saisissement causé par sa menace, il s'éloigna. Dansaert, si humble devant lui, resta en arrière quelques secondes, pour dire brutalement aux ouvriers :

— Vous me faites empoigner, vous autres... Ce n'est pas trois francs d'amende que je vous flanquerai, moi ! Prenez garde !

Alors, quand il fut parti, Maheu éclata à son tour.

— Nom de Dieu ! ce qui n'est pas juste n'est pas juste. Moi, j'aime qu'on soit calme, parce que c'est la seule façon de s'entendre ; mais, à la fin, ils vous rendraient enragés... Avez-vous entendu ? la berline baissée, et le boisage à part ! encore une façon de nous payer moins !... Nom de Dieu de nom de Dieu !

Il cherchait quelqu'un sur qui tomber, lorsqu'il aperçut Catherine et Étienne, les bras ballants.

— Voulez-vous bien me donner des bois ! Est-ce que ça vous regarde ?... Je vas vous allonger mon pied quelque part.

Étienne alla se charger, sans rancune de cette rudesse, si furieux lui-même contre les chefs, qu'il trouvait les mineurs trop bons enfants.

Du reste, Levaque et Chaval s'étaient soulagés en gros mots. Tous, même Zacharie, boisaient rageusement. Pendant près d'une demi-heure, on n'entendit que le craquement des bois, calés à coups de masse. Ils n'ouvraient plus la bouche, ils soufflaient, s'exaspéraient contre la roche, qu'ils auraient bousculée et remontée d'un renfoncement d'épaules, s'ils l'avaient pu.

— En voilà assez ! dit enfin Maheu, brisé de colère et de fatigue. Une heure et demie... Ah ! une propre journée, nous n'aurons pas cinquante sous !... Je m'en vais, ça me dégoûte.

Bien qu'il y eût encore une demi-heure de travail, il se rhabilla. Les autres l'imitèrent. La vue seule de la taille les jetait hors d'eux. Comme la herscheuse s'était remise au roulage, ils l'appelèrent en s'irritant de son zèle : si le charbon avait des pieds, il sortirait tout seul. Et les six, leurs outils sous les bras, partirent, ayant à refaire les deux kilomètres, retournant au puits par la route du matin.

Dans la cheminée, Catherine et Étienne s'attardèrent, tandis que les haveurs glissaient jusqu'en bas. C'était une rencontre, la petite Lydie, arrêtée au milieu d'une voie pour les laisser passer, et qui leur racontait une disparition de la Mouquette, prise d'un tel saignement de nez, que depuis une heure elle était allée se tremper la figure quelque part, on ne savait pas où. Puis, quand ils la quittèrent, l'enfant poussa de nouveau sa berline, éreintée, boueuse, raidissant ses bras et ses jambes d'insecte, pareille à une maigre fourmi noire en lutte contre un fardeau trop lourd. Eux, dévalaient sur le dos, aplatissaient leurs épaules, de peur de s'arracher la peau du front ; et ils filaient si raides, le long de la roche polie par tous les derrières des chantiers, qu'ils devaient, de temps à autre, se retenir aux bois, pour que leurs fesses ne prissent pas feu, disaient-ils en plaisantant.

En bas, ils se trouvèrent seuls. Des étoiles rouges disparaissaient au loin, à un coude de la galerie. Leur gaieté tomba, ils se mirent en marche d'un pas lourd de fatigue, elle devant, lui derrière. Les lampes charbonnaient, il la voyait à peine, noyée d'une sorte de brouillard fumeux; et l'idée qu'elle était une fille lui causait un malaise, parce qu'il se sentait bête de ne pas l'embrasser, et que le souvenir de l'autre l'en empêchait. Assurément, elle lui avait menti : l'autre était son amant, ils couchaient ensemble sur tous les tas d'escaillage, car elle avait déjà le déhanchement d'une gueuse. Sans raison, il la boudait, comme si elle l'eût trompé. Elle pourtant, à chaque minute, se tournait, l'avertissait d'un obstacle, semblait l'inviter à être aimable. On était si perdu, on aurait si bien pu rire en bons amis ! Enfin, ils débouchèrent dans la galerie de roulage, ce fut pour lui un soulagement à l'indécision dont il souffrait ; tandis qu'elle, une dernière fois, eut un regard attristé, le regret d'un bonheur qu'ils ne retrouveraient plus.

Maintenant, autour d'eux, la vie souterraine grondait, avec le continuel passage des porions, le va-et-vient des trains, emportés au trot des chevaux. Sans cesse, des lampes étoilaient la nuit. Ils devaient s'effacer contre la roche, laisser la voie à des ombres d'hommes et de bêtes dont ils recevaient l'haleine au visage. Jeanlin, courant pieds nus derrière son train, leur cria une méchanceté qu'ils n'entendirent pas, dans le tonnerre des roues. Ils allaient toujours, elle silencieuse à présent, lui ne reconnaissant pas les carrefours ni les rues du matin, s'imaginant qu'elle le perdait de plus en plus sous la terre ; et ce dont il souffrait surtout, c'était du froid, un froid grandissant qui l'avait pris au sortir de la taille, et qui le faisait grelotter davantage, à mesure qu'il se rapprochait du puits. Entre les muraillements étroits, la colonne d'air soufflait de nouveau en tempête. Il désespérait d'arriver jamais, lorsque, brusquement, ils se trouvèrent dans la salle de l'accrochage.

Chaval leur jeta un regard oblique, la bouche froncée de méfiance. Les autres étaient là, en sueur, dans le courant glacé, muets comme lui, ravalant des grondements de colère. Ils arrivaient trop tôt, on refusait de les remonter avant une demi-heure, d'autant plus qu'on faisait des manœuvres compliquées, pour la descente d'un cheval. Les chargeurs emballaient encore des berlines, avec un bruit assourdissant de ferrailles remuées, et les cages s'envolaient, disparaissaient dans la pluie battante qui tombait du trou noir. En bas, le bougnou, un puisard de dix mètres, empli de ce ruissellement, exhalait lui aussi son humidité vaseuse. Des hommes tournaient sans cesse autour du puits, tiraient les cordes des signaux, pesaient sur les bras des leviers, au milieu de cette poussière d'eau dont leurs vêtements se trempaient. La clarté rougeâtre des trois lampes à feu libre, découpant de grandes ombres mouvantes, donnait à cette salle souterraine un air de caverne scélérate, quelque forge de bandits, voisine d'un torrent.

Maheu tenta un dernier effort. Il s'approcha de Pierron, qui avait pris son service à six heures.

— Voyons, tu peux bien nous laisser monter.

Mais le chargeur, un beau garçon, aux membres forts et au visage doux, refusa d'un geste effrayé.

— Impossible, demande au porion... On me mettrait à l'amende.

De nouveaux grondements furent étouffés. Catherine se pencha, dit à l'oreille d'Étienne :

— Viens donc voir l'écurie. C'est là qu'il fait bon !

Et ils durent s'échapper sans être vus, car il était défendu d'y aller. Elle se trouvait à gauche, au bout d'une courte galerie. Longue de vingt-cinq mètres, haute de quatre, taillée dans le roc et voûtée en briques, elle pouvait contenir vingt chevaux. Il y faisait bon en effet, une bonne chaleur de bêtes vivantes, une bonne odeur de litière fraîche, tenue proprement. L'unique lampe avait une lueur calme de veilleuse. Des chevaux au repos tournaient la tête, avec leurs gros yeux d'enfants, puis se remettaient à leur avoine, sans hâte, en travailleurs gras et bien portants, aimés de tout le monde.

Mais, comme Catherine lisait à voix haute les noms, sur les plaques de zinc, au-dessus des mangeoires, elle eut un léger cri, en voyant un corps se dresser brusquement devant elle. C'était la Mouquette, effarée, qui sortait d'un tas de paille, où elle dormait. Le lundi, lorsqu'elle était trop lasse des farces du dimanche, elle se donnait un violent coup de poing sur le nez, quittait sa taille sous le prétexte d'aller chercher de l'eau, et venait s'enfouir là, avec les bêtes, dans la litière chaude. Son père, d'une grande faiblesse pour elle, la tolérait, au risque d'avoir des ennuis.

Justement, le père Mouque entra, court, chauve, ravagé, mais resté gros quand même, ce qui était rare chez un ancien mineur de cinquante ans. Depuis qu'on en avait fait un palefrenier, il chiquait à un tel point, que ses gencives saignaient dans sa bouche noire. En apercevant les deux autres avec sa fille, il se fâcha.

— Qu'est-ce que vous fichez là, tous ? Allons, houp ! bougresses qui m'amenez un homme ici !... C'est propre, de venir faire vos saletés dans ma taille.

Mouquette trouvait ça drôle, se tenait le ventre. Mais Étienne, gêné, s'en alla, tandis que Catherine lui souriait. Comme tous trois retournaient à l'accrochage, Bébert et Jeanlin y arrivaient aussi, avec un train de berlines. Il y eut un arrêt pour la manœuvre des cages, et la jeune fille s'approcha de leur cheval, le caressa de la main, en parlant de lui à son compagnon. C'était Bataille, le doyen de la mine, un cheval blanc qui avait dix ans de fond. Depuis dix ans, il vivait dans ce trou, occupant le même coin de l'écurie, faisant la même tâche le long des galeries noires, sans avoir jamais revu le jour. Très gras, le poil luisant, l'air bonhomme, il semblait y couler une existence de sage, à l'abri des malheurs de là-haut. Du reste, dans les ténèbres, il était devenu d'une grande malignité. La voie où il travaillait, avait fini par lui être si familière, qu'il poussait de la tête les portes d'aérage, et qu'il se baissait, afin de ne pas se cogner, aux endroits trop bas. Sans doute aussi il comptait ses tours, car lorsqu'il avait fait le nombre réglementaire de voyages, il refusait d'en recommencer un autre, on devait le reconduire à sa mangeoire. Maintenant, l'âge venait, ses yeux de chat se voilaient parfois d'une mélancolie. Peut-être revoyait-il vaguement, au fond de ses rêvasseries obscures, le moulin où il était né, près de Marchiennes, un moulin planté sur le bord de la Scarpe, entouré de larges verdures, toujours éventé par le vent. Quelque chose brûlait en l'air, une lampe énorme, dont le souvenir exact échappait à sa mémoire de bête. Et il restait la tête basse, tremblant sur ses vieux pieds, faisant d'inutiles efforts pour se rappeler le soleil.

Cependant, les manœuvres continuaient dans le puits, le marteau des signaux avait tapé quatre coups, on descendait le cheval; et c'était toujours une émotion, car il arrivait parfois que la bête, saisie d'une telle épouvante, débarquait morte. En haut, lié dans un filet, il se débattait éperdûment; puis, dès qu'il sentait le sol manquer sous lui, il restait comme pétrifié, il disparaissait sans un frémissement de la peau, l'œil agrandi et fixe. Celui-ci étant trop gros pour passer entre les guides, on avait dû, en l'accrochant au-dessous de la cage, lui rabattre et lui attacher la tête sur le flanc. La descente dura près de trois minutes, on ralentissait la machine par précaution. Aussi, en bas, l'émotion grandissait-elle. Quoi donc? est-ce qu'on allait le laisser en route, pendu dans le noir? Enfin, il parut, avec son immobilité de pierre, son œil fixe, dilaté de terreur. C'était un cheval bai, de trois ans à peine, nommé Trompette.

— Attention! criait le père Mouque, chargé de le recevoir. Amenez-le, ne le détachez pas encore.

Bientôt, Trompette fut couché sur les dalles de fonte, comme une masse. Il ne bougeait toujours pas, il semblait dans le cauchemar de ce trou obscur, infini, de cette salle profonde, retentissante de vacarme. On commençait à le délier, lorsque Bataille, dételé depuis un instant, s'approcha, allongea le cou pour flairer ce compagnon, qui tombait ainsi de la terre. Les ouvriers élargirent le cercle en plaisantant. Eh bien! quelle bonne odeur lui trouvait-il Mais Bataille s'animait, sourd aux moqueries. Il lui trouvait sans doute la bonne odeur du grand air, l'odeur oubliée du soleil dans les herbes. Et il éclata tout à coup d'un hennissement sonore, d'une musique d'allégresse, où il semblait y avoir l'attendrissement d'un sanglot. C'était la bienvenue, la joie de ces choses anciennes dont une bouffée lui arrivait, la mélancolie de ce prisonnier de plus qui ne remonterait que mort.

— Ah! cet animal de Bataille! criaient les ouvriers, égayés par ces farces de leur favori. Le voilà qui cause avec le camarade.

Trompette, délié, ne bougeait toujours pas. Il demeurait sur le flanc, comme s'il eût continué à sentir le filet l'étreindre, garrotté par la peur. Enfin on le mit debout d'un coup de fouet, étourdi, les membres secoués d'un grand frisson. Et le père Mouque emmena les deux bêtes qui fraternisaient.

— Voyons, y sommes-nous, à présent? demanda Maheu.

Il fallait débarrasser les cages, et du reste dix minutes manquaient encore pour l'heure de la remonte. Peu à peu, les chantiers se vidaient, des mineurs revenaient de toutes les galeries. Il y avait déjà là une cinquantaine d'hommes, mouillés et grelottants, sous les fluxions de poitrine qui soufflaient de partout. Pierron, malgré son visage doucereux, gifla sa fille Lydie, parce qu'elle avait quitté la taille avant l'heure. Zacharie pinçait sournoisement la Mouquette, histoire de se réchauffer. Mais le mécontentement grandissait, Chaval et Levaque racontaient la menace de l'ingénieur, la berline baissée de prix, le boisage payé à part; et des exclamations accueillaient ce projet, une rébellion germait dans ce coin étroit, à près de six cents mètres sous la terre. Bientôt, les voix ne se continrent plus, ces hommes souillés de charbon, glacés par l'attente, accusèrent la Compagnie de tuer au fond une moitié de ses ouvriers, et de faire crever l'autre moitié de faim. Étienne écoutait, frémissant.

— Dépêchons! dépêchons! répétait aux chargeurs le porion Richomme.

Il hâtait la manœuvre pour la remonte, ne voulant point sévir, faisant semblant de ne pas entendre. Cependant, les murmures devenaient tels, qu'il fut forcé de s'en mêler. Derrière lui, on criait que ça ne durerait pas toujours et qu'un beau matin la boutique sauterait.

— Toi qui es raisonable, dit-il à Maheu, fais-les donc taire. Quand on n'est pas les plus forts, on doit être les plus sages.

Mais Maheu, qui se calmait et finissait par s'inquiéter, n'eut point à intervenir. Soudain, les voix tombèrent: Négrel et Dansaert, revenant de leur inspection, débouchaient d'une galerie, en sueur aussi tous les deux. L'habitude de la discipline fit ranger les hommes, tandis que l'ingénieur traversait le groupe, sans une parole. Il se mit dans une berline, le maître-porion dans une autre; on tira cinq fois le signal, sonnant à la grosse viande, comme on disait pour les chefs; et la cage fila en l'air, au milieu d'un silence morne.

VEUX-TU LUI FAIRE CRÉDIT? (Page 63.)

VI

Dans la cage qui le remontait, tassé avec quatre autres, Étienne résolut de reprendre sa course affamée, le long des routes. Autant valait-il crever de suite que de redescendre au fond de cet enfer, pour n'y pas même gagner son pain. Catherine, enfournée au-dessus de lui, n'était plus là, contre son flanc, d'une bonne chaleur engourdissante. Et il aimait mieux ne pas songer à des bêtises, et s'éloigner ; car, avec son instruction plus large, il ne se sentait point la résignation de ce troupeau, il finirait par étrangler quelque chef.

Brusquement, il fut aveuglé. La remonte venait d'être si rapide, qu'il restait ahuri du grand jour, les paupières battantes dans cette clarté dont il s'était déshabitué déjà. Ce n'en fut pas moins un soulagement pour lui, de sentir la cage retomber sur les verrous. Un moulineur ouvrait la porte, le flot des ouvriers sautait des berlines.

— Dis donc, Mouquet, murmura Zacharie à l'oreille du moulineur, filons-nous au Volcan, ce soir ?

Le Volcan était un café-concert de Montsou. Mouquet cligna l'œil gauche, avec un rire silencieux qui lui fendait les mâchoires. Petit et gros comme son père, il avait le nez effronté d'un gaillard qui mangeait tout, sans nul souci du lendemain. Justement, la Mouquette sortait à son tour, et il lui allongea une claque formidable sur les reins, par tendresse fraternelle.

Étienne reconnaissait à peine la haute nef de la recette, qu'il avait vue inquiétante, dans les lueurs louches des lanternes. Ce n'était que nu et sale. Un jour terreux entrait par les fenêtres poussiéreuses. Seule, la machine luisait, là-bas, avec ses cuivres ; les câbles d'acier, enduits de graisse, filaient comme des rubans trempés d'encre ; et les mollettes en haut, l'énorme charpente qui les supportait, les cages, les berlines, tout ce métal prodigué assombrissait la salle de leur gris dur de vieilles ferrailles. Sans relâche, le grondement des roues ébranlait les dalles de fonte ; tandis que, de la houille ainsi promenée, montait une fine poudre de charbon, qui poudrait à noir le sol, les murs, jusqu'aux solives du beffroi.

Mais Chaval, ayant donné un coup d'œil au tableau des jetons, dans le petit bureau vitré du receveur, revint furieux. Il avait constaté qu'on leur refusait deux berlines, l'une parce qu'elle ne contenait pas la quantité réglementaire, l'autre parce que la houille en était malpropre.

— La journée est complète, cria-t-il. Encore vingt sous de moins!... Aussi est-ce qu'on devrait prendre des fainéants, qui se servent de leurs bras comme un cochon de sa queue!

Et son regard oblique, dirigé sur Étienne, complétait sa pensée. Celui-ci fut tenté de répondre à coups de poing. Puis, il se demanda à quoi bon, puisqu'il partait. Cela le décidait absolument.

— On ne peut pas bien faire le premier jour, dit Maheu pour mettre la paix. Demain, il fera mieux

Tous n'en restaient pas moins aigris, agités d'un besoin de querelle. Comme ils passaient à la lampisterie rendre leurs lampes, Levaque s'empoigna avec le lampiste, qu'il accusait de mal nettoyer la sienne. Ils ne se détendirent un peu que dans la baraque, où le feu brûlait toujours. Même on avait dû trop le charger, car le poêle était rouge, la vaste pièce sans fenêtres semblait en flammes, tellement les reflets du brasier saignaient sur les murs. Et ce furent des grognements de joie, tous les dos se rôtissaient à distance, fumaient ainsi que des soupes. Quand les reins brûlaient, on se cuisait le ventre. La Mouquette, tranquillement, avait rabattu sa culotte pour sécher sa chemise. Des garçons blaguaient, on éclata de rire, parce qu'elle leur montra tout à coup son derrière, ce qui était chez elle l'extrême expression du dédain.

— Je m'en vais, dit Chaval qui avait serré ses outils dans sa caisse.

Personne ne bougea. Seule, Mouquette se hâta, s'échappa derrière lui, sous le prétexte qu'ils rentraient l'un et l'autre à Montsou. Mais on continuait de plaisanter, on savait qu'il ne voulait plus d'elle.

Catherine, cependant, préoccupée, venait de parler bas à son père. Celui-ci s'étonna, puis il approuva d'un hochement de tête ; et, appelant Étienne pour lui rendre son paquet :

— Écoutez donc, murmura-t-il, si vous n'avez pas le sou, vous aurez le temps de crever avant la quinzaine... Voulez-vous que je tâche de vous trouver du crédit quelque part ?

Le jeune homme resta un instant embarrassé. Justement, il allait réclamer ses trente sous et partir. Mais une honte le retint devant la jeune fille. Elle le regardait fixement, peut-être croirait-elle qu'il boudait le travail.

— Vous savez, je ne vous promets rien, continua Maheu. Nous en serons quittes pour un refus.

Alors, Étienne ne dit pas non. On refuserait. Du reste, ça ne l'engageait point,

il pourrait toujours s'éloigner, après avoir mangé un morceau. Puis, il fut
mécontent de n'avoir pas dit non, en voyant la joie de Catherine, un joli rire, un
regard d'amitié, heureuse de lui être venue en aide. A quoi bon tout cela?

Quand ils eurent repris leurs sabots et fermé leurs cases, les Maheu quittèrent
la baraque, à la queue des camarades qui s'en allaient un à un, dès qu'ils
s'étaient réchauffés. Étienne les suivit, Levaque et son gamin se mirent de la
bande. Mais, comme ils traversaient le criblage, une scène violente les arrêta.

C'était dans un vaste hangar, aux poutres noires de poussière envolée, aux
grandes persiennes d'où soufflait un continuel courant d'air. Les berlines de
houille arrivaient directement de la recette, étaient versées ensuite par des cul-
buteurs sur les trémies, de longues glissières de tôle ; et, à droite et à gauche
de ces dernières, les cribleuses, montées sur des gradins, armées de la pelle et
du rateau, ramassaient les pierres, poussaient le charbon propre, qui tombait
ensuite par des entonnoirs dans les wagons de la voie ferrée, établie sous le
hangar.

Philomène Levaque se trouvait là, mince et pâle, d'une figure moutonnière
de fille crachant le sang. La tête protégée d'un lambeau de laine bleue, les mains
et les bras noirs jusqu'aux coudes, elle triait au-dessous d'une vieille sorcière, la
mère de la Pierronne, la Brûlé ainsi qu'on la nommait, terrible avec ses yeux de
chat-huant et sa bouche serrée comme la bourse d'un avare. Elles s'empoignaient
toutes les deux, la jeune accusant la vieille de lui ratisser ses pierres, à ce point
qu'elle n'en faisait pas un panier en dix minutes. On les payait au panier,
c'étaient des querelles sans cesse renaissantes. Les chignons volaient, les mains
restaient marquées en noir sur les faces rouges.

— Fous-lui donc un renfoncement! cria d'en haut Zacharie à sa maîtresse.

Toutes les cribleuses éclatèrent. Mais la Brûlé se jeta hargneusement sur le
jeune homme.

— Dis donc, saleté! tu ferais mieux de reconnaître les deux gosses dont tu
l'as emplie!... S'il est permis, une bringue de dix-huit ans, qui ne tient pas
debout.

Maheu dut empêcher son fils de descendre, pour voir un peu, disait-il, la couleur de sa peau, à cette carcasse. Un surveillant accourait, les râteaux se
remirent à fouiller le charbon. On n'apercevait plus, du haut en bas des trémies,
que les dos ronds des femmes, acharnées à se disputer les pierres.

Dehors, le vent s'était brusquement calmé, un froid humide tombait du ciel
gris. Les charbonniers gonflèrent les épaules, croisèrent les bras et partirent,
débandés, avec un roulis des reins qui faisait saillir leurs gros os, sous la toile
mince des vêtements. Au grand jour, ils passaient comme une bande de nègres
culbutés dans la vase. Quelques-uns n'avaient pas fini leur briquet ; et ce reste
de pain, rapporté entre la chemise et la veste, les rendait bossus.

— Tiens! voilà Bouteloup, dit Zacharie en ricanant.

Levaque, sans s'arrêter, échangea deux phrases avec son logeur, gros garçon brun de trente-cinq ans, l'air placide et honnête.

— Ça y est, la soupe, Louis?

— Je crois. "

— Alors, la femme est gentille, aujourd'hui?

— Oui, gentille, je crois.

D'autres mineurs de la coupe à terre arrivaient, des bandes nouvelles qui, une à une, s'engouffraient dans la fosse. C'était la descente de trois heures, encore des hommes que le puits mangeait, et dont les équipes allaient remplacer les marchandages des haveurs, au fond des voies. Jamais la mine ne chômait, il y avait nuit et jour des insectes humains fouissant la roche, à six cents mètres sous les champs de betteraves.

Cependant, les gamins marchaient les premiers. Jeanlin confiait à Bébert un plan compliqué, pour avoir à crédit quatre sous de tabac; tandis que Lydie, respectueusement, venait à distance. Catherine suivait avec Zacharie et Étienne. Aucun ne parlait. Et ce fut seulement devant le cabaret de l'Avantage, que Maheu et Levaque les rejoignirent.

— Nous y sommes, dit le premier à Étienne. Voulez-vous entrer?

On se sépara. Catherine était restée un instant immobile, regardant une dernière fois le jeune homme de ses grands yeux, d'une limpidité verdâtre d'eau de source, et dont le visage noir creusait encore le cristal. Elle sourit, elle disparut avec les autres, sur le chemin montant qui conduisait au coron.

Le cabaret se trouvait entre le village et la fosse, au croisement des deux routes. C'était une maison de briques à deux étages, blanchie du haut en bas à la chaux, égayée autour des fenêtres d'une large bordure bleu-ciel. Sur une enseigne carrée, clouée au-dessus de la porte, on lisait en lettres jaunes : *A l'Avantage, débit tenu par Rasseneur.* Derrière, s'allongeait un jeu de quilles, clos d'une haie vive. Et la Compagnie, qui avait tout fait pour acheter ce lopin, enclavé dans ses vastes terres, était désolée de ce cabaret, poussé en pleins champs, ouvert à la sortie même du Voreux.

— Entrez, répéta Maheu à Étienne.

La salle, petite, avait une nudité claire, avec ses murs blancs, ses trois tables et sa douzaine de chaises, son comptoir de sapin, grand comme un buffet de cuisine. Une dizaine de chopes au plus étaient là, trois bouteilles de liqueur, une carafe, une petite caisse de zinc à robinet d'étain, pour la bière; et rien autre, pas une image, pas une tablette, pas un jeu. Dans la cheminée de fonte, vernie et luisante, brûlait doucement une pâtée de houille. Sur les dalles, une fine couche de sable blanc buvait l'humidité continuelle de ce pays trempé d'eau.

— Une chope, commanda Maheu à une grosse fille blonde, la fille d'une voisine qui parfois gardait la salle. Rasseneur est là?

La fille tourna le robinet, en répondant que le patron allait revenir. Lentement, d'un seul trait, le mineur vida la moitié de la chope, pour balayer les poussières qui lui obstruaient la gorge. Il n'offrit rien à son compagnon. Un seul consommateur, un autre mineur mouillé et barbouillé, était assis devant une table et buvait sa bière en silence, d'un air de profonde méditation. Un troisième entra, fut servi sur un geste, paya et s'en alla, sans avoir dit un mot.

Mais un gros homme de trente-huit ans, rasé, la figure ronde, parut avec un sourire débonnaire. C'était Rasseneur, un ancien haveur que la Compagnie avait congédié depuis trois ans, à la suite d'une grève. Très bon ouvrier, il parlait bien, se mettait à la tête de toutes les réclamations, avait fini par être le chef des mécontents. Sa femme tenait déjà un débit, ainsi que beaucoup de femmes de mineurs : et, quand il fut jeté sur le pavé, il resta cabaretier lui-même, trouva de l'argent, planta son cabaret en face du Voreux, comme une provocation à la Compagnie. Maintenant, sa maison prospérait, il devenait un centre, il s'enrichissait des colères qu'il avait peu à peu soufflées au cœur de ses anciens camarades.

— C'est ce garçon que j'ai embauché ce matin, expliqua Maheu tout de suite. As-tu une de tes deux chambres libre, et veux-tu lui faire crédit d'une quinzaine ?

La face large de Rasseneur exprima subitement une grande défiance. Il examina d'un coup d'œil Étienne et répondit, sans se donner la peine de témoigner un regret :

— Mes deux chambres sont prises. Pas possible.

— Le jeune homme s'attendait à ce refus ; et il en souffrit pourtant, il s'étonna du brusque ennui qu'il éprouvait à s'éloigner. N'importe, il s'en irait, quand il aurait ses trente sous. Le mineur qui buvait à une table était parti. D'autres, un à un, entraient toujours se décrasser la gorge, puis se remettaient en marche du même pas déhanché. C'était un simple lavage, sans joie ni passion, le muet contentement d'un besoin.

— Alors, il n'y a rien ? demanda d'un ton particulier Rasseneur à Maheu, qui achevait sa bière à petits coups.

Celui-ci tourna la tête et vit qu'Étienne seul était là.

— Il y a qu'on s'est chamaillé encore... Oui, pour le boisage.

Il conta l'affaire. La face du cabaretier avait rougi, une émotion sanguine la gonflait, lui sortait en flammes de la peau et des yeux. Enfin, il éclata.

— Ah bien ! s'ils s'avisent de baisser les prix, ils sont fichus.

Étienne le gênait. Cependant, il continua, en lui lançant des regards obliques. Et il avait des réticences, des sous-entendus, il parlait du directeur, M. Hennebeau, de sa femme, de son neveu le petit Négrel, sans les nommer, répétant que ça ne pouvait pas continuer ainsi, que ça devait casser un de ces quatre matins. La misère était trop grande, il cita les usines qui fermaient, les ouvriers qui s'en allaient. Depuis un mois, il donnait plus de six livres de pain par jour. On lui avait dit, la veille, que M. Deneulin, le propriétaire d'une fosse voisine, ne savait comment tenir le coup. Du reste, il venait de recevoir une lettre de Lille, pleine de détails inquiétants.

— Tu sais, murmura-t-il, ça vient de cette personne que tu as vue ici un soir.

Mais il fut interrompu. Sa femme entrait à son tour, une grande femme maigre et ardente, le nez long, les pommettes violacées. Elle était en politique beaucoup plus radicale que son mari.

— La lettre de Pluchart, dit-elle. Ah! s'il était le maître, celui-là, ça ne tarderait pas à mieux aller!

Étienne écoutait depuis un instant, comprenait, se passionnait, à ces idées de misère et de revanche. Ce nom, jeté brusquement, le fit tressaillir. Il dit tout haut, comme malgré lui :

— Je le connais, Pluchart.

On le regardait, il dut ajouter :

— Oui, je suis machineur, il a été mon contre-maître, à Lille... Un homme capable, j'ai causé souvent avec lui.

Rasseneur l'examinait de nouveau; et il y eut, sur son visage, un changement rapide, une sympathie soudaine. Enfin, il dit à sa femme :

— C'est Maheu qui m'amène monsieur, un herscheur à lui, pour voir s'il n'y a pas une chambre en haut, et si nous ne pourrions pas faire crédit d'une quinzaine.

Alors, l'affaire fut conclue en quatre paroles. Il y avait une chambre, le locataire était parti le matin. Et le cabaretier, très excité, se livra davantage, tout en répétant qu'il demandait seulement le possible aux patrons, sans exiger, comme tant d'autres, des choses trop dures à obtenir. Sa femme haussait les épaules, voulait son droit, absolument.

— Bonsoir, interrompit Maheu. Tout ça n'empêchera pas qu'on descende, et tant qu'on descendra, il y aura du monde qui en crèvera... Regarde, te voilà gaillard, depuis trois ans que tu en es sorti.

— Oui, je me suis beaucoup refait, déclara Rasseneur complaisamment.

Étienne alla jusqu'à la porte, remerciant le mineur qui partait; mais celui-ci hochait la tête, sans ajouter un mot, et le jeune homme le regarda monter péniblement le chemin du coron. Madame Rasseneur, en train de servir des clients, venait de le prier d'attendre une minute, pour qu'elle le conduisît à sa chambre, où il se débarbouillerait. Devait-il rester? Une hésitation l'avait repris, un malaise qui lui faisait regretter la liberté des grandes routes, la faim au soleil, soufferte avec la joie d'être son maître. Il lui semblait qu'il avait vécu là des années, depuis son arrivée sur le terri, au milieu des bourrasques, jusqu'aux heures passées sous la terre, à plat ventre dans les galeries noires. Et il lui répugnait de recommencer, c'était injuste et trop dur, son orgueil d'homme se révoltait, à l'idée d'être une bête qu'on aveugle et qu'on écrase.

Pendant qu'Étienne se débattait ainsi, ses yeux qui erraient sur la plaine

LUI, AVAIT PRIS UN JOURNAL; ELLE, TRICOTAIT. (Page 71.)

immense, peu à peu l'aperçurent. Il s'étonna, il ne s'était pas figuré l'horizon de la sorte, lorsque le vieux Bonnemort le lui avait indiqué du geste, au fond des ténèbres. Devant lui, il retrouvait bien le Voreux, dans un pli de terrain, avec ses bâtiments de bois et de briques, le criblage goudronné, le beffroi couvert d'ardoises, la salle de la machine et la haute cheminée d'un rouge pâle, tout cela tassé, l'air mauvais. Mais, autour des bâtiments, le carreau s'étendait, et il ne se l'imaginait pas si large, changé en un lac d'encre par les vagues montantes du stock de charbon, hérissé des hauts chevalets qui portaient les rails des passerelles, encombré dans un coin de la provision des bois, pareille à la moisson d'une forêt fauchée. Vers la droite, le terri barrait la vue, colossal comme une barricade de géants, déjà couvert d'herbe dans sa partie ancienne, consumé à l'autre bout par un feu intérieur qui brûlait depuis un an, avec une fumée épaisse, en laissant à la surface, au milieu du gris blafard des schistes et des grès, de longues traînées de rouille sanglante. Puis, les champs se déroulaient, des champs sans fin de blé et de betteraves, nus à cette époque de l'année, des marais aux végétations dures, coupés de quelques saules rabougris, des prairies lointaines, que séparaient des files maigres de peupliers. Très loin, de petites taches blanches indiquaient des villes, Marchiennes au nord, Montsou au midi ; tandis que la forêt de Vandame, à l'est, bordait l'horizon de la ligne violâtre de ses arbres dépouillés. Et, sous le ciel livide, dans le jour bas de cette après-midi d'hiver, il semblait que tout le noir du Voreux, toute la poussière volante de la houille se fût abattue sur la plaine, poudrant les arbres, sablant les routes, ensemençant la terre.

Étienne regardait, et ce qui le surprenait surtout, c'était un canal, la rivière de la Scarpe canalisée, qu'il n'avait pas vu dans la nuit. Du Voreux à Marchiennes, ce canal allait droit, un ruban d'argent mat de deux lieues, une avenue bordée de grands arbres, élevée au-dessus des bas terrains, filant à l'infini avec la perspective de ses berges vertes, de son eau pâle où glissait l'arrière vermillonné des péniches. Près de la fosse, il y avait un embarcadère, des bateaux amarrés, que les berlines des passerelles emplissaient directement. Ensuite, le canal faisait un coude, coupait de biais les marais ; et toute l'âme de cette plaine rase paraissait être là, dans cette eau géométrique qui la traversait comme une grande route, charriant la houille et le fer.

Les regards d'Étienne remontaient du canal au coron, bâti sur le plateau, et dont il distinguait seulement les tuiles rouges. Puis, ils revenaient vers le Voreux, s'arrêtaient, en bas de la pente argileuse, à deux énormes tas de briques, fabriquées et cuites sur place. Un embranchement du chemin de fer de la Compagnie passait derrière une palissade, desservant la fosse. On devait descendre les derniers mineurs de la coupe à terre. Seul, un wagon que poussaient des hommes, jetait un cri aigu. Ce n'était plus l'inconnu des ténèbres, les tonnerres inexplicables, les flamboiements d'astres ignorés. Au loin, les hauts fourneaux et les fours

à coke avaient pâli avec l'aube. Il ne restait là, sans un arrêt, que l'échappement de la pompe, soufflant toujours de la même haleine grosse et longue,
l'haleine d'un ogre dont il distinguait la buée grise maintenant, et que rien ne
pouvait repaître.

Alors, Étienne, brusquement, se décida. Peut-être avait-il cru revoir les yeux
clairs de Catherine, là-haut, à l'entrée du coron. Peut-être était-ce plutôt un
vent de révolte, qui venait du Voreux. Il ne savait pas, il voulait redescendre
dans la mine pour souffrir et se battre, il songeait violemment à ces gens dont
parlait Bonnemort, à ce dieu repu et accroupi, auquel dix mille affamés donnaient
leur chair, sans le connaître.

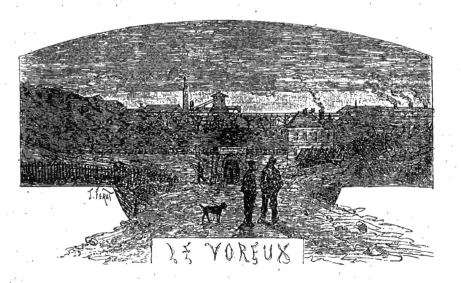

LE VOREUX

DEUXIÈME PARTIE

I

La propriété des Grégoire, la Piolaine, se trouvait à deux kilomètres de Montsou, vers l'est, sur la route de Joiselle. C'était une grande maison carrée, sans style, bâtie au commencement du siècle dernier. Des vastes terres qui en dépendaient d'abord, il ne restait qu'une trentaine d'hectares, clos de murs, d'un facile entretien. On citait surtout le verger et le potager, célèbres par leurs fruits et leurs légumes, les plus beaux du pays. D'ailleurs, le parc manquait, un petit bois en tenait lieu. L'avenue de vieux tilleuls, une voûte de feuillage de trois cents mètres, plantée de la grille au perron, était une des curiosités de cette plaine rase, où l'on comptait les grands arbres, de Marchiennes à Beaugnies.

Ce matin-là, les Grégoire s'étaient levés à huit heures. D'habitude, ils ne bougeaient guère d'une heure plus tard, dormant beaucoup, avec passion ; mais la tempête de la nuit les avait énervés. Et, pendant que son mari était allé voir tout de suite si le vent n'avait pas fait de dégâts, madame Grégoire venait de descendre à la cuisine, en pantoufles et en peignoir de flanelle. Courte, grasse, âgée déjà de cinquante-huit ans, elle gardait une grosse figure poupine et étonnée, sous la blancheur éclatante de ses cheveux.

— Mélanie, dit-elle à la cuisinière, si vous faisiez la brioche ce matin, puisque la pâte est prête. Mademoiselle ne se lèvera pas avant une demi-heure, et elle en mangerait avec son chocolat... Hein! ce serait une surprise.

La cuisinière, vieille femme maigre qui les servait depuis trente ans, se mit à rire.

— Ça, c'est vrai, la surprise serait fameuse... Mon fourneau est allumé, le four doit être chaud ; et puis, Honorine va m'aider un peu.

Honorine, une fille d'une vingtaine d'années, recueillie enfant et élevée à la maison, servait maintenant de femme de chambre. Pour tout personnel, outre ces deux femmes, il n'y avait que le cocher, Francis, chargé des gros ouvrages. Un jardinier et une jardinière s'occupaient des légumes, des fruits, des fleurs et de la basse-cour. Et, comme le service était patriarcal, d'une douceur familière ce petit monde vivait en bonne amitié.

Madame Grégoire, qui avait médité dans son lit la surprise de la brioche, resta pour voir mettre la pâte au four. La cuisine était immense, et on la devinait la pièce importante, à sa propreté extrême, à l'arsenal des casseroles, des ustensiles, des pots qui l'emplissaient. Cela sentait bon la bonne nourriture. Des provisions débordaient des râteliers et des armoires.

— Et qu'elle soit bien dorée, n'est-ce pas ? recommanda madame Grégoire en passant dans la salle à manger.

Malgré le calorifère qui chauffait toute la maison, un feu de houille égayait cette salle. Du reste, il n'y avait aucun luxe : la grande table, les chaises, un buffet d'acajou ; et, seuls, deux fauteuils profonds trahissaient l'amour du bien-être, les longues digestions heureuses. On n'allait jamais au salon, ou demeurait là, en famille.

Justement, M. Grégoire rentrait, vêtu d'un gros veston de futaine, rose lui aussi pour ses soixante ans, avec de grands traits honnêtes et bons, dans la neige de ses cheveux bouclés. Il avait vu le cocher et le jardinier : aucun dégât important, rien qu'un tuyau de cheminée abattu. Chaque matin, il aimait à donner un coup d'œil à la Piolaine, qui n'était pas assez grande pour lui causer des soucis, et dont il tirait tous les bonheurs du propriétaire.

— Et Cécile? demanda-t-il, elle ne se lève donc pas, aujourd'hui?

— Je n'y comprends rien, répondit sa femme. Il me semblait l'avoir entendue remuer.

Le couvert était mis, trois bols sur la nappe blanche. On envoya Honorine voir ce que devenait mademoiselle. Mais elle redescendit aussitôt, retenant des rires, étouffant sa voix, comme si elle eût parlé en haut, dans la chambre.

— Oh! si monsieur et madame voyaient mademoiselle !... Elle dort, oh ! elle dort, ainsi qu'un Jésus... On n'a pas idée de ça, c'est un plaisir à la regarder.

Le père et la mère échangeaient des regards attendris. Il dit en souriant : ·
— Viens-tu voir ?
— Cette pauvre mignonne! murmura-t-elle. J'y vais.

Et ils montèrent ensemble. La chambre était la seule luxueuse de la maison, tendue de soie bleue, garnie de meubles laqués, blancs à filets bleus, un caprice d'enfant gâtée satisfait par les parents. Dans les blancheurs vagues du lit, sous le demi-jour qui tombait de l'écartement d'un rideau, la jeune fille dormait, une joue appuyée sur son bras nu. Elle n'était pas jolie, trop saine, trop bien portante, mûre à dix-huit ans ; mais elle avait une chair superbe, une fraîcheur de lait, avec ses cheveux châtains, sa face ronde au petit nez volontaire, noyé entre les joues. La couverture avait glissé, et elle respirait si doucement, que son haleine ne soulevait même pas sa gorge déjà lourde.

— Ce maudit vent l'aura empêchée de fermer les yeux, dit la mère doucement.

Le père, d'un geste, lui imposa silence. Tous les deux se penchaient, regardaient avec adoration, dans sa nudité de vierge, cette fille si longtemps désirée, qu'ils avaient eue sur le tard, lorsqu'ils ne l'espéraient plus. Ils la voyaient parfaite, point trop grasse, jamais assez bien nourrie. Et elle dormait toujours, sans les sentir près d'elle, leur visage contre le sien. Pourtant, une onde légère troubla sa face immobile. Ils tremblèrent qu'elle ne s'éveillât, ils s'en allèrent sur la pointe des pieds.

— Chut ! dit M. Grégoire à la porte. Si elle n'a pas dormi, il faut la laisser dormir.

— Tant qu'elle voudra, la mignonne, appuya madame Grégoire. Nous attendrons.

Ils descendirent, s'installèrent dans les fauteuils de la salle à manger ; tandis que les bonnes, riant du gros sommeil de mademoiselle, tenaient sans grogner le chocolat sur le fourneau. Lui, avait pris un journal ; elle tricotait un grand couvre-pieds de laine. Il faisait très chaud, pas un bruit ne venait de la maison muette.

La fortune des Grégoire, quarante mille francs de rentes environ, était tout entière dans une action des mines de Montsou. Ils en racontaient avec complaisance l'origine, qui partait de la création même de la Compagnie.

Vers le commencement du dernier siècle, un coup de folie s'était déclaré, de Lille à Valenciennes, pour la recherche de la houille. Les succès des concessionnaires qui devaient plus tard former la Compagnie d'Anzin, avaient exalté toutes les têtes. Dans chaque commune, on sondait le sol ; et les sociétés se créaient, et es concessions poussaient en une nuit. Mais, parmi les entêtés de l'époque, le baron Desrumaux avait certainement laissé la mémoire de l'intelligence la plus héroïque. Pendant quarante années, il s'était débattu sans faiblir, au milieu de continuels obstacles: premières recherches infructueuses, fosses nouvelles abandonnées au bout de longs mois de travail, éboulements qui comblaient les trous, inondations subites qui noyaient les ouvriers, centaines de mille francs jetés dans la terre ; puis, les tracas de l'administration, les paniques des actionnaires, la lutte avec les seigneurs terriens, résolus à ne pas reconnaître les concessions royales, si l'on refusait de traiter d'abord avec eux. Il venait enfin de fonder la société Desrumaux, Fauquenoix et Cⁱᵉ, pour exploiter la concession de Montsou, et les fosses commençaient à donner de faibles bénéfices, lorsque deux concessions voisines, celle de Cougny, appartenant au comte de Cougny, et celle de Joiselle, appartenant à la société Cornille et Jenard, avaient failli l'écraser sous le terrible assaut de leur concurrence. Heureusement, le 25 août 1760, un traité intervenait entre les trois concessions et les réunissait en une seule. La Compagnie des mines de Montsou était créée, telle qu'elle existe encore aujourd'hui. Pour la répartition, on avait divisé, d'après l'étalon de la monnaie du temps, la propriété totale en vingt-quatre sous, dont chacun se subdivisait en douze deniers, ce qui faisait deux cent quatre-vingt-huit deniers ; et, comme le denier était de dix mille francs, le capital représentait une somme de près de trois millions. Desrumaux, agonisant, mais vainqueur, avait eu, dans le partage, six sous et trois deniers.

En ces années-là, le baron possédait la Piolaine, d'où dépendaient trois cents hectares, et il avait à son service, comme régisseur, Honoré Grégoire, un garçon de la Picardie, l'arrière-grand-père de Léon Grégoire, père de Cécile. Lors du traité de Montsou, Honoré, qui cachait dans un bas une cinquantaine de mille francs d'économies, céda en tremblant à la foi inébranlable de son maître. Il sortit dix mille livres de beaux écus, il prit un denier, avec la terreur de voler ses enfants de cette somme. Son fils Eugène toucha en effet des dividendes fort minces ; et, comme il s'était mis bourgeois et qu'il avait eu la sottise de manger les quarante autres mille francs de l'héritage paternel dans une association désastreuse, il vécut assez chichement. Mais les intérêts du denier montaient peu à peu, la fortune commença avec Félicien, qui put réaliser un rêve dont son grand-père, l'ancien régisseur, avait bercé son enfance : l'achat de la Piolaine démembrée, qu'il eut comme bien national, pour une somme dérisoire. Cependant, les années qui suivirent furent mauvaises, il fallut attendre le dénouement des catastrophes révolutionnaires, puis la chute sanglante de Napoléon. Et ce fut Léon Grégoire qui bénéficia, dans une progression stupéfiante, du placement timide et inquiet de son bisaïeul. Ces dix pauvres mille francs grossissaient, s'élargissaient, avec la prospérité de la Compagnie. Dès 1820, ils rapportaient cent pour cent, dix mille francs. En 1844, ils en produisaient vingt mille ; en 1850, quarante. Il y avait deux ans enfin, le dividende était monté au chiffre prodigieux de cinquante mille francs : la valeur du denier, coté à la Bourse de Lille un million, avait centuplé en un siècle.

M. Grégoire, auquel on conseillait de vendre, lorsque ce cours d'un million fut payé, s'y était refusé, de son air souriant et paterne. Six mois plus tard,

— C'EST PRÊT! Y ÊTES VOUS, LA-HAUT? CRIA LA MAHEUDE. — (Page 80.)

une crise industrielle éclatait, le denier retombait à six cent mille francs. Mais il souriait toujours, il ne regrettait rien, car les Grégoire avaient maintenant une foi obstinée en leur mine. Ça remonterait, Dieu n'était pas si solide. Puis à cette croyance religieuse se mêlait une profonde gratitude pour une valeur qui, depuis un siècle, nourrissait la famille à ne rien faire. C'était comme une divinité à eux, que leur égoïsme entourait d'un culte, la bienfaitrice du foyer, les berçant dans leur grand lit de paresse, les engraissant à leur table gourmande. De père en fils, cela durait : pourquoi risquer de mécontenter le sort, en doutant de lui ? Et il y avait, au fond de leur fidélité, une terreur superstitieuse, la crainte que le million du denier ne se fût brusquement fondu, s'ils l'avaient réalisé et mis dans un tiroir. Ils le voyaient plus à l'abri dans la terre, d'où un peuple de mineurs, des générations d'affamés l'extrayaient pour eux, un peu chaque jour, selon leurs besoins.

Du reste, les bonheurs pleuvaient sur cette maison. M. Grégoire, très jeune, avait épousé la fille d'un pharmacien de Marchiennes, une demoiselle laide, sans un sou, qu'il adorait et qui lui avait tout rendu, en félicité. Elle s'était enfermée dans son ménage, extasiée devant son mari, n'ayant d'autre volonté que la sienne ; jamais des goûts différents ne les séparaient, un idéal de bien-être confondait leurs désirs ; et ils vivaient ainsi depuis quarante ans, de tendresses et de petits soins réciproques. C'était une existence réglée, les quarante mille francs mangés sans bruit, les économies dépensées pour Cécile, dont la naissance tardive avait un instant bouleversé le budget. Aujourd'hui encore, ils contentaient chacun de ses caprices : un second cheval, deux autres voitures, des toilettes venues de Paris. Mais ils goûtaient là une joie de plus, ils ne trouvaient rien de trop beau pour leur fille, avec une telle horreur personnelle de l'étalage, qu'ils avaient gardé les modes de leur jeunesse. Toute dépense qui ne profitait pas, leur semblait stupide.

Brusquement, la porte s'ouvrit, et une voix forte cria :

— Eh bien ! quoi donc, on déjeune sans moi !

C'était Cécile, au saut du lit, les yeux gonflés de sommeil. Elle avait simplement relevé ses cheveux et passé un peignoir de laine blanche.

— Mais non, dit la mère, tu vois qu'on t'attendait... Hein ? ce vent a dû t'empêcher de dormir, pauvre mignonne !

La jeune fille la regarda très surprise.

— Il a fait du vent ? Je n'en sais rien, je n'ai pas bougé de la nuit.

Alors, cela leur sembla drôle, tous les trois se mirent à rire ; et les bonnes, qui apportaient le déjeuner, éclatèrent aussi, tellement l'idée que mademoiselle avait dormi d'un trait ses douze heures, égayait la maison. La vue de la brioche acheva d'épanouir les visages.

— Comment ! elle est donc cuite ? répétait Cécile. En voilà une attrape qu'on me fait !... C'est ça qui va être bon, tout chaud, dans le chocolat !

Ils s'attablaient enfin, le chocolat fumait dans les bols, on ne parla longtemps que de la brioche. Mélanie et Honorine restaient, donnaient des détails sur la cuisson, les regardaient se bourrer, les lèvres grasses, en disant que c'était un plaisir de faire un gâteau, quand on voyait les maîtres le manger si volontiers.

Mais les chiens aboyèrent violemment, on crut qu'ils annonçaient la maîtresse de piano, qui venait de Marchiennes le lundi et le vendredi. Il venait aussi un professeur de littérature, toute l'instruction de la jeune fille s'était ainsi faite à la Piolaine, dans une ignorance heureuse, dans des caprices d'enfant, jetant le livre par la fenêtre, dès qu'une question l'ennuyait.

— C'est monsieur Deneulin, dit Honorine en rentrant. Derrière elle, Deneulin, un cousin de M. Grégoire, parut sans façon, le verbe haut, le geste vif, avec une allure d'ancien officier de cavalerie. Bien qu'il eût dépassé la cinquantaine, ses cheveux coupés ras et ses grosses moustaches étaient d'un noir d'encre.

— Oui, c'est moi, bonjour... Ne vous dérangez donc pas !

Il s'était assis, pendant que la famille s'exclamait. Elle finit par se remettre à son chocolat.

— Est-ce que tu as quelque chose à me dire ? demanda M. Grégoire.

— Non, rien du tout, se hâta de répondre Deneulin. Je suis sorti à cheval pour me dérouiller un peu, et comme je passais devant votre porte, j'ai voulu vous donner un petit bonjour.

Cécile le questionna sur Jeanne et sur Lucie, ses filles. Elles allaient parfaitement, la première ne lâchait plus la peinture, tandis que l'autre, l'aînée, cultivait sa voix au piano, du matin au soir. Et il y avait un tremblement léger dans sa voix, un malaise qu'il dissimulait, sous les éclats de sa gaieté.

M. Grégoire reprit :

— Et tout marche-t-il bien, à la fosse ?

— Dame ! je suis bousculé avec les camarades, par cette saleté de crise... Ah ! nous payons les années prospères ! On a trop bâti d'usines, trop construit de voies ferrées, trop immobilisé de capitaux en vue d'une production formidable. Et, aujourd'hui, l'argent dort, on n'en trouve plus pour faire fonctionner tout ça... Heureusement, rien n'est désespéré, je m'en tirerai quand même.

Comme son cousin, il avait eu en héritage un denier des mines de Montsou. Mais lui, ingénieur entreprenant, tourmenté du besoin d'une royale fortune, s'était hâté de vendre, lorsque le denier avait atteint le million. Depuis des mois, il mûrissait un plan. Sa femme tenait d'un oncle la petite concession de Vandame, où il n'y avait d'ouvertes que deux fosses, Jean-Bart et Gaston-Marie, dans un tel état d'abandon, avec un matériel si défectueux, que l'exploitation couvrait à peine les frais. Or, il rêvait de réparer Jean-Bart, d'en renouveler la machine et d'élargir le puits afin de pouvoir descendre davantage, en ne gardant Gaston-Marie que pour l'épuisement. On devait, disait-il, trouver là de l'or à la pelle. L'idée était juste. Seulement, le million y avait passé, et cette damnée crise industrielle éclatait au moment où de gros bénéfices allaient lui donner raison. Du reste, mauvais administrateur, d'une bonté brusque avec ses ouvriers, il se laissait piller depuis la mort de sa femme, lâchant aussi la bride à ses filles, dont l'aînée parlait d'entrer au théâtre et dont la cadette s'était déjà fait refuser trois paysages au Salon, toutes deux rieuses dans la débâcle, et chez lesquelles la misère menaçante révélait de très fines ménagères.

— Vois-tu, Léon, continua-t-il, la voix hésitante, tu as eu tort de ne pas vendre en même temps que moi. Maintenant, tout dégringole, tu peux courir... Et si tu m'avais confié ton argent, tu aurais vu ce que nous aurions fait à Vandame, dans notre mine !

M. Grégoire achevait son chocolat, sans hâte. Il répondit paisiblement :

— Jamais !... Tu sais bien que je ne veux pas spéculer. Je vis tranquille, ce serait trop bête, de me casser la tête avec des soucis d'affaires. Et, quant à Montsou, ça peut continuer à baisser, nous en aurons toujours notre suffisance. Il ne faut pas être si gourmand, que diable ! Puis, écoute, c'est toi qui te mordras les doigts un jour, car Montsou remontera, les enfants des enfants de Cécile en tireront encore leur pain blanc.

Deneulin l'écoutait avec un sourire gêné.

— Alors, murmura-t-il, si je te disais de mettre cent mille francs dans mon affaire, tu refuserais ?

Mais, devant les faces inquiètes des Grégoire, il regretta d'être allé si vite, il renvoya son idée d'emprunt à plus tard, la réservant pour un cas désespéré.

— Oh ! je n'en suis pas là ! C'est une plaisanterie... Mon Dieu ! tu as peut-être raison : l'argent que vous gagnent les autres, est celui dont on engraisse le plus sûrement.

On changea d'entretien. Cécile revint sur ses cousines, dont les goûts la préoccupaient, tout en la choquant. Madame Grégoire promit de mener sa fille voir ces chères petites, dès le premier jour de soleil. Cependant, M. Grégoire, l'air distrait, n'était pas à la conversation. Il ajouta tout haut :

— Moi, si j'étais à ta place, je ne m'entêterais pas davantage, je traiterais avec Montsou... Ils en ont une belle envie, tu retrouverais ton argent.

Il faisait allusion à la vieille haine qui existait entre la concession de Montsou et celle de Vandame. Malgré la faible importance de cette dernière, sa puissante voisine enrageait de voir, enclavée dans ses soixante-sept communes, cette lieue carrée qui ne lui appartenait pas ; et, après avoir essayé vainement de la tuer, elle complotait de l'acheter à bas prix, lorsqu'elle râlerait. La guerre continuait sans trêve, chaque exploitation arrêtait ses galeries à deux cents mètres les unes des autres, c'était un duel au dernier sang, bien que les directeurs et les ingénieurs eussent entre eux des relations polies.

Les yeux de Deneulin avaient flambé.

— Jamais ! cria-t-il à son tour. Tant que je serai vivant, Montsou n'aura pas Vandame... J'ai dîné jeudi chez Hennebeau, et je l'ai bien vu tourner autour de moi. Déjà, l'automne dernier, quand les gros bonnets sont venus à la Régie, ils m'ont fait toutes sortes de mamours... Oui, oui, je les connais, ces marquis et ces ducs, ces généraux et ces ministres ! des brigands qui vous enlèveraient jusqu'à votre chemise, à la corne d'un bois !

Il ne tarissait plus. D'ailleurs, M. Grégoire ne défendait pas la Régie de Montsou, les six régisseurs institués par le traité de 1760, qui gouvernaient despotiquement la Compagnie, et dont les cinq survivants, à chaque décès, choisissaient le nouveau membre parmi les actionnaires puissants et riches. L'opinion du propriétaire de la Piolaine, de goûts si raisonnables, était que ces messieurs manquaient parfois de mesure, dans leur amour exagéré de l'argent.

Mélanie était venue desservir la table. Dehors, les chiens se remirent à aboyer, et Honorine se dirigeait vers la porte, lorsque Cécile, que la chaleur et la nourriture étouffaient, quitta la table.

— Non, laisse, ça doit être pour ma leçon.

Deneulin, lui aussi, s'était levé. Il regarda sortir la jeune fille, il demanda en souriant :

— Eh bien ! et ce mariage avec le petit Négrel ?

— Il n'y a rien de fait, dit madame Grégoire. Une idée en l'air... Il faut réfléchir.

— Sans doute, continua-t-il avec un rire de gaillardise. Je crois que le neveu et la tante... Ce qui me renverse, c'est que ce soit madame Hennebeau qui se jette ainsi au cou de Cécile.

Mais M. Grégoire s'indigna. Une dame si distinguée, et de quatorze ans plus âgée que le jeune homme ! C'était monstrueux, il n'aimait pas qu'on plaisantât sur des sujets pareils. Deneulin, riant toujours, lui serra la main et partit

— Ce n'est pas encore ça, dit Cécile qui revenait. C'est cette femme avec ses deux enfants, tu sais, maman, la femme de mineur que nous avons rencontrée... Faut-il les faire entrer ici ?

On hésita. Étaient-ils très sales ? Non, pas trop, et ils laisseraient leurs sabots sur le perron. Déjà le père et la mère s'étaient allongés au fond des grands fauteuils. Ils y digéraient. La crainte de changer d'air acheva de les décider.

— Faites entrer, Honorine.

Alors, la Maheude et ses petits entrèrent, glacés, affamés, saisis d'un effarement peureux, en se voyant dans cette salle où il faisait si chaud, et qui sentait si bon la brioche.

Dans la chambre, restée close, les persiennes avaient laissé glisser peu à peu des barres grises de jour, dont l'éventail se déployait au plafond; et l'air enfermé s'alourdissait, tous continuaient leur somme de la nuit : Lénore et Henri aux bras l'un de l'autre, Alzire la tête renversée, appuyée sur sa bosse; tandis que le père Bonnemort, tenant à lui seul le lit de Zacharie et de Jeanlin, ronflait, la bouche ouverte. Pas un souffle ne venait du cabinet, où la Maheude s'était rendormie en faisant téter Estelle, la gorge coulée de côté, sa fille en travers du ventre, gorgée de lait, assommée elle aussi, et s'étouffant dans la chair molle des seins.

Le coucou, en bas, sonna six heures. On entendit, le long des façades du coron, des bruits de portes, puis des claquements de sabots, sur le pavé des trottoirs : c'étaient les cribleuses qui s'en allaient à la fosse. Et le silence retomba jusqu'à sept heures. Alors, des persiennes se rabattirent, des bâillements et des toux vinrent à travers les murs. Longtemps, un moulin à café grinça, sans que personne s'éveillât encore dans la chambre.

Mais, brusquement, un tapage de gifles et de hurlements, au loin, fit se dresser Alzire. Elle eut conscience de l'heure, elle courut pieds nus secouer sa mère.

— Maman! maman! il est tard. Toi qui as une course... Prends garde! tu vas écraser Estelle.

Et elle sauva l'enfant, à demi étouffée sous la coulée énorme des seins.

— Sacré bon sort! bégayait la Maheude, en se frottant les yeux, on est si échiné qu'on dormirait tout le jour... Habille Lénore et Henri, je les emmène; et tu garderas Estelle, je ne veux pas la traîner, crainte qu'elle ne prenne du mal, par ce temps de chien.

Elle se lavait à la hâte, elle passa un vieux jupon bleu, son plus propre, et un caraco de laine grise, auquel elle avait posé deux pièces la veille.

— Et de la soupe, sacré bon sort! murmura-t-elle de nouveau.

Pendant que sa mère descendait, bousculant tout, Alzire retourna dans la chambre, où elle emporta Estelle qui s'était mise à hurler. Mais elle était habituée aux rages de la petite, elle avait, à huit ans, des ruses tendres de femme, pour la calmer et la distraire. Doucement, elle la coucha dans son lit encore chaud, elle la rendormit en lui donnant à sucer un doigt. Il était temps, car un autre vacarme éclatait; et elle dut mettre aussitôt la paix entre Lénore et Henri, qui s'éveillaient enfin. Ces enfants ne s'entendaient guère, ne se prenaient gentiment au cou, que lorsqu'ils dormaient. La fille, âgée de six ans, tombait dès son lever sur le garçon, son cadet de deux années, qui recevait les gifles sans les rendre. Tous deux avaient la même tête trop grosse et comme soufflée, ébouriffée de cheveux jaunes. Il fallut qu'Alzire tirât sa sœur par les jambes, en la menaçant de lui enlever la peau du derrière. Puis, ce furent des trépignements pour le débarbouillage, et à chaque vêtement qu'elle leur passait. On évitait d'ouvrir les persiennes, afin de ne pas troubler le sommeil du père Bonnemort. Il continuait à ronfler, dans l'affreux charivari des enfants.

— C'est prêt! y êtes-vous, là-haut? cria la Maheude.

Elle avait rabattu les volets, secoué le feu, remis du charbon. Son espoir était que le vieux n'eût pas englouti toute la soupe. Mais elle trouva le poêlon torché, elle fit cuire une poignée de vermicelle, qu'elle tenait en réserve depuis trois jours. On l'avalerait à l'eau, sans beurre : il ne devait rien rester de la lichette de la veille; et elle fut surprise de voir que Catherine, en préparant les briquets, avait fait le miracle d'en laisser gros comme une noix. Seulement, cette fois, le buffet était bien vide : rien, pas une croûte, pas un fond de provision, pas un os à ronger. Qu'allaient-ils devenir, si Maigrat s'entêtait à leur couper le crédit, et si les bourgeois de la Piolaine ne lui donnaient pas cent sous? Quand les hommes et la fille reviendraient de la fosse, il faudrait pourtant manger; car on n'avait pas inventé de vivre sans manger, malheureusement.

— Descendez-vous, à la fin! cria-t-elle en se fâchant. Je devrais être partie.

Lorsque Alzire et les enfants furent là, elle partagea le vermicelle dans trois petites assiettes. Elle, disait-elle, n'avait pas faim. Bien que Catherine eût déjà passé de l'eau sur le marc de la veille, elle en remit une seconde fois et avala deux grandes chopes d'un café tellement clair, qu'il ressemblait à de l'eau de rouille. Ça la soutiendrait tout de même.

— Écoute, répétait-elle à Alzire, tu laisseras dormir ton grand-père, tu veilleras bien à ce que Estelle ne se casse pas la tête, et si elle se réveillait, si elle gueulait trop, tiens! voici un morceau de sucre, tu le feras fondre, tu lui en donnerais des cuillerées... Je sais que tu es raisonnable, que tu ne le mangeras pas.

— Et l'école, maman?

— L'école, eh bien! ce sera pour un autre jour... J'ai besoin de toi.

— Et la soupe, veux-tu que je la fasse, si tu rentres tard?

— La soupe, la soupe... Non, attends-moi.

IL LA LAISSA PLANTÉE AU MILIEU DE LA ROUTE. (Page 85.)

Alzire, d'une intelligence précoce de fillette infirme, savait très bien faire la soupe. Elle dut comprendre, n'insista point. Maintenant, le coron entier était réveillé, des bandes d'enfants s'en allaient à l'école, avec le bruit traînard de leurs galoches. Huit heures sonnèrent, un murmure croissant de bavardages montait à gauche, chez la Levaque. La journée des femmes commençait, autour des cafetières, les poings sur les hanches, les langues tournant sans repos, comme les meules d'un moulin. Une tête flétrie, aux grosses lèvres, au nez écrasé, vint s'appuyer contre une vitre de la fenêtre, en criant :

— Y a du nouveau, écoute donc !

— Non, non, plus tard ! répondit la Maheude. J'ai une course.

Et, de peur de succomber à l'offre d'un verre de café chaud, elle bourra Lénore et Henri, elle partit avec eux. En haut, le père Bonnemort ronflait toujours, d'un ronflement rythmé qui berçait la maison.

Dehors, la Maheude s'étonna de voir que le vent ne soufflait plus. C'était un dégel brusque, le ciel couleur de terre, les murs gluants d'une humidité verdâtre, les routes empoissées de boue, une boue spéciale au pays du charbon, noire comme de la suie délayée, épaisse et collante à y laisser ses sabots. Tout de suite, elle dut gifler Lénore, parce que la petite s'amusait à ramasser la crotte sur ses galoches, ainsi que sur le bout d'une pelle. En quittant le coron, elle avait longé le terri et suivi le chemin du canal, coupant, pour raccourcir, par des rues défoncées, au milieu de terrains vagues, fermés de palissades moussues. Des hangars se succédaient, de longs bâtiments d'usine, de hautes cheminées crachant de la suie, salissant cette campagne ravagée de faubourg industriel. Derrière un bouquet de peupliers, la vieille fosse Réquillart montrait l'écroulement de son beffroi, dont les grosses charpentes restaient seules debout. Et, tournant à droite, la Maheude se trouva sur la grande route.

— Attends ! attends ! sale cochon ! cria-t-elle, je vas te faire rouler des boulettes !

Maintenant, c'était Henri qui avait pris une poignée de boue et qui la pétrissait. Les deux enfants, giflés sans préférence, rentrèrent dans l'ordre, en louchant pour voir les patards qu'ils faisaient au milieu des tas. Ils pataugeaient, déjà éreintés de leurs efforts pour décoller leurs semelles, à chaque enjambée.

Du côté de Marchiennes, la route déroulait ses deux lieues de pavé, qui filaient droit comme un ruban trempé de cambouis, entre les terres rougeâtres. Mais, de l'autre côté, elle descendait en lacet au travers de Montsou, bâti sur la pente d'une large ondulation de la plaine. Ces routes du Nord, tirées au cordeau entre des villes manufacturières, allant avec des courbes douces, des montées lentes, se bâtissent peu à peu, tendent à ne faire d'un département qu'une cité travailleuse. Les petites maisons de briques, peinturlurées pour égayer le climat, les unes jaunes, les autres bleues, d'autres noires, celles-ci sans doute afin d'arriver tout de suite au noir final, dévalaient à droite et à gauche, en serpentant jusqu'au bas de la pente. Quelques grands pavillons à deux étages, des habitations de chefs d'usine, trouaient la ligne pressée des étroites façades. Une église, également en briques, ressemblait à un nouveau modèle de haut fourneau, avec son clocher carré, sali déjà par les poussières volantes du charbon. Et, parmi les sucreries, les corderies, les minoteries, ce qui dominait, c'étaient les bals, les estaminets, les débits de bière, si nombreux, que, sur mille maisons, il y avait plus de cinq cents cabarets.

Comme elle approchait des Chantiers de la Compagnie, une vaste série de magasins et d'ateliers, la Maheude se décida à prendre Henri et Lénore par la main, l'un à droite, l'autre à gauche. Au delà, se trouvait l'hôtel du directeur, M. Hennebeau, une sorte de vaste chalet séparé de la route par une grille, suivi d'un jardin où végétaient des arbres maigres. Justement, une voiture était arrêtée devant la porte, un monsieur décoré et une dame en manteau de fourrure, quelque visite débarquée de Paris à la gare de Marchiennes; car madame Hennebeau, qui parut dans le demi-jour du vestibule, poussa une exclamation de surprise et de joie.

— Marchez donc, traînards? gronda la Maheude, en tirant les deux petits, qui s'abandonnaient dans la boue.

Elle arrivait chez Maigrat, elle était tout émotionnée. Maigrat habitait à côté même du directeur, un simple mur séparait l'hôtel de sa petite maison; et il avait là un entrepôt, un long bâtiment qui s'ouvrait sur la route en une boutique sans devanture. Il y tenait de tout, de l'épicerie, de la charcuterie, de la fruiterie; y vendait du pain, de la bière, des casseroles. Ancien surveillant au Voreux, il avait débuté par une étroite cantine; puis, grâce à la protection de ses chefs, son commerce s'était élargi, tuant peu à peu le détail de Montsou. Il centralisait les marchandises, la clientèle considérable des corons lui permettait de vendre moins cher et de faire des crédits plus grands. D'ailleurs, il était resté dans la main de la Compagnie, qui lui avait bâti sa petite maison et son magasin.

— Me voici encore, monsieur Maigrat, dit la Maheude d'un air humble, en le trouvant justement debout devant sa porte.

Il la regarda sans répondre. Il était gros, froid et poli, et il se piquait de ne jamais revenir sur une décision.

— Voyons, vous ne me renverrez pas comme hier. Faut que nous mangions du pain d'ici à samedi... Bien sûr, nous vous devons soixante francs depuis deux ans...

Elle s'expliquait, en courtes phrases pénibles. C'était une vieille dette, contractée pendant la dernière grève. Vingt fois, ils avaient promis de s'acquitter; mais ils ne le pouvaient pas, ils ne parvenaient pas à lui donner quarante sous par quinzaine. Avec ça, un malheur lui était arrivé l'avant-veille, elle avait dû payer vingt francs à un cordonnier, qui menaçait de les faire saisir. Et voilà pourquoi ils se trouvaient sans un sou. Autrement, ils seraient allés jusqu'au samedi, comme les camarades.

Maigrat, le ventre tendu, les bras croisés, répondait non de la tête, à chaque supplication.

— Rien que deux pains, monsieur Maigrat. Je suis raisonnable, je ne demande pas du café... Rien que deux pains de trois livres par jour.

— Non! cria-t-il enfin, de toute sa force.

Sa femme avait paru, une créature chétive qui passait les journées sur un registre, sans même oser lever la tête. Elle s'esquiva, effrayée de voir cette malheureuse tourner vers elle des yeux d'ardente prière. On racontait qu'elle cédait le lit conjugal aux herscheuses de la clientèle. C'était un fait connu : quand un mineur voulait une prolongation de crédit, il n'avait qu'à envoyer sa fille ou sa femme, laides ou belles, pourvu qu'elles fussent complaisantes.

La Maheude, qui suppliait toujours Maigrat du regard, se sentit gênée, sous la clarté pâle des petits yeux dont il la déshabillait. Ça la mit en colère, elle aurait encore compris, avant d'avoir eu sept enfants, quand elle était jeune. Et elle partit, elle tira violemment Lénore et Henri, en train de ramasser des coquilles de noix, jetées au ruisseau, et qu'ils visitaient.

— Ça ne vous portera pas chance, Monsieur Maigrat, rappelez-vous !

Maintenant, il ne lui restait que les bourgeois de la Piolaine. Si ceux-là ne lâchaient pas cent sous, on pouvait tous se coucher et crever. Elle avait pris à gauche le chemin de Joiselle. La Régie était là, dans l'angle de la route, un véritable palais de briques, où les gros messieurs de Paris, et des princes, et des généraux, et des personnages du gouvernement, venaient chaque automne donner de grands dîners. Elle, tout en marchant, dépensait déjà les cent sous : d'abord du pain, puis du café; ensuite, un quart de beurre, un boisseau de pommes de terre, pour la soupe du matin et la ratatouille du soir; enfin, peut-être un peu de fromage de cochon, car le père avait besoin de viande.

Le curé de Montsou, l'abbé Joire, passait en retroussant sa soutane, avec des délicatesses de gros chat bien nourri, qui craint de mouiller sa robe. Il était doux, il affectait de ne s'occuper de rien, pour ne fâcher ni les ouvriers ni les patrons.

— Bonjour, Monsieur le curé.

Il ne s'arrêta pas, sourit aux enfants, et la laissa plantée au milieu de la route. Elle n'avait point de religion, mais elle s'était imaginé brusquement que ce prêtre allait lui donner quelque chose.

Et la course recommença, dans la boue noire et collante. Il y avait encore deux kilomètres, les petits se faisaient tirer davantage, ne s'amusant plus, consternés. A droite et à gauche du chemin, se déroulaient les mêmes terrains vagues clos de palissades moussues, les mêmes corps de fabriques, salis de fumée, hérissé, de cheminées hautes. Puis, en pleins champs, les terres plates s'étalèrent immenses, pareilles à un océan de mottes brunes, sans la mâture d'un arbre, jusqu'à la ligne violâtre de la forêt de Vandame.

— Porte-moi, maman.

Elle les porta l'un après l'autre. Des flaques trouaient la chaussée, elle se retroussait, avec la peur d'arriver trop sale. Trois fois, elle faillit tomber, tant ce sacré pavé était gras. Et, comme ils débouchaient enfin devant le perron, deux chiens énormes se jetèrent sur eux, en aboyant si fort, que les petits hurlaient de peur. Il avait fallu que le cocher prît un fouet.

— Laissez vos sabots, entrez, répétait Honorine.

Dans la salle à manger, la mère et les enfants se tinrent immobiles, étourdis par la brusque chaleur, très gênés des regards de ce vieux monsieur et de cette vieille dame, qui s'allongeaient dans leurs fauteuils.

— Ma fille, dit cette dernière, remplis ton petit office.

Les Grégoire chargeaient Cécile de leurs aumônes. Cela rentrait dans leur idée d'une belle éducation. Il fallait être charitable, ils disaient eux-mêmes que leur maison était la maison du bon Dieu. Du reste, ils se flattaient de faire la charité avec intelligence, travaillés de la continuelle crainte d'être trompés et d'encourager le vice. Ainsi, ils ne donnaient jamais d'argent, jamais ! pas dix sous, pas deux sous, car c'était un fait connu, dès qu'un pauvre avait deux sous, il les buvait. Leurs aumônes étaient donc toujours en nature, surtout en vêtements chauds, distribués pendant l'hiver aux enfants indigents.

— Oh ! les pauvres mignons ! s'écria Cécile, sont-ils pâlots d'être allés au froid !... Honorine, va donc chercher le paquet, dans l'armoire.

Les bonnes, elles aussi, regardaient ces misérables, avec l'apitoyement et la pointe d'inquiétude de filles qui n'étaient pas en peine de leur dîner. Pendant que la femme de chambre montait, la cuisinière s'oubliait, reposait le reste de la brioche sur la table, pour demeurer là, les mains ballantes.

— Justement, continuait Cécile, j'ai encore deux robes de laine et des fichus... Vous allez voir, ils auront chaud, les pauvres mignons !

La Maheude, alors, retrouva sa langue, bégayant :

— Merci bien, mademoiselle... Vous êtes tous bien bons...

Des larmes lui avaient empli les yeux, elle se croyait sûre des cent sous, elle se préoccupait seulement de la façon dont elle les demanderait, si on ne les lui offrait pas. La femme de chambre ne reparaissait plus, il y eut un moment de silence embarrassé. Dans les jupes de leur mère, les petits ouvraient de grands yeux et contemplaient la brioche.

— Vous n'avez que ces deux-là ? demanda madame Grégoire, pour rompre le silence.

— Oh ! madame, j'en ai sept.

M. Grégoire, qui s'était remis à lire son journal, eut un sursaut indigné.

— Sept enfants, mais pourquoi ? bon Dieu !

— C'est imprudent, murmura la vieille dame.

La Maheude eut un geste vague d'excuse. Que voulez-vous ? on n'y songeait point, ça poussait naturellement. Et puis, quand ça grandissait, ça rapportait, ça faisait aller la maison. Ainsi, chez eux, ils auraient vécu, s'ils n'avaient pas eu le grand-père qui devenait tout raide, et si, dans le tas, deux de ses garçons et sa fille aînée seulement avaient l'âge de descendre à la fosse. Fallait quand même nourrir les petits qui ne fichaient rien.

— Alors, reprit madame Grégoire, vous travaillez depuis longtemps aux mines ?

Un rire muet éclaira le visage blême de la Maheude.

— Ah! oui, ah! oui... Moi, je suis descendue jusqu'à vingt ans. Le médecin a dit que j'y resterais, lorsque j'ai accouché la seconde fois, parce que, paraît-il, ça me dérangeait des choses dans les os. D'ailleurs, c'est à ce moment que je me suis mariée, et j'avais assez de besogne à la maison... Mais, du côté de mon mari, voyez-vous, ils sont là dedans depuis des éternités. Ça remonte au grand-père du grand-père, enfin on ne sait pas, tout au commencement, quand on a donné le premier coup de pioche là-bas, à Réquillart.

Rêveur, M. Grégoire regardait cette femme et ces enfants pitoyables, avec leur chair de cire, leurs cheveux décolorés, la dégénérescence qui les rapetissait, rongés d'anémie, d'une laideur triste de meurt-de-faim. Un nouveau silence s'était fait, on n'entendait plus que la houille brûler en lâchant un jet de gaz. La salle moite avait cet air alourdi de bien-être, dont s'endorment les coins de bonheur bourgeois.

— Que fait-elle donc? s'écria Cécile, impatientée. Mélanie, monte lui dire que le paquet est en bas de l'armoire, à gauche.

Cependant, M. Grégoire acheva tout haut les réflexions que lui inspirait la vue de ces affamés.

— On a du mal en ce monde, c'est bien vrai; mais, ma brave femme, il faut dire aussi que les ouvriers ne sont guère sages... Ainsi, au lieu de mettre des sous de côté comme nos paysans, les mineurs boivent, font des dettes, finissent par n'avoir plus de quoi nourrir leur famille.

— Monsieur a raison, répondit posément la Maheude. On n'est pas toujours dans la bonne route. C'est ce que je répète aux vauriens, quand ils se plaignent... Moi, je suis bien tombée, mon mari ne boit pas. Tout de même, les dimanches de noce, il en prend des fois de trop; mais ça ne va jamais plus loin. La chose est d'autant plus gentille de sa part, qu'avant notre mariage, il buvait en vrai cochon, sauf votre respect... Et voyez, pourtant, ça ne nous avance pas à grand chose, qu'il soit raisonnable. Il y a des jours, comme aujourd'hui, où vous retourneriez bien tous les tiroirs de la maison, sans en faire tomber un liard.

Elle voulait leur donner l'idée de la pièce de cent sous, elle continua de sa voix molle, expliquant la dette fatale, timide d'abord, bientôt élargie et dévorante. On payait régulièrement pendant des quinzaines. Mais, un jour, on se mettait en retard, et c'était fini, ça ne se rattrapait jamais plus. Le trou se creusait, les hommes se dégoûtaient du travail, qui ne leur permettait seulement pas de s'acquitter. Va te faire fiche! on était dans le pétrin jusqu'à la mort. Du reste, il fallait tout comprendre : un charbonnier avait besoin d'une chope pour balayer les poussières. Ça commençait par là, puis il ne sortait plus du cabaret, quand arrivaient les embêtements. Peut-être bien, sans se plaindre de personne, que les ouvriers tout de même ne gagnaient point assez.

— Je croyais, dit madame Grégoire, que la Compagnie vous donnait le loyer et le chauffage.

La Maheude eut un coup d'œil oblique sur la houille flambante de la cheminée.

— Oui, oui, on nous donne du charbon, pas trop fameux, mais qui brûle pourtant... Quant au loyer, il n'est que de six francs par mois : ça n'a l'air de rien, et souvent c'est joliment dur à payer... Ainsi, aujourd'hui, moi, on me couperait en morceaux, qu'on ne me tirerait pas deux sous. Où il n'y a rien, il n'y a rien.

Le monsieur et la dame se taisaient, douillettement allongés, peu à peu ennuyés et pris de malaise, devant l'étalage de cette misère. Elle craignit de les avoir blessés, elle ajouta de son air juste et calme de femme pratique :

— Oh! ce n'est pas pour me plaindre. Les choses sont ainsi, il faut les accepter; d'autant plus que nous aurions beau nous débattre, nous ne changerions sans doute rien... Le mieux encore, n'est-ce pas? monsieur et madame, c'est de tâcher de faire honnêtement ses affaires, dans l'endroit où le bon Dieu vous a mis.

M. Grégoire l'approuva beaucoup.

— Avec de tels sentiments, ma brave femme, on est au-dessus de l'infortune.

Honorine et Mélanie apportaient enfin le paquet. Ce fut Cécile qui le déballa et qui sortit les deux robes. Elle y joignit des fichus, même des bas et des mitaines. Tout cela irait à merveille, elle se hâtait, faisait envelopper par les bonnes les vêtements choisis; car sa maîtresse de piano venait d'arriver, et elle poussait la mère et les enfants vers la porte.

— Nous sommes bien à court, bégaya la Maheude, si nous avions une pièce de cent sous seulement...

La phrase s'étrangla, car les Maheu étaient fiers et ne mendiaient point. Cécile, inquiète, regarda son père; mais celui-ci refusa nettement, d'un air de devoir.

— Non, ce n'est pas dans nos habitudes. Nous ne pouvons pas.

Alors, la jeune fille, émue de la figure bouleversée de la mère, voulut combler les enfants. Ils regardaient toujours fixement la brioche, elle en coupa deux parts, qu'elle leur distribua.

— Tenez! c'est pour vous.

Puis, elle les reprit, demanda un vieux journal.

— Attendez, vous partagerez avec vos frères et vos sœurs.

Et, sous les regards attendris de ses parents, elle acheva de les pousser dehors. Les pauvres mioches, qui n'avaient pas de pain, s'en allèrent, en

LE LOGEUR LUI FOURRAIT UN MORCEAU DE SA VIANDE DANS LA BOUCHE. (Page 96.)

E. ZOLA. — GERMINAL. — 12.

tenant cette brioche respectueusement, dans leurs menottes gourdes de froid

La Maheude tirait ses enfants sur le pavé, ne voyait plus ni les champs déserts, ni la boue noire, ni le grand ciel livide qui tournait. Lorsqu'elle retraversa Montsou, elle entra résolument chez Maigrat et le supplia si fort, qu'elle finit par emporter deux pains, du café, du beurre, et même sa pièce de cent sous, car l'homme prêtait aussi à la petite semaine. Ce n'était pas d'elle qu'il voulait, c'était de Catnerine : elle le comprit, quand il lui recommanda d'envoyer sa fille chercher les provisions. On verrait ça. Catherine le giflerait, s'il lui soufflait de trop près sous le nez.

Onze heures sonnaient à la petite église du coron des Deux-Cent-Quarante, une chapelle de briques, où l'abbé Joire venait dire la messe, le dimanche. A côté, dans l'école, également en briques, on entendait les voix ânonnantes des enfants, malgré les fenêtres fermées au froid du dehors. Les larges voies, divisées en petits jardins adossés restaient désertes, entre les quatre grands corps de maisons uniformes; et ces jardins, ravagés par l'hiver, étalaient la tristesse de leur terre marneuse, que bossuaient et salissaient les derniers légumes. On faisait la soupe, les cheminées fumaient, une femme apparaissait de loin en loin le long des façades, ouvrait une porte, disparaissait. D'un bout à l'autre, sur le trottoir pavé, les tuyaux de descente s'égouttaient dans des tonneaux, bien qu'il ne plût pas, tant le ciel gris était chargé d'humidité. Et ce village, bâti d'un coup au milieu du vaste plateau, bordé de ses routes noires comme d'une liséré de deuil, n'avait d'autre gaieté que les bandes régulières de ses tuiles rouges, sans cesse lavées par les averses.

Quand la Maheude rentra, elle fit un détour pour aller acheter des pommes de terre, chez la femme d'un surveillant, qui en avait encore de sa récolte. Derrière un rideau de peupliers malingres, les seuls arbres de ces terrains plats, se trouvait un groupe de constructions isolées, des maisons quatre par quatre, entourées de leurs jardins. Comme la Compagnie réservait aux porions ce nouvel essai, les ouvriers avaient surnommé ce coin du hameau le coron des Bas-de-Soie ; de même qu'ils appelaient leur propre coron Paie-tes-Dettes, par une ironie bonne enfant de leur misère.

— Ouf! nous y voilà, dit la Maheude chargée de paquets, en poussant chez eux Lénore et Henri, boueux, les jambes mortes.

Devant le feu, Estelle hurlait, bercée dans les bras d'Alzire. Celle-ci, n'ayant plus de sucre, ne sachant comment la faire taire, s'était décidée à feindre de lui donner le sein. Ce simulacre, souvent, réussissait. Mais, cette fois, elle avait beau écarter sa robe, lui coller la bouche sur sa poitrine maigre d'infirme de huit ans, l'enfant s'enrageait de mordre la peau et de n'en rien tirer.

— Passe-la-moi, cria la mère, dès qu'elle se trouva débarrassée. Elle ne nous laissera pas dire un mot.

Lorsqu'elle eut sorti de son corsage un sein lourd comme une outre, et que la braillarde se fut pendue au goulot, brusquement muette, on put enfin causer. Du reste, tout allait bien, la petite ménagère avait entretenu le feu, balayé, rangé la salle. Et, dans le silence, on entendait en haut ronfler le grand-père, du même ronflement rythmé, qui ne s'était pas arrêté un instant.

— En voilà des choses! murmura Alzire, en souriant aux provisions. Si tu veux, maman, je ferai la soupe.

La table était encombrée : un paquet de vêtements, deux pains, des pommes de terre, du beurre, du café, de la chicorée et une demi-livre de fromage de cochon.

— Oh! la soupe! dit la Maheude d'un air de fatigue, il faudrait aller cueillir de l'oseille et arracher des poireaux... Non, j'en ferai ensuite pour les hommes... Mets bouillir des pommes de terre, nous les mangerons avec un peu de beurre... Et du café, hein ? n'oublie pas le café!

Mais, tout d'un coup, l'idée de la brioche lui revint. Elle regarda les mains vides de Lénore et d'Henri, qui se battaient par terre, déjà reposés et gaillards. Est-ce que ces gourmands n'avaient pas, en chemin, mangé sournoisement la brioche! Elle les gifla, pendant qu'Alzire, qui mettait la marmite au feu, tâchait de l'apaiser.

— Laisse-les, maman. Si c'est pour moi, tu sais que ça m'est égal la brioche. Ils avaient faim, d'être allés si loin à pied.

Midi sonnèrent, on entendit les galoches des gamins qui sortaient de l'école. Les pommes de terre étaient cuites, le café, épaissi d'une moitié de chicorée, passait dans le filtre, avec un bruit chantant de grosses gouttes. Un coin de la table fut débarrassé ; mais la mère seule y mangea, les trois enfants se contentèrent de leurs genoux ; et, tout le temps, le petit garçon, qui était d'une voracité muette, se tourna sans rien dire vers le fromage de cochon, dont le papier gras le surexcitait.

La Maheude buvait son café à petits coups, les deux mains autour du verre pour les réchauffer, lorsque le père Bonnemort descendit. D'habitude, il se levait plus tard, son déjeuner l'attendait sur le feu. Mais, ce jour-là, il se mit à grogner parce qu'il n'y avait point de soupe. Puis, quand sa bru lui dit qu'on ne faisait pas toujours comme on voulait, il mangea ses pommes de terre en silence. De temps à autre, il se levait, allait cracher dans les cendres, par propreté ; et, tassé ensuite sur sa chaise, il roulait la nourriture au fond de sa bouche, la tête basse, les yeux éteints.

— Ah! j'ai oublié, maman, dit Alzire, la voisine est venue...

Sa mère l'interrompit.

— Elle m'embête !

C'était une sourde rancune contre la Levaque, qui avait pleuré misère, la

veille, pour ne rien lui prêter ; et elle la savait justement à son aise, en ce
moment-là, le logeur Bouteloup ayant avancé sa quinzaine. Dans le coron, on ne
se prêtait guère de ménage à ménage.

— Tiens ! tu me fais songer, reprit la Maheude, enveloppe donc un moulin de
café... Je le reporterai à la Pierronne, à qui je le dois d'avant-hier.

Et, quand sa fille eut préparé le paquet, elle ajouta qu'elle rentrerait tout de
suite mettre la soupe des hommes sur le feu. Puis, elle sortit avec Estelle dans
les bras, laissant le vieux Bonnemort broyer lentement ses pommes de terre,
tandis que Lénore et Henri se battaient pour manger les pelures tombées.

La Maheude, au lieu de faire le tour, coupa tout droit, à travers les jardins,
de peur que la Levaque ne l'appelât. Justement, son jardin s'adossait à celui des
Pierron ; et il y avait, dans le treillage délabré qui les séparait, un trou par
lequel on voisinait. Le puits commun était là, desservant quatre ménages. A
côté, derrière un bouquet de lilas chétifs, se trouvait le carin, une remise basse,
pleine de vieux outils, et où l'on élevait, un à un, les lapins qu'on mangeait les
jours de fête. Une heure sonna, c'était l'heure du café, pas une âme ne se
montrait aux portes ni aux fenêtres. Seul, un ouvrier de la coupe à terre, en
attendant la descente, bêchait son coin de légumes, sans lever la tête. Mais,
comme la Maheude arrivait en face, à l'autre corps de bâtiment, elle fut surprise
de voir paraître, devant l'église, un monsieur et deux dames. Elle s'arrêta une
seconde, elle les reconnut : c'était madame Hennebeau, qui faisait visiter le
coron à ses invités, le monsieur décoré et la dame en manteau de fourrure.

— Oh ! pourquoi as-tu pris cette peine? s'écria la Pierronne, lorsque la
Maheude lui eut rendu son café. Ça ne pressait pas.

Elle avait vingt-huit ans, elle passait pour la jolie femme du coron, brune, le
front bas, les yeux grands, la bouche étroite ; et coquette avec ça, d'une propreté
de chatte, la gorge restée belle, car elle n'avait pas eu d'enfant. Sa mère, la
Brûlé, veuve d'un haveur mort à la mine, après avoir envoyé sa fille travailler
dans une fabrique, en jurant qu'elle n'épouserait jamais un charbonnier, ne décolérait plus, depuis que celle-ci s'était mariée sur le tard avec Pierron, un veuf
encore, qui avait une gamine de huit ans. Cependant, le ménage vivait très heureux, au milieu des bavardages, des histoires qui couraient sur les complaisances
du mari et sur les amants de la femme : pas une dette, deux fois de la viande par
semaine, une maison si nettement tenue, qu'on se serait miré dans les casseroles.
Pour surcroît de chance, grâce à des protections, la Compagnie l'avait autorisée à
vendre des bonbons et des biscuits, dont elle étalait les bocaux sur deux planches,
derrière les vitres de la fenêtre. C'étaient six ou sept sous de gain par jour,
quelquefois douze le dimanche. Et, dans ce bonheur, il n'y avait que la mère
Brûlé qui hurlât avec son enragement de vieille révolutionnaire, ayant à venger
la mort de son homme contre les patrons, et que la petite Lydie qui empochât en
gifles trop fréquentes les vivacités de la famille.

— Comme elle est grosse déjà ! reprit la Pierronne, en faisant des risettes a Estelle.

— Ah ! le mal que ça donne, ne m'en parle pas ! dit la Maheude. Tu es heureuse de n'en pas avoir. Au moins, tu peux tenir propre.

Bien que, chez elle, tout fût en ordre, et qu'elle lavât chaque samedi, elle jetait un coup d'œil de ménagère jalouse sur cette salle si claire, où il y avait même de la coquetterie, des vases dorés sur le buffet, une glace, trois gravures encadrées.

Cependant, la Pierronne était en train de boire seule son café, tout son monde se trouvant à la fosse.

— Tu vas en prendre un verre avec moi, dit-elle.

— Non, merci, je sors d'avaler le mien.

— Qu'est-ce que ça fait ?

En effet, ça ne faisait rien. Et toutes deux burent lentement. Entre les bocaux de biscuits et de bonbons, leurs regards s'étaient arrêtés sur les maisons d'en face, qui alignaient, aux fenêtres, leurs petits rideaux, dont le plus ou le moins de blancheur disait les vertus des ménagères. Ceux des Levaque étaient très sales, de véritables torchons, qui semblaient avoir essuyé le cul des marmites.

— S'il est possible de vivre dans une pareille ordure ! murmura la Pierronne.

Alors, la Maheude partit et ne s'arrêta plus. Ah ! si elle avait eu un logeur comme ce Bouteloup, c'était elle qui aurait voulu faire marcher son ménage ! Quand on savait s'y prendre, un logeur devenait une excellente affaire. Seulement, il ne fallait pas coucher avec. Et puis, le mari buvait, battait sa femme, courait les chanteuses des cafés-concerts de Montsou.

La Pierronne prit un air profondément dégoûté. Ces chanteuses, ça donnait toutes les maladies. Il y en avait une, à Joiselle, qui avait empoisonné une fosse.

— Ce qui m'étonne, c'est que tu aies laissé aller ton fils avec leur fille.

— Ah, oui ! empêche donc ça !... Leur jardin est contre le nôtre. L'été, Zacharie était toujours avec Philomène derrière les lilas, et ils ne se gênaient guère sur le carin, on ne pouvait tirer de l'eau au puits sans les surprendre.

C'était la commune histoire des promiscuités du coron, les garçons et les filles pourrissant ensemble, se jetant à cul, comme ils disaient, sur la toiture basse et en pente du carin, dès la nuit tombée. Toutes les herscheuses faisaient là leur premier enfant, quand elles ne prenaient pas la peine d'aller le faire à Réquillart ou dans les blés. Ça ne tirait pas à conséquence, on se mariait ensuite, les mères seules se fâchaient, lorsque les garçons commençaient trop tôt, car un garçon qui se mariait ne rapportait plus à la famille.

— A ta place, j'aimerais mieux en finir, reprit la Pierronne sagement. Ton Zacharie t'a déjà emplie deux fois, et ils iront plus loin se coller... De toutes façons, l'argent est fichu.

. La Maheude, furieuse, étendit les mains.

— Écoute ça : je les maudis, s'ils se collent... Est-ce que Zacharie ne nous doit pas du respect ? Il nous a coûté, n'est-ce pas ? eh bien ! il faut qu'il nous rende, avant de s'embarrasser d'une femme... Qu'est-ce que nous deviendrions, dis ? si nos enfants travaillaient tout de suite pour les autres ? Autant crever alors !

Cependant, elle se calma.

— Je parle en général, on verra plus tard... Il est joliment fort, ton café : tu mets ce qu'il faut.

Et, après un quart d'heure d'autres histoires, elle se sauva, criant que la soupe de ses hommes n'était pas faite. Dehors, les enfants retournaient à l'école, quelques femmes se montraient sur les portes, regardaient madame Hennebeau, qui longeait une des façades, en expliquant du doigt le coron à ses invités. Cette visite commençait à remuer le village. L'homme de la coupe à terre s'arrêta un moment de bêcher, deux poules inquiètes s'effarouchèrent dans les jardins.

Comme la Maheude rentrait, elle buta dans la Levaque, qui était sortie pour sauter au passage sur le docteur Vanderhaghen, un médecin de la Compagnie, petit homme pressé, écrasé de besogne, qui donnait ses consultations en courant.

— Monsieur, disait-elle, je ne dors plus, j'ai mal partout... Faudrait en causer cependant.

Il les tutoyait toutes, il répondit sans s'arrêter :

— Fiche-moi la paix ! tu bois trop de café.

— Et mon mari, monsieur, dit à son tour la Maheude, vous deviez venir le voir... Il a toujours ses douleurs aux jambes.

— C'est toi qui l'esquintes, fiche-moi la paix !

Les deux femmes restèrent plantées, regardant fuir le dos du docteur.

— Entre donc, reprit la Levaque, quand elle eut échangé avec sa voisine un haussement d'épaules désespéré. Tu sais qu'il y du nouveau... Et tu prendras bien un peu de café. Il est tout frais.

La Maheude, qui se débattait, fut sans force. Allons ! une goutte tout de même pour ne pas la désobliger. Et elle entra.

La salle était d'une saleté noire, le carreau et les murs tachés de graisse, le buffet et la table poissés de crasse ; et une puanteur de ménage mal tenu prenait à la gorge. Près du feu, les deux coudes sur la table, le nez enfoncé dans son assiette, Bouteloup, jeune encore pour ses trente-cinq ans, achevait un restant de bouilli, avec sa carrure épaisse de gros garçon placide ; tandis que, debout contre lui, le petit Achille, le premier-né de Philomène, qui entrait dans ses trois ans déjà, le regardait de l'air suppliant et muet d'une bête gourmande. Le logeur, très tendre sous une grande barbe brune, lui fourrait de temps à autre un morceau de sa viande au fond de la bouche.

ENTREZ, ENTREZ, RÉPÉTAIT-ELLE. (Page 100.)

— Attends que je le sucre, disait la Levaque, en mettant la cassonade d'avance dans la cafetière.

Elle, plus vieille que lui de six ans, était affreuse, usée, la gorge sur le ventre et le ventre sur les cuisses, avec un mufle aplati aux poils grisâtres, toujours dépeignée. Il l'avait prise naturellement, sans l'éplucher davantage que sa soupe, où il trouvait des cheveux, et que son lit, dont les draps servaient trois mois. Elle entrait dans la pension, le mari aimait à répéter que les bons comptes font les bons amis.

— Alors, c'était pour te dire, continua-t-elle, qu'on a vu hier soir la Pierronne rôder du côté des Bas-de-Soie. Le monsieur que tu sais l'attendait derrière Rasseneur, et ils ont filé ensemble le long du canal... Hein ? c'est du propre, une femme mariée !

— Dame ! dit la Maheude, Pierron avant de l'épouser donnait des lapins au porion, maintenant ça lui coûte moins cher de prêter sa femme.

Bouteloup éclata d'un rire énorme et jeta une mie de pain saucée dans la bouche d'Achille. Les deux femmes achevaient de se soulager sur le compte de la Pierronne, une coquette pas plus belle qu'une autre, mais toujours occupée à se visiter les trous de la peau, à se laver, à se mettre de la pommade. Enfin, ça regardait le mari, s'il aimait ce pain-là. Il y avait des hommes si ambitieux qu'ils auraient torché les chefs, pour les entendre seulement dire merci. Et elles ne furent interrompues que par l'arrivée d'une voisine qui rapportait une mioche de neuf mois, Désirée, la dernière de Philomène ; celle-ci, déjeunant au criblage, s'entendait pour qu'on lui amenât là-bas sa petite, et elle la faisait téter, assise un instant dans le charbon.

— La mienne, je ne peux pas la quitter une minute, elle gueule tout de suite, dit la Maheude en regardant Estelle, qui s'était endormie sur ses bras.

Mais elle ne réussit point à éviter la mise en demeure qu'elle lisait depuis un moment dans les yeux de la Levaque.

— Dis donc il faudrait pourtant songer à en finir.

D'abord, les deux mères, sans avoir besoin d'en causer, étaient tombées d'accord pour ne pas conclure le mariage. Si la mère de Zacharie voulait toucher le plus longtemps possible les quinzaines de son fils, la mère de Philomène s'emportait à l'idée d'abandonner celles de sa fille. Rien ne pressait, la seconde avait même préféré garder le petit, tant qu'il y avait eu un seul enfant ; mais, depuis que celui-ci, grandissant, mangeait du pain, et qu'un autre était venu, elle se trouvait en perte, elle poussait furieusement au mariage, en femme qui n'entend pas y mettre du sien.

— Zacharie a tiré au sort, continua-t-elle, plus rien n'arrête... Voyons, a quand ?

— Remettons ça aux beaux jours, répondit la Maheude gênée. C'est ennuyeux, ces affaires ! Comme s'ils n'auraient pas pu attendre d'être mariés, pour aller

ensemble !... Parole d'honneur, tiens ! j'étranglerais Catherine, si j'apprenais
qu'elle ait fait la bêtise.

La Levaque haussa les épaules.

— Laisse donc, elle y passera comme les autres

Bouteloup, avec la tranquillité d'un homme qui est chez lui, fouilla le buffet,
cherchant le pain. Des légumes pour la soupe de Levaque, des pommes de terre
et des poireaux, traînaient sur un coin de la table, à moitié pelurés, repris et
abandonnés dix fois, au milieu des continuels commérages. La femme venait
cependant de s'y remettre, lorsqu'elle les lâcha de nouveau, pour se planter
devant la fenêtre.

— Qu'est-ce que c'est que ça ?... Tiens ! c'est madame Hennebeau avec des
gens. Les voilà qui entrent chez la Pierronne.

Du coup, toutes deux retombèrent sur la Pierronne. Oh ! ça ne manquait
jamais, dès que la Compagnie faisait visiter le coron à des gens, on les conduisait
droit chez celle-là, parce que c'était propre. Sans doute qu'on ne leur racontait
pas les histoires avec le maître-porion. On peut bien être propre, quand on a des
amoureux qui gagnent trois mille francs, logés, chauffés, sans compter les
cadeaux. Si c'était propre dessus, ce n'était guère propre dessous. Et, tout le
temps que les visiteurs restèrent en face, elles en degoisèrent.

— Les voilà qui sortent, dit enfin la Levaque. Ils font le tour... Regarde donc,
ma chère, je crois qu'ils vont chez toi.

La Maheude fut prise de peur. Qui sait si Alzire avait donné un coup d'éponge
à la table ? Et sa soupe, à elle aussi, qui n'était pas prête ! Elle balbutia un « au
revoir », elle se sauva, filant, rentrant, sans un coup d'œil de côté.

Mais tout reluisait. Alzire, très sérieuse, un torchon devant elle, s'était mise
à faire la soupe, en voyant que sa mère ne revenait pas. Elle avait arraché les derniers poireaux du jardin, cueilli de l'oseille, et elle nettoyait précisément les
légumes, pendant que, sur le feu, dans un grand chaudron, chauffait l'eau pour
le bain des hommes, quand ils allaient rentrer. Henri et Lénore étaient sages par
hasard, très occupés à déchirer un vieil almanach. Le père Bonnemort fumait
silencieusement sa pipe.

Comme la Maheude soufflait, madame Hennebeau frappa.

— Vous permettez, n'est-ce pas, ma brave femme ?

Grande, blonde, un peu alourdie dans la maturité superbe de la quarantaine,
elle souriait avec un effort d'affabilité, sans laisser trop paraître la crainte de
tacher sa toilette de soie bronze, drapée d'une mante de velours noir.

— Entrez, entrez, répétait-elle à ses invités. Nous ne gênons personne...
Hein ? est-ce propre encore ? et cette brave femme a sept enfants ! Tous nos
ménages sont comme ça... Je vous expliquais que la Compagnie leur loue la
maison six francs par mois. Une grande salle au rez-de-chaussée, deux chambres
en haut, une cave et un jardin.

Le monsieur décoré et la dame en manteau de fourrure, débarqués le matin du train de Paris, ouvraient des yeux vagues, avaient sur la face l'ahurissement de ces choses brusques, qui les dépaysaient.

— Et un jardin, répéta la dame. Mais on y vivrait, c'est charmant !

— Nous leur donnons du charbon plus qu'ils n'en brûlent, continuait madame Hennebeau. Un médecin les visite deux fois par semaine ; et, quand ils sont vieux, ils reçoivent des pensions, bien qu'on ne fasse aucune retenue sur les salaires.

— Une Thébaïde ! un vrai pays de Cocagne ! murmura le monsieur, ravi

La Maheude s'était précipitée pour offrir des chaises. Ces dames refusèrent. Déjà madame Hennebeau se lassait, heureuse un instant de se distraire à ce rôle de montreur de bêtes, dans l'ennui de son exil, mais tout de suite répugnée par l'odeur fade de misère, malgré la propreté choisie des maisons où elle se risquait. Du reste, elle ne répétait que des bouts de phrase entendus, sans jamais s'inquiéter davantage de ce peuple d'ouvriers besognant et souffrant près d'elle.

— Les beaux enfants ! murmura la dame, qui les trouvait affreux, avec leurs têtes trop grosses, embroussaillées de cheveux couleur de paille.

Et la Maheude dut dire leur âge, on lui adressa aussi des questions sur Estelle, par politesse. Respectueusement, le père Bonnemort avait retiré sa pipe de la bouche ; mais il n'en restait pas moins un sujet d'inquiétude, si ravagé par ses quarante années de fond, les jambes raides, la carcasse démolie, la face terreuse ; et, comme un violent accès de toux le prenait, il préféra sortir pour cracher dehors, dans l'idée que son crachat noir allait gêner le monde.

Alzire eut tout le succès. Quelle jolie petite ménagère, avec son torchon ! On complimenta la mère d'avoir une petite fille déjà si entendue pour son âge. Et personne ne parlait de la bosse, des regards d'une compassion pleine de malaise revenaient toujours vers le pauvre être infirme.

— Maintenant, conclut madame Hennebeau, si l'on vous interroge sur nos corons, à Paris, vous pourrez répondre... Jamais plus de bruit que ça, mœurs patriarcales, tous heureux et bien portants comme vous voyez, un endroit où vous devriez venir vous refaire un peu, à cause du bon air et de la tranquillité.

— C'est merveilleux, merveilleux ! cria le monsieur, dans un élan final d'enthousiasme.

Ils sortirent de l'air enchanté dont on sort d'une baraque de phénomènes, et la Maheude qui les accompagnait, demeura sur le seuil, pendant qu'ils repartaient doucement, en causant très haut. Les rues s'étaient peuplées, ils devaient traverser des groupes de femmes, attirées par le bruit de leur visite, qu'elles colportaient de maison en maison.

Justement, devant sa porte, la Levaque avait arrêté la Pierronne, accourue en curieuse. Toutes deux affectaient une surprise mauvaise. Eh bien ! quoi donc, ces gens voulaient y coucher, chez les Maheu? Ce n'était pourtant pas si drôle.

— Toujours sans le sou, avec ce qu'ils gagnent! Dame! quand on a des vices!

— Je viens d'apprendre qu'elle est allée ce matin mendier chez les bourgeois de la Piolaine, et Maigrat qui leur avait refusé du pain, lui en a donné... On sait comment il se paie, Maigrat.

— Sur elle, oh! non! faudrait du courage... C'est sur Catherine qu'il en prend.

— Ah! écoute donc, est-ce qu'elle n'a pas eu le toupet tout à l'heure de me dire qu'elle étranglerait Catherine, si elle y passait!... Comme si le grand Chaval, il y a beau temps, ne l'avait pas mise à cul sur le carin!

— Chut!... Voici le monde.

Alors, la Levaque et la Pierronne, l'air paisible, sans curiosité impolie, s'étaient contentées de guetter sortir les visiteurs, du coin de l'œil. Puis, elles avaient appelé vivement d'un signe la Maheude, qui promenait encore Estelle sur ses bras. Et toutes trois, immobiles, regardaient s'éloigner les dos bien vêtus de madame Hennebeau et de ses invités. Lorsque ceux ci furent à une trentaine de pas, les commérages reprirent, avec un redoublement de violence.

— Elles en ont pour de l'argent sur la peau, ça vaut plus cher qu'elles, peut-être!

— Ah! sûr!... Je ne connais pas l'autre, mais celle d'ici, je n'en donnerais pas quatre sous, si grosse qu'elle soit. On raconte des histoires...

— Hein? quelles histoires?

— Elle aurait des hommes donc!... D'abord, l'ingénieur...

— Ce petiot maigre!... Oh! il est trop menu, elle le perdrait dans les draps.

— Qu'est-ce que ça fiche, si ça l'amuse?... Moi, je n'ai pas confiance, quand je vois une dame qui prend des mines dégoûtées et qui n'a jamais l'air de se plaire où elle est... Regarde donc comme elle tourne son derrière, avec l'air de nous mépriser toutes. Est-ce que c'est propre?

Les promeneurs s'en allaient du même pas ralenti, causant toujours, lorsqu'une calèche vint s'arrêter sur la route, devant l'église. Un monsieur d'environ quarante-huit ans en descendit, serré dans une redingote noire, très brun de peau, le visage autoritaire et correct.

— Le mari! murmura la Levaque, baissant la voix comme s'il avait pu l'entendre, saisie de la crainte hiérarchique que le directeur inspirait à ses dix mille ouvriers. C'est pourtant vrai qu'il a une tête de cocu, cet homme!

Maintenant, le coron entier était dehors. La curiosité des femmes montait, les groupes se rapprochaient, se fondaient en une foule; tandis que des bandes de marmaille mal mouchée traînaient sur les trottoirs, bouche béante. On vit un instant la tête pâle de l'instituteur qui se haussait, lui aussi, derrière la haie de l'école. Au milieu des jardins, l'homme en train de bêcher restait le pied sur sa bêche, les yeux arrondis. Et le murmure des commérages s'enflait peu à peu avec un bruit de crécelles, pareil à un coup de vent dans les feuilles sèches.

C'était surtout devant la porte de la Levaque que le rassemblement avait grossi. Deux femmes s'étaient avancées, puis dix, puis vingt. Prudemment, la Pierronne se taisait, à présent qu'il y avait trop d'oreilles. La Maheude, une des plus raisonnables, se contentait aussi de regarder ; et, pour calmer Estelle réveillée et hurlant, elle avait tranquillement sorti au grand jour sa mamelle de bonne bête nourricière, qui pendait, roulante, comme allongée par la source continue de son lait. Quand M. Hennebeau eut fait asseoir les dames au fond de la voiture, qui fila du côté de Marchiennes, il y eut une explosion dernière de voix bavardes, toutes les femmes gesticulaient, se parlaient dans le visage, au milieu d'un tumulte de fourmilière en révolution.

Mais trois heures sonnèrent. Les ouvriers de la coupe à terre étaient partis, Bouteloup et les autres. Brusquement, au détour de l'église, parurent les premiers charbonniers qui revenaient de la fosse, le visage noir, les vêtements trempés, croisant les bras et gonflant le dos. Alors, il se produisit une débandade parmi les femmes, toutes couraient, toutes rentraient chez elles, dans un effarement de ménagères que trop de café et trop de cancans avaient mises en faute. Et l'on n'entendait plus que ce cri inquiet, gros de querelles :

— Ah! mon Dieu! et ma soupe! et ma soupe qui n'est pas prête!

IV

Lorsque Maheu rentra, après avoir laissé Étienne chez Rasseneur, il trouva Catherine, Zacharie et Jeanlin attablés, qui achevaient leur soupe. Au retour de la fosse, on avait si faim, qu'on mangeait dans ses vêtements humides, avant même de se débarbouiller ; et personne ne s'attendait, la table restait mise du matin au soir, toujours il y en avait un là, avalant sa portion, au hasard des exigences du travail.

Dès la porte, Maheu aperçut les provisions. Il ne dit rien, mais son visage inquiet s'éclaira. Toute la matinée, le vide du buffet, la maison sans café et sans beurre, l'avait tracassé, lui était revenue en élancements douloureux, pendant qu'il tapait à la veine, suffoqué au fond de la taille. Comment la femme aurait-elle fait ? et qu'allait-on devenir, si elle était rentrée les mains vides ? Puis, voilà qu'il y avait de tout. Elle lui conterait ça plus tard. Il riait d'aise.

Déjà Catherine et Jeanlin s'étaient levés, prenant leur café debout ; tandis que Zacharie, mal rempli par sa soupe, se coupait une large tartine de pain, qu'il couvrait de beurre. Il voyait bien le fromage de cochon sur une assiette ; mais il n'y touchait pas, la viande était pour le père, quand il n'y en avait que pour un. Tous venaient de faire descendre leur soupe d'une grande lampée d'eau fraîche, la bonne boisson claire des fins de quinzaine.

— Je n'ai pas de bière, dit la Maheude, lorsque le père se fut attablé à son tour. J'ai voulu garder un peu d'argent... Mais, si tu en désires, la petite peut courir en prendre une pinte.

Il la regardait, épanoui. Comment ? elle avait aussi de l'argent !

— Non, non, dit-il. J'ai bu une chope, ça va bien.

Et Maheu se mit à engloutir, par lentes cuillerées, la pâtée de pain, de pommes de terre, de poireaux et d'oseille, enfaîtée dans la jatte qui lui servait d'assiette. La Maheude, sans lâcher Estelle, aidait Alzire à ce qu'il ne manquât de rien, poussait près de lui le beurre et la charcuterie, remettait au feu son café pour qu'il fût bien chaud.

ILS FINIRENT PAR SE LAVER ENSEMBLE. (Page 107.)

Cependant, à côté du feu, le lavage commençait, dans une moitié de tonneau, transformée en baquet. Catherine, qui passait la première, l'avait empli d'eau tiède ; et elle se deshabillait tranquillement, ôtait son béguin, sa veste, sa culotte, jusqu'à sa chemise, habituée à cela depuis l'âge de huit ans, ayant grandi sans y voir du mal. Elle se tourna seulement, le ventre au feu, puis se frotta vigoureusement avec du savon noir. Personne ne la regardait, Lénore et Henri eux-mêmes n'avaient plus la curiosité de voir comment elle était faite. Quand elle fut propre, elle monta toute nue l'escalier, laissant sa chemise mouillée et ses autres vêtements, en tas, sur le carreau. Mais une querelle éclatait entre les deux frères : Jeanlin s'était hâté de sauter dans le baquet, sous le prétexte que Zacharie mangeait encore; et celui-ci le bousculait, réclamait son tour, criait que, s'il était assez gentil pour permettre à Catherine de se tremper d'abord, il ne voulait pas avoir la rinçure des galopins, d'autant plus que, lorsque celui-ci avait passé dans l'eau, on pouvait en remplir les encriers de l'école. Ils finirent par se laver ensemble, tournés également vers le feu, et ils s'entr'aidèrent même, ils se frottèrent le dos. Puis, comme leur sœur, ils disparurent dans l'escalier, tout nus.

— En font-ils un gâchis! murmurait la Maheude, en prenant par terre les vêtements pour les mettre sécher. Alzire, éponge un peu, hein!

Mais un tapage, de l'autre côté du mur, lui coupa la parole. C'étaient des jurons d'homme, des pleurs de femme, tout un piétinement de bataille, avec des cris sourds qui sonnaient comme des heurts de courge vide.

— La Levaque reçoit sa danse, constata paisiblement Maheu, en train de racler le fond de sa jatte avec la cuiller. C'est drôle, Bouteloup prétendait que la soupe était prête.

– Ah! oui, prête! dit la Maheude, j'ai vu les légumes sur la table, pas même épeluchés.

Les cris redoublaient, il y eut une poussée terrible qui ébranla le mur, puis un grand silence tomba. Alors, le mineur, en avalant une dernière cuillerée, conclut d'un air de calme justice :

— Si la soupe n'est pas prête, ça se comprend.

Et, après avoir bu un plein verre d'eau, il attaqua le fromage de cochon. Il en coupait des morceaux carrés, qu'il piquait de la pointe de son couteau et qu'il mangeait sur son pain, sans fourchette. On ne parlait pas, quand le père mangeait. Lui-même avait la faim silencieuse, il ne reconnaissait point la charcuterie habituelle de Maigrat, ça devait venir d'ailleurs; pourtant, il n'adressait aucune question à sa femme. Il demanda seulement si le vieux dormait toujours, là-haut. Non, le grand-père était déjà sorti, pour son tour de promenade accoutumé. Et le silence recommença.

Maïs l'odeur de la viande avait fait lever les têtes de Lénore et d'Henri, qui s'amusaient par terre à dessiner des ruisseaux avec l'eau répandue. Tous

deux vinrent se planter près du père, le petit en avant. Leurs yeux suivaient
chaque morceau, le regardaient pleins d'espoir partir de l'assiette, et le voyaient
d'un air consterné s'engouffrer dans la bouche. A la longue, le père remarqua le
désir gourmand qui les pâlissait et leur mouillait les lèvres.

— Est-ce que les enfants en ont eu? demanda-t-il.

Et, comme sa femme hésitait :

— Tu sais, je n'aime pas ces injustices. Ça m'ôte l'appétit, quand ils sont
là, autour de moi, à mendier un morceau.

— Mais oui, ils en ont eu! s'écria-t-elle en colère. Ah bien! si tu les écoutes,
tu peux leur donner ta part et celle des autres, ils s'empliront jusqu'à crever...
N'est-ce pas, Alzire, que nous avons tous mangé du fromage?

— Bien sûr, maman, répondit la petite bossue, qui, dans ces circonstances-là,
mentait avec un aplomb de grande personne.

Lénore et Henri restaient immobiles de saisissement, révoltés d'une pareille
menterie, eux qu'on fouettait, s'ils ne disaient pas la vérité. Leurs petits cœurs
se gonflaient, et ils avaient une grosse envie de protester, de dire qu'ils n'étaient
pas là, eux, lorsque les autres en avaient mangé.

— Allez-vous en donc! répétait la mère, en les chassant à l'autre bout de
la salle. Vous devriez rougir d'être toujours dans l'assiette de votre père. Et,
s'il était le seul à en avoir, est-ce qu'il ne travaille pas, lui? tandis que vous
autres, tas de vauriens, vous ne savez encore que dépenser. Ah! oui, et plus que
vous n'êtes gros!

Maheu les rappela. Il assit Lénore sur sa cuisse gauche, Henri sur sa cuisse
droite; puis, il acheva le fromage de cochon, en faisant la dînette avec eux.
Chacun sa part, il leur coupait des petits morceaux. Les enfants, ravis, dé-
voraient.

Quand il eut fini, il dit à sa femme :

— Non, ne me sers pas mon café. Je vais me laver d'abord... Et donne-moi un
coup de main pour jeter cette eau sale.

Ils empoignèrent les anses du baquet, et ils le vidaient dans le ruisseau,
devant la porte, lorsque Jeanlin descendit, avec des vêtements secs, une culotte
et une blouse de laine trop grandes, lasses de déteindre sur le dos de son frère.
En le voyant filer sournoisement par la porte ouverte, sa mère l'arrêta.

— Où vas-tu?

— Là.

— Où, là?... Écoute tu vas aller cueillir une salade de pissenlits pour ce soir.
Hein! tu m'entends? si tu ne rapportes pas une salade, tu auras affaire à moi.

— Bon! bon!

Jeanlin partit, les mains dans les poches, traînant ses sabots, roulant ses reins
maigres d'avorton de dix ans, comme un vieux mineur. A son tour Zacharie descendait, plus soigné, le torse pris dans un tricot de laine noire à raies bleues. Son

pere lui cria de ne pas rentrer tard; et il sortit en hochant la tête, la pipe aux dents, sans répondre.

De nouveau, le baquet était plein d'eau tiède. Maheu, lentement, enlevait déjà sa veste. Sur un coup d'œil, Alzire emmena Lénore et Henri jouer dehors. Le père n'aimait pas se laver en famille, comme cela se pratiquait dans beaucoup d'autres maisons du coron. Du reste, il ne blâmait personne, il disait simplement que c'était bon pour les enfants de barboter ensemble.

— Que fais-tu donc là-haut ? cria la Maheude à travers l'escalier.

— Je raccommode ma robe, que j'ai déchirée hier, répondit Catherine.

— C'est bien... Ne descends pas, ton père se lave.

Alors, Maheu et la Maheude restèrent seuls. Celle-ci s'était décidée à poser sur une chaise Estelle, qui, par miracle, se trouvant bien près du feu, ne hurlait pas et tournait vers ses parents des yeux vagues de petit être sans pensée. Lui, tout nu, accroupi devant le baquet, y avait d'abord plongé sa tête, frottée de ce savon noir dont l'usage séculaire décolore et jaunit les cheveux de la race. Ensuite, il entra dans l'eau, s'enduisit la poitrine, le ventre, les bras, les cuisses, se les racla énergiquement des deux poings. Debout, sa femme le regardait.

— Dis donc, commença-t-elle, j'ai vu ton œil, quand tu es arrivé... Tu te tourmentais, hein? ça t'a déridé, ces provisions... Imagine-toi que les bourgeois de la Piolaine ne m'ont pas fichu un sou. Oh! ils sont aimables, ils ont habillé les petits, et j'avais honte de les supplier, car ça me reste en travers, quand je demande.

Elle s'interrompit un instant, pour caler Estelle sur la chaise, crainte d'une culbute. Le père continuait à s'user la peau, sans hâter d'une question cette histoire qui l'intéressait, attendant patiemment de comprendre.

— Faut te dire que Maigrat m'avait refusé, oh! raide! comme on flanque un chien dehors... Tu vois si j'étais à la noce! Ça tient chaud, des vêtements de laine, mais ça ne vous met rien dans le ventre, pas vrai?

Il leva la tête, toujours muet. Rien à la Piolaine, rien chez Maigrat : alors, quoi? Mais, comme à l'ordinaire, elle venait de retrousser ses manches, pour lui laver le dos et les parties qu'il lui était mal commode d'atteindre. D'ailleurs, il aimait qu'elle le savonnât, qu'elle le frottât partout, à se casser les poignets. Elle prit du savon, elle lui laboura les épaules, tandis qu'il se raidissait, afin de tenir le coup.

— Donc, je suis retournée chez Maigrat, je lui en ai dit, ah! je lui en ai dit... Et qu'il ne fallait pas avoir de cœur, et qu'il lui arriverait du mal, s'il y avait une justice... Ça l'ennuyait, il tournait les yeux, il aurait bien voulu filer...

Du dos, elle était descendue aux fesses; et, lancée, elle poussait ailleurs, dans les plis, ne laissant pas une place du corps sans y passer, le faisant reluire comme ses trois casseroles, les samedis de grand nettoyage. Seulement, elle suait à ce terrible va-et-vient des bras, toute secouée elle-même, si essoufflée, que ses paroles s'étranglaient.

— Enfin, il m'a appelée vieux crampon... Nous aurons du pain jusqu'à samedi, et le plus beau, c'est qu'il m'a prêté cent sous... J'ai encore pris chez lui le beurre, le café, la chicorée, j'allais même prendre la charcuterie et les pommes de terre, quand j'ai vu qu'il grognait... Sept sous de fromage de cochon, dix-huit sous de pommes de terre, il me reste trois francs soixante-quinze pour un ragoût et un pot-au-feu... Hein? je crois que je n'ai pas perdu ma matinée.

Maintenant, elle l'essuyait, le tamponnait avec un torchon, aux endroits où ça ne voulait pas sécher. Lui, heureux, sans songer au lendemain de la dette, éclatait d'un gros rire et l'empoignait à pleins bras.

— Laisse donc, bête! tu es trempé, tu me mouilles... Seulement, je crains que Maigrat n'ait des idées...

Elle allait parler de Catherine, elle s'arrêta. A quoi bon inquiéter le père? Ça ferait des histoires à n'en plus finir.

— Quelles idées? demanda-t-il.

— Des idées de nous voler, donc! Faudra que Catherine épluche joliment la note.

Il l'empoigna de nouveau, et cette fois ne la lâcha plus. Toujours le bain finissait ainsi, elle le ragaillardissait à le frotter si fort, puis à lui passer partout des linges, qui lui chatouillaient les poils des bras et de la poitrine. D'ailleurs, c'était également chez les camarades du coron l'heure des bêtises, où l'on plantait plus d'enfants qu'on n'en voulait. La nuit, on avait sur le dos la famille. Il la poussait vers la table, goguenardant en brave homme qui jouit du seul bon moment de la journée, appelant ça prendre son dessert, et un dessert qui ne coûtait rien. Elle, avec sa taille et sa gorge roulantes, se débattait un peu, pour rire.

— Es-tu bête, mon Dieu! es-tu bête!... Et Estelle qui nous regarde! attends que je lui tourne la tête.

— Ah! ouiche! à trois mois, est-ce que ça comprend?

Lorsqu'il se fut relevé, Maheu passa simplement une culotte sèche. Son plaisir, quand il était propre et qu'il avait rigolé avec sa femme, était de rester un moment le torse nu. Sur sa peau blanche, d'une blancheur de fille anémique, les éraflures, les entailles du charbon, laissaient des tatouages, des « greffes », comme disent les mineurs ; et il s'en montrait fier, il étalait ses gros bras, sa poitrine large, d'un luisant de marbre veiné de bleu. En été, tous les mineurs se mettaient ainsi sur les portes. Il y alla même un instant, malgré le temps humide, cria un mot salé à un camarade, le poitrail également nu, au delà des jardins. D'autres parurent. Et les enfants, qui traînaient sur les trottoirs, levaient la tête, riaient eux aussi à la joie de toute cette chair lasse de travailleurs, mise au grand air.

En buvant son café, sans passer encore une chemise, Maheu conta à sa femme la colère de l'ingénieur, pour le boisage. Il était calmé, détendu, et il écouta avec un hochement d'approbation les sages conseils de la Maheude, qui montrait un grand bon sens dans ces affaires-là. Toujours elle lui répétait qu'on ne gagnait rien à se buter contre la Compagnie. Elle lui parla ensuite de la visite de madame Hennebeau. Sans le dire, tous deux en étaient fiers.

— Est-ce qu'on peut descendre? demanda Catherine du haut de l'escalier.

— Oui, oui, ton père se sèche.

La jeune fille avec sa robe des dimanches, une vieille robe de popeline gros bleu, pâlie et usée déjà dans les plis. Elle était coiffée d'un bonnet de tulle noir, tout simple.

— Tiens! tu t'es habillée... Où vas-tu donc?

— Je vais à Montsou acheter un ruban pour mon bonnet... J'ai retiré le vieux, il était trop sale.

— Tu as donc de l'argent, toi?

— Non, c'est Mouquette qui a promis de me prêter dix sous.

La mère la laissa partir. Mais, à la porte, elle la rappela.

— Écoute, ne va pas l'acheter chez Maigrat, ton ruban... Il te volerait et il croirait que nous roulons sur l'or.

Le père qui s'était accroupi devant le feu, pour sécher plus vite sa nuque et ses aisselles, se contenta d'ajouter :

— Tâche de ne pas traîner la nuit sur les routes.

Maheu, l'après-midi, travailla dans son jardin. Déjà il y avait semé des pommes de terre, des haricots, des pois ; et il tenait en jauge, depuis la veille, du plant de choux et de laitue, qu'il se mit à repiquer. Ce coin de jardin les fournissait de légumes, sauf de pommes de terre, dont ils n'avaient jamais assez. Du reste, lui s'entendait très bien à la culture et obtenait même des artichauts, ce qui était traité de pose par les voisins. Comme il préparait sa planche, Levaque justement vint fumer une pipe dans son carré à lui, en regardant des romaines que Bouteloup avait plantées le matin ; car, sans le courage du logeur à bêcher, il n'aurait guère poussé là que des orties. Et la conversation s'engagea, par-dessus le treillage. Levaque, délassé et excité d'avoir tapé sur sa femme, tâcha vainement d'entraîner Maheu chez Rasseneur. Voyons, est-ce qu'une chope l'effrayait ? On ferait une partie de quilles, on flânerait un instant avec les camarades, puis on rentrerait dîner. C'était la vie, après la sortie de la fosse. Sans doute il n'y avait pas de mal à cela, mais Maheu s'entêtait : s'il ne repiquait pas ses laitues, elles seraient fanées le lendemain. Au fond, il refusait par sagesse, ne voulant point demander un liard à sa femme sur le reste des cent sous.

Cinq heures sonnaient, lorsque la Pierronne vint savoir si c'était avec Jeanlin que sa Lydie avait filé. Levaque répondit que ça devait être quelque chose comme ça, car Bébert, lui aussi, avait disparu; et ces galopins gourgandinaient toujours ensemble. Quand Maheu les eut tranquillisés, en parlant de la salade de pissenlits, lui et le camarade se mirent à attaquer la jeune femme, avec une crudité de bons diables. Elle s'en fâchait, mais ne s'en allait pas, chatouillée au fond par les gros mots, qui la faisaient crier, les mains au ventre. Il arriva à son secours une femme maigre, dont la colère bégayante ressemblait à un glousse-ment de poule. D'autres, au loin, sur les portes, s'effarouchaient de confiance. Maintenant, l'école était fermée, toute la marmaille traînait, c'était un grouille-ment de petits êtres piaulant, se roulant, se battant; tandis que les pères, qui n'étaient pas à l'estaminet, restaient par groupes de trois ou quatre, accroupis sur leurs talons comme au fond de la mine, fumant des pipes avec des paroles rares, à l'abri d'un mur. La Pierronne partit furieuse, lorsque Levaque voulut tâter si elle avait la cuisse ferme; et il se décida lui-même à se rendre seul chez Rasseneur, pendant que Maheu plantait toujours.

Le jour baissa brusquement, la Maheude alluma la lampe, irritée de ce que ni la fille ni les garçons ne rentraient. Elle l'aurait parié : jamais on ne parve-nait à faire ensemble l'unique repas où l'on aurait pu être tous autour de la table. Puis, c'était la salade de pissenlits qu'elle attendait. Qu'est-ce qu'il pouvait cueillir à cette heure, dans ce noir de four, le bougre d'enfant! Une salade accompagnerait si bien la ratatouille qu'elle laissait mijoter sur le feu, des pommes de terre, des poireaux, de l'oseille, fricassés avec de l'oignon frit! La maison entière le sentait, l'oignon frit, cette bonne odeur qui rancit vite et qui pénètre les briques des corons d'un empoisonnement tel, qu'on les flaire de loin dans la campagne, à ce violent fumet de cuisine pauvre.

Maheu, quand il quitta le jardin, à la nuit tombée, s'assoupit tout de suite sur une chaise, la tête contre la muraille. Dès qu'il s'asseyait, le soir, il dormait. Le coucou sonnait sept heures, Henri et Lénore venaient de casser une assiette en s'obstinant à aider Alzire, qui mettait le couvert, lorsque le père Bonnemort rentra le premier, pressé de dîner et de retourner à la fosse. Alors, la Maheude réveilla Maheu.

— Mangeons, tant pis !... Ils sont assez grands pour retrouver la maison. L'embêtant, c'est la salade !

MAIGRAT MONTRA SES PIÈCES DE RUBAN. (Page 124.)

V.

Chez Rasseneur, après avoir mangé une soupe, Étienne, remonté dans l'étroite chambre qu'il allait occuper sous le toit, en face du Voreux, était tombé sur son lit, tout vêtu, assommé de fatigue. En deux jours, il n'avait pas dormi quatre heures. Quand il s'éveilla, au crépuscule, il resta étourdi un instant, sans reconnaître le lieu où il se trouvait; et il éprouvait un tel malaise, une telle pesanteur de tête, qu'il se mit péniblement debout, avec l'idée de prendre l'air, avant de dîner et de se coucher pour la nuit.

Dehors, le temps était de plus en plus doux, le ciel de suie se cuivrait, chargé d'une de ces longues pluies du Nord, dont on sentait l'approche dans la tiédeur humide de l'air. La nuit venait par grandes fumées, noyant les lointains perdus de la plaine. Sur cette mer immense de terres rougeâtres, le ciel bas semblait se fondre en noire poussière, sans un souffle de vent à cette heure, qui animât les ténèbres. C'était d'une tristesse blafarde et morte d'ensevelissement.

Étienne marcha devant lui, au hasard, n'ayant d'autre but que de secouer sa fièvre. Lorsqu'il passa devant le Voreux, assombri déjà au fond de son trou, et dont pas une lanterne ne luisait encore, il s'arrêta un moment, pour voir la sortie des ouvriers à la journée. Sans doute six heures sonnaient, des mouliuneurs, des chargeurs à l'accrochage, des palefreniers s'en allaient par bandes, mêlés aux filles du criblage, vagues et rieuses dans l'ombre.

D'abord, ce furent la Brûlé et son gendre Pierron. Elle le querellait, parce qu'il ne l'avait pas soutenue, dans une contestation avec un surveillant, pour son compte de pierres.

— Oh! sacrée chiffe, va! s'il est permis d'être un homme et de s'aplatir comme ça devant un de ces salops qui nous mangent!

Pierron la suivait paisiblement, sans répondre. Il finit par dire :

— Fallait peut-être sauter sur le chef. Merci! pour avoir des ennuis!

— Tends le derrière, alors! cria-t-elle. Ah! nom de Dieu! si ma fille m'avait

écoutée !.. Ça ne suffit donc pas qu'ils m'aient tué le père, tu voudrais peut-être
que je dise merci. Non, vois-tu, j'aurai leur peau !

Les voix se perdirent, Étienne la regarda disparaître, avec son nez d'aigle,
ses cheveux blancs envolés, ses longs bras maigres qui gesticulaient furieusement. Mais, derrière lui, la conversation de deux jeunes gens lui fit prêter
l'oreille. Il avait reconnu Zacharie, qui attendait là, et que son ami Mouquet
venait d'aborder.

— Arrives-tu? demanda celui-ci. Nous mangeons une tartine, puis nous filons
au Volcan.

— Tout à l'heure, j'ai affaire.

— Quoi donc?

Le moulineur se tourna et aperçut Philomène qui sortait du criblage. Il crut
comprendre.

— Ah ! bon, c'est ça... Alors, je pars devant.

— Oui, je te rattraperai.

Mouquet, en s'en allant, se rencontra avec son père, le vieux Mouque, qui
sortait aussi du Voreux ; et les deux hommes se dirent simplement bonsoir, le
fils prit la grande route, tandis que le père filait le long du canal.

Déjà, Zacharie poussait Philomène dans ce même chemin écarté, malgré sa
résistance. Elle était pressée, une autre fois ; et ils se disputaient tous deux, en
vieux ménage. Ça n'avait rien de drôle, de ne se voir que dehors, surtout l'hiver,
lorsque la terre est mouillée, et qu'on n'a pas les blés pour se coucher dedans.

— Mais non, ce n'est pas ça, murmura-t-il impatienté. J'ai à te dire une
chose.

Il la tenait à la taille, il l'emmenait doucement. Puis, lorsqu'ils furent dans
l'ombre du terri, il voulut savoir si elle avait de l'argent.

— Pourquoi faire? demanda-t-elle.

Lui, alors, s'embrouilla, parla d'une dette de deux francs qui allait désespérer
sa famille.

— Tais-toi donc !.. J'ai vu Mouquet, tu vas encore au Volcan, où il y a ces
sales femmes de chanteuses.

Il se défendit, tapa sur sa poitrine, donna sa parole d'honneur. Puis, comme
elle haussait les épaules, il dit brusquement :

— Viens avec nous, si ça t'amuse... Tu vois que tu ne me déranges pas. Pour
ce que j'en veux faire, des chanteuses !.. Viens-tu?

— Et le petit? répondit-elle. Est-ce qu'on peut remuer, avec un enfant qui
crie toujours ?... Laisse-moi rentrer, je parie qu'ils ne s'entendent plus, à la
maison.

Mais il la retint, il la supplia. Voyons, c'était pour ne pas avoir l'air bête
devant Mouquet, auquel il avait promis. Un homme ne pouvait pas, tous les
soirs, se coucher comme les poules. Vaincue, elle avait retroussé une basque de

son caraco, elle coupait de l'ongle le fil et tirait des pièces de dix sous d'un coin de la bordure. De crainte d'être volée par sa mère, elle cachait là le gain des heures qu'elle faisait en plus, à la fosse.

— J'en ai cinq, tu vois, dit-elle. Je veux bien t'en donner trois... Seulement, il faut me jurer que tu vas décider ta mère à nous marier. En voilà assez, de cette vie en l'air! Avec ça, maman me reproche toutes les bouchées que je mange... Jure, jure d'abord.

Elle parlait de sa voix molle de grande fille maladive, sans passion, simplement lasse de son existence. Lui, jura, cria que c'était une chose promise, sacrée ; puis, lorsqu'il tint les trois pièces, il la baisa, la chatouilla, la fit rire, et il aurait poussé les choses jusqu'au bout, dans ce coin du terri qui était la chambre d'hiver de leur vieux ménage, si elle n'avait répété que non, que ça ne lui causerait aucun plaisir. Elle retourna au coron toute seule, pendant qu'il coupait à travers champs, pour rejoindre son camarade.

Étienne, machinalement, les avait suivis de loin, sans comprendre, croyant à un simple rendez-vous. Les filles étaient précoces, aux fosses ; et il se rappelait les ouvrières de Lille, qu'il attendait derrière les fabriques, ces bandes de filles gâtées dès quatorze ans, dans les abandons de la misère. Mais une autre rencontre le surprit davantage. Il s'arrêta.

C'était, en bas du terri, dans un creux où de grosses pierres avaient glissé, le petit Jeanlin qui rabrouait violemment Lydie et Bébert, assis l'une à sa droite, l'autre à sa gauche.

— Hein? vous dites?... Je vas ajouter une gifle pour chacun, moi, si vous réclamez... Qui est-ce qui a eu l'idée, voyons!

En effet, Jeanlin avait eu une idée. Après s'être, pendant une heure, le long du canal, roulé dans les prés en cueillant des pissenlits avec les deux autres, il venait de songer, devant le tas de salade, qu'on ne mangerait jamais tout ça chez lui ; et, au lieu de rentrer au coron, il était allé à Montsou, gardant Bébert pour faire le guet, poussant Lydie à sonner chez les bourgeois, où elle offrait les pissenlits. Il disait, expérimenté déjà, que les filles vendaient ce qu'elles voulaient. Dans l'ardeur du négoce, le tas entier y avait passé ; mais la gamine avait fait onze sous. Et, maintenant, les mains nettes, tous trois partageaient le gain.

— C'est injuste! déclara Bébert. Faut diviser en trois... Si tu gardes sept sous, nous n'en aurons plus que deux chacun.

— De quoi, injuste? répliqua Jeanlin furieux. J'en ai cueilli davantage, d'abord!

L'autre d'ordinaire se soumettait, avec une admiration craintive, une crédulité qui le rendait continuellement victime. Plus âgé et plus fort, il se laissait même gifler. Mais, cette fois, l'idée de tout cet argent l'excitait à la résistance.

— N'est-ce pas? Lydie, il nous vole... S'il ne partage pas, nous le dirons à sa mère.

Du coup, Jeanlin lui mit le poing sous le nez.

— Répète un peu. C'est moi qui irai dire chez vous que vous avez vendu la salade à maman... Et puis, bougre de bête, est-ce que je puis diviser onze sous en trois? essaye pour voir, toi qui es malin... Voilà chacun vos deux sous. Dépêchez-vous de les prendre ou je les recolle dans ma poche.

Dompté, Bébert accepta les deux sous. Lydie, tremblante, n'avait rien dit, car elle éprouvait, devant Jeanlin, une peur et une tendresse de petite femme battue. Comme il lui tendait les deux sous, elle avança la main avec un rire soumis. Mais il se ravisa brusquement.

— Hein? qu'est-ce que tu vas fiche de tout ça?... Ta mère te le chipera bien sûr, si tu ne sais pas le cacher... Vaut mieux que je te le garde. Quand tu auras besoin d'argent, tu m'en demanderas.

Et les neuf sous disparurent. Pour lui fermer la bouche, il l'avait empoignée en riant, il se roulait avec elle sur le terri. C'était sa petite femme, ils essayaient ensemble, dans les coins noirs, l'amour qu'ils entendaient et qu'ils voyaient chez eux, derrière les cloisons, par les fentes des portes. Ils savaient tout, mais ils ne pouvaient guère, trop jeunes, tâtonnant, jouant, pendant des heures, à des jeux de petits chiens vicieux. Lui appelait ça « faire papa et maman »; et, quand il l'emmenait, elle galopait, elle se laissait prendre avec le tremblement délicieux de l'instinct, souvent fâchée, mais cédant toujours dans l'attente de quelque chose qui ne venait point.

Comme Bébert n'était pas admis à ces parties-là, et qu'il recevait une bourrade, dès qu'il voulait tâter de Lydie, il restait gêné, travaillé de colère et de malaise, quand les deux autres s'amusaient, ce dont ils ne se gênaient nullement en sa présence. Aussi n'avait-il qu'une idée, les effrayer, les déranger, en leur criant qu'on les voyait.

— C'est foutu, v'là un homme qui regarde!

Cette fois, il ne mentait pas, c'était Étienne qui se décidait à continuer son chemin. Les enfants bondirent, se sauvèrent, et il passa, tournant le terri, suivant le canal, amusé de la belle peur de ces polissons. Sans doute, c'était trop tôt à leur âge; mais quoi? ils en voyaient tant, ils en entendaient de si raides, qu'il aurait fallu les attacher, pour les tenir. Au fond cependant, Étienne devenait triste.

Cent pas plus loin, il tomba encore sur des couples. Il arrivait à Réquillart, et là, autour de la vieille fosse en ruines, toutes les filles de Montsou rôdaient avec leurs amoureux. C'était le rendez-vous commun, le coin écarté et désert, où les herscheuses venaient faire leur premier enfant, quand elles n'osaient se risquer sur le carin. Les palissades rompues ouvraient à chacun l'ancien carreau, changé en un terrain vague, obstrué par les débris de deux hangars qui s'étaient écroulés, et par les carcasses des grands chevalets restés debout. Des berlines hors d'usage traînaient, d'anciens bois à moitié pourris entassaient des meules; tandis qu'une végétation drue reconquérait ce coin de terre, s'étalait en herbe épaisse, jaillissait en jeunes arbres déjà forts. Aussi chaque fille s'y trouvait-elle chez elle, il y avait des trous perdus pour toutes, les galants les culbutaient sur les poutres, derrière les bois, dans les berlines. On se logeait quand même, coudes à coudes, sans s'occuper des voisins. Et il semblait que ce fût, autour de la machine éteinte, près de ce puits las de dégorger de la houille, une revanche de la création, le libre amour qui, sous le coup de fouet de l'instinct, plantait des enfants dans les ventres de ces filles, à peine femmes.

Pourtant, un gardien habitait là, le vieux Mouque, auquel la Compagnie abandonnait, presque sous le beffroi détruit, deux pièces, que la chute attendue des dernières charpentes menaçait d'un continuel écrasement. Il avait même dû étayer une partie du plafond; et il y vivait très bien, en famille, lui et Mouquet dans une chambre, la Mouquette dans l'autre. Comme les fenêtres n'avaient plus une seule vitre, il s'était décidé à les boucher en clouant des planches : on ne voyait pas clair, mais il faisait chaud. Du reste, ce gardien ne gardait rien, allait soigner ses chevaux au Voreux, ne s'occupait jamais des ruines de Réquillart, dont on conservait seulement le puits pour servir de cheminée à un foyer, qui aérait la fosse voisine.

Et c'était ainsi que le père Mouque achevait de vieillir, au milieu des amours. Dès dix ans, la Mouquette avait fait la culbute dans tous les coins des décombres, non en galopine effarouchée et encore verte comme Lydie, mais en fille déjà grasse, bonne pour des garçons barbus. Le père n'avait rien à dire, car elle se montrait respectueuse, jamais elle n'introduisait un galant chez lui. Puis, il était habitué à ces accidents-là. Quand il se rendait au Voreux ou qu'il en revenait, chaque fois qu'il sortait de son trou, il ne pouvait risquer un pied, sans le mettre sur un couple, dans l'herbe ; et c'était pis, s'il voulait ramasser du bois pour sa soupe, ou chercher des glaiterons pour son lapin, à l'autre bout du clos : alors, il voyait se lever, un à un, les nez gourmands de toutes les filles de Montsou, tandis qu'il devait se méfier de ne pas buter contre les jambes, tendues au ras des sentiers. D'ailleurs, peu à peu, ces rencontres-là n'avaient plus dérangé personne. ni lui qui veillait simplement à ne pas tomber, ni les filles qu'il laissait achever leur affaire, s'éloignant à petits pas discrets, en brave homme paisible devant les choses de la nature. Seulement, de même qu'elles le connaissaient à cette heure, lui avait également fini par les connaître, ainsi que l'on connaît les pies polissonnes qui se débauchent dans les poiriers des jardins. Ah ! cette jeunesse, comme elle en prenait, comme elle se bourrait ! Parfois, il hochait le menton avec des regrets silencieux, en se détournant des gaillardes bruyantes, soufflant trop haut, au fond des ténèbres. Une seule chose lui causait de l'humeur : deux amoureux avaient pris la mauvaise habitude de s'embrasser contre le mur de sa chambre. Ce n'était pas que ça l'empêchât de dormir, mais ils poussaient si fort, qu'à la longue ils dégradaient le mur.

Chaque soir, le vieux Mouque recevait la visite de son ami, le père Bonnemort, qui, régulièrement, avant son dîner, faisait la même promenade. Les deux anciens ne se parlaient guère, changeaient à peine dix paroles, pendant la demi-heure qu'ils passaient ensemble. Mais cela les égayait, d'être ainsi, de songer à de vieilles choses, qu'ils ramâchaient en commun, sans avoir besoin d'en causer. A Réquillart, ils s'asseyaient sur une poutre, côte à côte, lâchaient un mot, puis partaient pour leurs rêvasseries, le nez vers la terre. Sans doute, ils redevenaient jeunes. Autour d'eux, des galants troussaient leurs amoureuses, des baisers et des rires chuchotaient, une odeur chaude de filles montait, dans la fraîcheur des herbes écrasées. C'était déjà derrière la fosse, quarante-trois ans plus tôt, que le père Bonnemort avait pris sa femme, une herscheuse si chétive, qu'il la posait sur une berline, pour l'embrasser à l'aise. Ah ! il y avait beau temps ! Et les deux vieux, branlant la tête, se quittaient enfin, souvent même sans se dire bonsoir.

Ce soir-là, toutefois, comme Étienne arrivait, le père Bonnemort, qui se levait de la poutre, pour retourner au coron, disait à Mouque :

— Bonne nuit, vieux ! Dis donc, tu as connu la Roussie ?

Mouque resta un instant muet, dodelina des épaules, puis, en rentrant dans sa maison :

— Bonne nuit, bonne nuit, vieux !

Étienne, à son tour, vint s'asseoir sur la poutre. Sa tristesse augmentait, sans qu'il sût pourquoi. Le vieil homme, dont il regardait disparaître le dos, lui rappelait son arrivée du matin, le flot de paroles que l'énervement du vent avait arrachées à ce silencieux. Que de misère ! et toutes ces filles éreintées de fatigue, qui étaient encore assez bêtes, le soir, pour fabriquer des petits, de la chair à travail et à souffrance ! Jamais ça ne finirait, si elles s'emplissaient toujours de meurt-de-faim. Est-ce qu'elles n'auraient pas dû plutôt se boucher le ventre, serrer les cuisses, ainsi qu'à l'approche du malheur ? Peut-être ne remuait-il confusément ces idées moroses que dans l'ennui d'être seul, lorsque les autres, à cette heure, s'en allaient deux à deux prendre du plaisir ? Le temps mou l'étouffait un peu, des gouttes de pluie, rares encore, tombaient sur ses mains fiévreuses. Oui, toutes y passaient, c'était plus fort que la raison.

Justement, comme Étienne restait assis, immobile dans l'ombre, un couple qui descendait de Montsou le frôla sans le voir, en s'engageant dans le terrain vague de Réquillart. La fille, une pucelle bien sûr, se débattait, résistait avec des supplications basses, chuchotées ; tandis que le garçon, muet, la poussait quand même vers les ténèbres d'un coin de hangar, demeuré debout, sous lequel d'anciens cordages moisis s'entassaient. C'était Catherine et le grand Chaval. Mais Étienne ne les avait pas reconnus au passage, et il les suivait des yeux, guettait la fin de l'histoire, pris d'une sensualité, qui changeait le cours de ses réflexions. Pourquoi serait-il intervenu ? Lorsque les filles disent non, c'est qu'elles aiment à être bourrées d'abord.

SOUVARINE PARLAIT A DEMI-VOIX, LES YEUX PERDUS. (Page 136.)

En quittant le coron des Deux-Cent-Quarante, Catherine était allée à Montsou par le pavé. Depuis l'âge de dix ans, depuis qu'elle gagnait sa vie à la fosse, elle courait ainsi le pays tout seule, dans la complète liberté des familles de houilleurs; et, si aucun homme ne l'avait eue, à quinze ans, c'était grâce à l'éveil tardif de sa puberté, dont elle attendait encore la crise. Quand elle fut devant les Chantiers de la Compagnie, elle traversa la rue et entra chez une blanchisseuse, où elle était certaine de trouver la Mouquette; car celle-ci vivait là, avec des femmes qui se payaient des tournées de café, du matin au soir. Mais elle eut un chagrin, la Mouquette, précisément, avait régalé à son tour, si bien qu'elle ne put lui prêter les dix sous promis. Pour la consoler, on lui offrit vainement un verre de café tout chaud. Elle ne voulut même pas que sa camarade empruntât à une autre femme. Une pensée d'économie lui était venue, une sorte de crainte superstitieuse, la certitude que, si elle l'achetait maintenant, ce ruban lui porterait malheur.

Elle se hâta de reprendre le chemin du coron, et elle était aux dernières maisons de Montsou, lorsqu'un homme, sur la porte de l'estaminet Piquette, l'appela.

— Eh! Catherine, où cours-tu si vite?

C'était le grand Chaval. Elle fut contrariée, non qu'il lui déplût, mais parce qu'elle n'était pas en train de rire.

— Entre donc boire quelque chose... Un petit verre de doux, veux-tu?

Gentiment, elle refusa : la nuit allait tomber, on l'attendait chez elle. Lui, s'était avancé, la suppliait à voix basse, au milieu de la rue. Son idée, depuis longtemps, était de la décider à monter dans la chambre qu'il occupait au premier étage de l'estaminet Piquette, une belle chambre qui avait un grand lit, pour un ménage. Il lui faisait donc peur, qu'elle refusait toujours? Elle, bonne fille, riait, disait qu'elle monterait la semaine où les enfants ne poussent pas. Puis, d'une chose à une autre, elle en arriva, sans savoir comment, à parler du ruban bleu qu'elle n'avait pu acheter.

— Mais je vais t'en payer un, moi! cria-t-il.

Elle rougit, sentant qu'elle ferait bien de refuser encore, travaillée au fond du gros désir d'avoir son ruban. L'idée d'un emprunt lui revint, elle finit par accepter, à la condition qu'elle lui rendrait ce qu'il dépenserait pour elle. Cela les fit plaisanter de nouveau : il fut convenu que, si elle ne couchait pas avec lui, elle lui rendrait l'argent. Mais il y eut une autre difficulté, quand il parla d'aller chez Maigrat.

— Non, pas chez Maigrat, maman me l'a défendu.

— Laisse donc, est-ce qu'on a besoin de dire où l'on va!... C'est lui qui tient les plus beaux rubans de Montsou.

Lorsque Maigrat vit entrer dans sa boutique le grand Chaval et Catherine, comme deux galants qui achètent leur cadeau de noces, il devint très rouge, il montra ses pièces de ruban bleu avec la rage d'un homme dont on se moque. Puis, les jeunes gens servis, il se planta sur la porte pour les regarder s'éloigner dans le crépuscule; et, comme sa femme venait d'une voix timide lui demander un renseignement, il tomba sur elle, l'injuria, cria qu'il ferait se repentir un jour le sale monde qui manquait de reconnaissance, lorsque tous auraient dû être par terre, à lui lécher les pieds.

Sur la route, le grand Chaval accompagnait Catherine. Il marchait près d'elle, les bras ballants; seulement, il la poussait de la hanche, il la conduisait, sans en avoir l'air. Elle s'aperçut tout d'un coup qu'il lui avait fait quitter le pavé et qu'ils s'engageaient ensemble dans l'étroit chemin de Réquillart. Mais elle n'eut pas le temps de se fâcher : déjà, il la tenait à la taille, il l'étourdissait d'une caresse de mots continue. Était-elle bête, d'avoir peur ! est-ce qu'il voulait du mal à un petit mignon comme elle, aussi douce que de la soie, si tendre qu'il l'aurait mangée? Et il lui soufflait derrière l'oreille, dans le cou, il lui faisait passer un frisson sur toute la peau du corps. Elle, étouffée, ne trouvait rien à répondre. C'était vrai, qu'il semblait l'aimer. Le samedi soir, après avoir éteint la chandelle, elle s'était justement demandé ce qu'il arriverait, s'il la prenait ainsi; puis, en s'endormant, elle avait rêvé qu'elle ne disait plus non, toute lâche de plaisir. Pourquoi donc, à la même idée, aujourd'hui, éprouvait-elle une répugnance et comme un regret? Pendant qu'il lui chatouillait la nuque avec ses moustaches, si doucement, qu'elle en fermait les yeux, l'ombre d'un autre homme, du garçon entrevu le matin, passait dans le noir de ses paupières closes.

Brusquement, Catherine regarda autour d'elle. Chaval l'avait conduite dans les décombres de Réquillart, et elle eut un recul frissonnant devant les ténèbres du hangar effondré.

— Oh! non, oh! non, murmura-t-elle, je t'en prie, laisse-moi !

La peur du mâle l'affolait, cette peur qui raidit les muscles dans un instinct de défense, même lorsque les filles veulent bien, et qu'elles sentent l'approche conquérante de l'homme. Sa virginité, qui n'avait rien à apprendre pourtant, s'épouvantait, comme à la menace d'un coup, d'une blessure dont elle redoutait la douleur encore inconnue.

— Non, non, je ne veux pas! Je te dis que je suis trop jeune... Vrai! plus tard, quand je serai faite au moins.

Il grogna sourdement :

— Bête ! rien à craindre alors... Qu'est-ce que ça te fiche?

Mais il ne parla pas davantage. Il l'avait empoignée solidement, il la jetait sous le hangar. Et elle tomba à la renverse sur les vieux cordages, elle cessa de se défendre, subissant le mâle avant l'âge, avec cette soumission héréditaire, qui, dès l'enfance, culbutait en plein vent les filles de sa race. Ses bégaiements effrayés s'éteignirent, on n'entendit plus que le souffle ardent de l'homme.

Étienne, cependant, avait écouté, sans bouger. Encore une qui faisait le saut ! Et, maintenant qu'il avait vu la comédie, il se leva, envahi d'un malaise, d'une sorte d'excitation jalouse où montait de la colère. Il ne se gênait plus, il enjambait les poutres, car ces deux-là étaient bien trop occupés à cette heure, pour se déranger. Aussi fut-il surpris, lorsqu'il eut fait une centaine de pas sur la route, de voir, en se tournant, qu'ils étaient debout déjà et qu'ils paraissaient, comme lui, revenir vers le coron. L'homme avait repris la fille à la taille, la serrant d'un air de reconnaissance, lui parlant toujours dans le cou; et c'était elle qui semblait pressée, qui voulait rentrer vite, l'air fâché surtout du retard.

Alors, Étienne fut tourmenté d'une envie, celle de voir leurs figures. C'était imbécile, il hâta le pas pour ne point y céder. Mais ses pieds se ralentissaient d'eux-mêmes, il finit, au premier réverbère, par se cacher dans l'ombre. Une stupeur le cloua, lorsqu'il reconnut au passage Catherine et le grand Chaval. Il hésitait d'abord : était-ce bien elle, cette jeune fille en robe gros bleu, avec ce bonnet? était-ce le galopin qu'il avait vu en culotte, la tête serrée dans le béguin de toile? Voilà pourquoi elle avait pu le frôler, sans qu'il la devinât. Mais il ne doutait plus, il venait de retrouver ses yeux, la limpidité verdâtre de cette eau de source, si claire et si profonde. Quelle catin! et il éprouvait un furieux besoin de se venger d'elle, sans motif, en la méprisant. D'ailleurs, ça ne lui allait pas d'être en fille : elle était affreuse.

Lentement, Catherine et Chaval étaient passés. Ils ne se savaient point guettés de la sorte, lui la retenait pour la baiser derrière l'oreille, tandis qu'elle recommençait à s'attarder sous les caresses, qui la faisaient rire. Resté en arrière, Étienne était bien obligé de les suivre, irrité de ce qu'ils barraient le chemin, assistant quand même à ces choses dont la vue l'exaspérait. C'était donc vrai, ce qu'elle lui avait juré le matin : elle n'était encore la maîtresse de personne; et lui qui ne l'avait pas crue, qui s'était privé d'elle pour ne pas faire comme l'autre! et lui qui venait de se la laisser prendre sous le nez, qui avait poussé la bêtise jusqu'à s'égayer salement à les voir! Cela le rendait fou, il aurait mangé cet homme, dans un de ces besoins de tuer où il voyait rouge.

Pendant une demi-heure, la promenade dura. Lorsque Chaval et Catherine approchèrent du Voreux, ils ralentirent encore leur marche, ils s'arrêtèrent deux fois au bord du canal, trois fois le long du terri, très gais maintenant, s'amusant à de petits jeux tendres. Étienne devait s'arrêter lui aussi, faire les mêmes stations, de peur d'être aperçu. Il s'efforçait de n'avoir plus qu'un regret brutal : ça lui apprendrait à ménager les filles, par bonne éducation. Puis, après le Voreux, libre enfin d'aller dîner chez Rasseneur, il continua de les suivre, il les accompagna au coron, demeura là, debout dans l'ombre, pendant un quart d'heure, à attendre que Chaval laissât Catherine rentrer chez elle. Et, lorsqu'il fut bien sûr qu'ils n'étaient plus ensemble, il marcha de nouveau, il poussa très loin sur la route de Marchiennes, piétinant, ne songeant à rien, trop étouffé et trop triste pour s'enfermer dans une chambre.

Une heure plus tard seulement, vers neuf heures, Étienne retraversa le coron
en se disant qu'il fallait manger et se coucher, s'il voulait être debout le matin, à
quatre heures. Le village dormait déjà, tout noir dans la nuit. Pas une lueur ne
glisssit des persiennes closes, les longues façades s'alignaient, avec le sommeil
pesant des casernes qui ronflent. Seul, un chat se sauva au travers des jardins
vides. C'était la fin de la journée, l'écrasement des travailleurs tombant de la
table au lit, assommés de fatigue et de nourriture.

Chez Rasseneur, dans la salle éclairée, un machineur et deux ouvriers du jour
buvaient des chopes. Mais, avant de rentrer, Étienne s'arrêta, jeta un dernier
regard aux ténèbres. Il retrouvait la même immensité noire que le matin, lorsqu'il était arrivé par le grand vent. Devant lui, le Voreux s'accroupissait de son
air de bête mauvaise, vague, piqué de quelques lueurs de lanterne. Les trois
brasiers du terri brûlaient en l'air, pareils à des lunes sanglantes, détachant par
nstants les silhouettes démesurées du père Bonnemort et de son cheval jaune.
Et, au-delà, dans la plaine rase, l'ombre avait tout submergé, Montsou, Marchiennes, la forêt de Vandame, la vaste mer de betteraves et de blé, où ne luisaient plus, comme des phares lointains, que les feux bleus des hauts fourneaux
et les feux rouges des fours à coke. Peu à peu, la nuit se noyait, la pluie
tombait maintenant, lente, continue, abîmant ce néant au fond de son ruissel-
ement monotone ; tandis qu'une seule voix s'entendait encore, la respiration
grosse et lente de la machine d'épuisement, qui jour et nuit soufflait.

CORON

TROISIÈME PARTIE

I

Le lendemain, les jours suivants, Étienne reprit son travail à la fosse. Il s'accoutumait, son existence se réglait sur cette besogne et ces habitudes nouvelles, qui lui avaient paru si dures au début. Une seule aventure coupa la monotonie de la première quinzaine, une fièvre éphémère qui le tint quarante-huit heures au lit, les membres brisés, la tête brûlante, rêvassant, dans un demi-délire, qu'il poussait sa berline au fond d'une voie trop étroite, où son corps ne pouvait passer. C'était simplement la courbature de l'apprentissage, un excès de fatigue dont il se remit tout de suite.

Et les jours succédaient aux jours, des semaines, des mois s'écoulèrent. Maintenant, comme les camarades, il se levait à trois heures, buvait le café, emportait la double tartine que madame Rasseneur lui préparait dès la veille. Régulièrement, en se rendant le matin à la fosse, il rencontrait le vieux Bonnemort qui allait se coucher, et en en sortant l'après-midi, il se croisait avec Bouteloup qui arrivait prendre sa tâche. Il avait le béguin, la culotte, la veste de toile, il gre

lottait et il se chauffait le dos à la baraque, devant le grand feu. Puis venait
l'attente, pieds nus, à la recette, traversée de furieux courants d'air. Mais la machine, dont les gros membres d'acier, étoilés de cuivre, luisaient là-haut, dans
l'ombre, ne le préoccupait plus, ni les câbles qui filaient d'une aile noire et muette
d'oiseau nocturne, ni les cages émergeant et plongeant sans cesse, au milieu du
vacarme des signaux, des ordres criés, des berlines ébranlant les dalles de fonte.
Sa lampe brûlait mal, ce sacré lampiste n'avait pas dû la nettoyer ; et il ne se
dégourdissait que lorsque Mouquet les emballait tous, avec des claques de far-
ceur qui sonnaient sur le derrière des filles. La cage se décrochait, tombait
comme une pierre au fond d'un trou, sans qu'il tournât seulement la tête pour
voir fuir le jour. Jamais il ne songeait à une chute possible, il se retrouvait chez
lui à mesure qu'il descendait dans les ténèbres, sous la pluie battante. En bas, à
l'accrochage, lorsque Pierron les avait déballés, de son air de douceur cafarde,
c'était toujours le même piétinement de troupeau, les chantiers s'en allant chacun
à sa taille, d'un pas traînard. Lui, désormais, connaissait les galeries de la mine
mieux que les rues de Montsou, savait qu'il fallait tourner ici, se baisser plus
loin, éviter ailleurs une flaque d'eau. Il avait pris une telle habitude de ces deux
kilomètres sous terre, qu'il les aurait faits sans lampe, les mains dans les poches.
Et, toutes les fois, les mêmes rencontres se produisaient, un porion éclairant au
passage la face des ouvriers, le père Mouque amenant un cheval, Bébert conduit
sant Bataille qui s'ébrouait, Jeanlin courant derrière le train pour refermer les
portes d'aérage, et la grosse Mouquette, et la maigre Lydie poussant leurs berlines.

A la longue, Étienne souffrait aussi beaucoup moins de l'humidité et de
l'étouffement de la taille. La cheminée lui semblait très commode pour monter,
comme s'il eût fondu et qu'il pût passer par des fentes, où il n'aurait point risqué
une main jadis. Il respirait sans malaise les poussières du charbon, voyait clair
dans la nuit, suait tranquille, fait à la sensation d'avoir du matin au soir ses
vêtements trempés sur le corps. Du reste, il ne dépensait plus maladroitement
ses forces, une adresse lui était venue, si rapide, qu'elle étonnait le chantier. Au
bout de trois semaines, on le citait parmi les bons herscheurs de la fosse: pas un
ne roulait sa berline jusqu'au plan incliné, d'un train plus vif, ni ne l'emballait
ensuite, avec autant de correction. Sa petite taille lui permettait de se glisser
partout, et ses bras avaient beau être fins et blancs comme ceux d'une femme, ils
paraissaient en fer sous la peau délicate, tellement ils menaient rudement
la besogne. Jamais il ne se plaignait, par fierté sans doute, même quand il
râlait de fatigue. On ne lui reprochait que de ne pas comprendre la plaisanterie, tout de suite fâché, dès qu'on voulait taper sur lui. Au demeurant, il était
accepté, regardé comme un vrai mineur, dans cet écrasement de l'habitude qui
le réduisait un peu chaque jour à une fonction de machine.

Maheu surtout se prenait d'amitié pour Étienne, car il avait le respect de

LES MÉNAGÈRES AVAIENT LAVÉ LEUR SALLE A GRANDE EAU. (Page 141.)

l'ouvrage bien fait. Puis, ainsi que les autres, il sentait que ce garçon avait une instruction supérieure à la sienne : il le voyait lire, écrire, dessiner des bouts de plan, il l'entendait causer de choses dont, lui, ignorait jusqu'à l'existence. Cela ne l'étonnait pas, les houilleurs sont des rudes hommes qui ont la tête plus dure que les machineurs ; mais il était surpris du courage de ce petit-là, de la façon gaillarde dont il avait mordu au charbon, pour ne pas crever de faim. C'était le premier ouvrier de rencontre qui s'acclimatait si promptement. Aussi, lorsque l'abatage pressait et qu'il ne voulait pas déranger un haveur, chargeait-il le jeune homme du boisage, certain de la propreté et de la solidité du travail. Les chefs le tracassaient toujours sur cette maudite question des bois, il craignait à chaque heure de voir apparaître l'ingénieur Négrel, suivi de Dansaert, criant, discutant, faisant tout recommencer ; et il avait remarqué que le boisage de son herscheur satisfaisait ces messieurs davantage, malgré leurs airs de n'être jamais contents et de répéter que la Compagnie, un jour ou l'autre, prendrait une mesure radicale. Les choses traînaient, un sourd mécontentement fermentait dans la fosse, Maheu lui-même, si calme, finissait par fermer les poings.

Il y avait eu d'abord une rivalité entre Zacharie et Étienne. Un soir, ils s'étaient menacés d'une paire de gifles. Mais le premier, brave garçon et se moquant de ce qui n'était pas son plaisir, tout de suite apaisé par l'offre amicale d'une chope, avait dû s'incliner bientôt devant la supériorité du nouveau venu. Levaque, lui aussi, faisait bon visage maintenant, causait politique avec le herscheur, qui avait, disait-il, ses idées. Et, parmi les hommes du marchandage, celui-ci ne sentait plus une hostilité sourde que chez le grand Chaval, non pas qu'ils parussent se bouder, car ils étaient devenus camarades au contraire : seulement, leurs regards se mangeaient, quand ils plaisantaient ensemble. Catherine, entre eux, avait repris son train de fille lasse et résignée, pliant le dos, poussant sa berline, gentille toujours pour son compagnon de roulage qui l'aidait à son tour, soumise d'autre part aux volontés de son amant dont elle subissait ouvertement les caresses. C'était une situation acceptée, un ménage reconnu sur lequel la famille elle-même fermait les yeux, à ce point que Chaval emmenait chaque soir la herscheuse derrière le terri, puis la ramenait jusqu'à la porte de ses parents, où il l'embrassait une dernière fois, devant tout le coron. Étienne, qui croyait en avoir pris son parti, la taquinait souvent avec ces promenades, lâchant pour rire des mots crus, comme on en lâche entre garçons et filles, au fond des tailles ; et elle répondait sur le même ton, disait par crânerie ce que son galant lui avait fait, troublée cependant et pâlissante, lorsque les yeux du jeune homme rencontraient les siens. Tous les deux détournaient la tête, restaient parfois une heure sans se parler, avec l'air de se haïr pour des choses enterrées en eux, et sur lesquelles ils ne s'expliquaient point.

Le printemps était venu. Étienne, un jour, au sortir du puits, avait reçu à la face cette bouffée tiède d'avril, une bonne odeur de terre jeune, de verdure

tendre, de grand air pur ; et, maintenant, à chaque sortie, le printemps sentait
meilleur et le chauffait davantage, après ses dix heures de travail dans l'éternel
hiver du fond, au milieu de ces ténèbres humides que jamais ne dissipait aucun
été. Les jours s'allongeaient encore, il avait fini, en mai, par descendre au
soleil levant, lorsque le ciel vermeil éclairait le Voreux d'une poussière d'aurore,
où la vapeur blanche des échappements montait toute rose. On ne grelottait
plus, une haleine tiède soufflait des lointains de la plaine, pendant que les
alouettes, très haut, chantaient. Puis, à trois heures, il avait l'éblouissement du
soleil devenu brûlant, incendiant l'horizon, rougissant les briques, sous la crasse
du charbon. En juin, les blés étaient grands déjà, d'un vert bleu qui tranchait
sur le vert noir des betteraves. C'était une mer sans fin, ondulante au moindre
vent, qu'il voyait s'étaler et croître de jour en jour, surpris parfois comme s'il
la trouvait le soir plus enflée de verdure que le matin. Les peupliers du canal
s'empanachaient de feuilles. Des herbes envahissaient le terri, des fleurs cou-
vraient les prés, toute une vie germait, jaillissait de cette terre, pendant qu'il
geignait sous elle, là-bas, de misère et de fatigue.

Maintenant, lorsqu'Étienne se promenait, le soir, ce n'était plus derrière le
terri qu'il effarouchait des amoureux. Il suivait leurs sillages dans les blés, il
devinait leurs nids d'oiseaux paillards, aux remous des épis jaunissants et des
grands coquelicots rouges. Zacharie et Philomène y retournaient par une
habitude de vieux ménage ; la mère Brûlé, toujours aux trousses de Lydie,
la dénichait à chaque instant avec Jeanlin, terrés si profondément ensemble,
qu'il fallait mettre le pied sur eux pour les décider à s'envoler ; et, quant à la
Mouquette, elle gitait partout, on ne pouvait traverser un champ, sans voir sa
tête plonger, tandis que ses pieds seuls surnageaient, dans des culbutes à pleine
échine. Mais tous ceux-là étaient bien libres, le jeune homme ne trouvait ça
coupable que les soirs où il rencontrait Catherine et Chaval. Deux fois, il les vit,
à son approche, s'abattre au milieu d'une pièce, dont les tiges immobiles restèrent mortes ensuite. Une autre fois, comme il suivait un étroit chemin, les
yeux clairs de Catherine lui apparurent au ras des blés, puis se noyèrent. Alors,
la plaine immense lui semblait trop petite, il préférait passer la soirée chez
Rasseneur, à l'Avantage.

— Madame Rasseneur, donnez-moi une chope... Non, je ne sortirai pas ce soir,
j'ai les jambes cassées.

Et il se tournait vers un camarade, qui se tenait d'habitude assis à la table du
fond, la tête contre le mur.

— Souvarine, tu n'en prends pas une ?

— Merci, rien du tout.

Étienne avait fait la connaissance de Souvarine, en vivant là, côte à côte.
C'était un machineur du Voreux, qui occupait en haut la chambre meublée,
voisine de la sienne. Il devait avoir une trentaine d'années, mince, blond, avec

une figure fine, encadrée de grands cheveux et d'une barbe légère. Ses dents blanches et pointues, sa bouche et son nez minces, le rose de son teint, lui donnaient un air de fille, un air de douceur entêtée, que le reflet gris de ses yeux d'acier ensauvageait par éclairs. Dans sa chambre d'ouvrier pauvre, il n'avait qu'une caisse de papiers et de livres. Il était Russe, ne parlait jamais de lui, laissait courir des légendes sur son compte. Les houilleurs, très défiants devant les étrangers, le flairant d'une autre classe à ses mains petites de bourgeois, avaient d'abord imaginé une aventure, un assassinat dont il fuyait le châtiment. Puis, il s'était montré si fraternel pour eux, sans fierté, distribuant à a marmaille du coron tous les sous de ses poches, qu'ils l'acceptaient à cette heure, rassurés par le mot de réfugié politique qui circulait, mot vague où ils voyaient une excuse, même au crime, et comme une camaraderie de souffrance.

Les premières semaines, Étienne l'avait trouvé d'une réserve farouche. Aussi ne connut-il son histoire que plus tard. Souvarine était le dernier né d'une famille noble du gouvernement de Toula. A Saint-Pétersbourg, où il faisait sa médecine, la passion socialiste qui emportait alors toute la jeunesse russe l'avait décidé à apprendre un métier manuel, celui de mécanicien, pour se mêler au peuple, pour le connaître et l'aider en frère. Et c'était de ce métier qu'il vivait maintenant, après s'être enfui à la suite d'un attentat manqué contre la vie de l'empereur : pendant un mois, il avait vécu dans la cave d'un fruitier, creusant une mine au travers de la rue, chargeant des bombes, sous la continuelle menace de sauter avec la maison. Renié par sa famille, sans argent, mis comme étranger à l'index des ateliers français qui voyaient en lui un espion, il mourait de faim, lorsque la Compagnie de Montsou l'avait enfin embauché, dans une heure de presse. Depuis un an, il y travaillait en bon ouvrier, sobre, silencieux, faisant une semaine le service de jour et une semaine le service de nuit, si exact, que les chefs le citaient en exemple.

— Tu n'as donc jamais soif? lui demandait Étienne en riant.

Et il répondait de sa voix douce, presque sans accent :

— J'ai soif quand je mange.

Son compagnon le plaisantait aussi sur les filles, jurait l'avoir vu avec une herscheuse dans les blés, du côté des Bas-de-Soie. Alors, il haussait les épaules, plein d'une indifférence tranquille. Une herscheuse, pourquoi faire ? La femme était pour lui un garçon, un camarade, quand elle avait la fraternité et le courage d'un homme. Autrement, à quoi bon se mettre au cœur une lâcheté possible ? Ni femme ni ami, il ne voulait aucun lien, il était libre de son sang et du sang des autres.

Chaque soir, vers neuf heures, lorsque le cabaret se vidait, Étienne restait ainsi à causer avec Souvarine. Lui buvait sa bière à petits coups, le machineur, fumait de continuelles cigarettes, dont le tabac avait, à la longue, roussi ses doigts minces. Ses yeux vagues de mystique suivaient la fumée au travers d'un rêve ; sa main gauche, pour s'occuper, tâtonnante et nerveuse, cherchait dans le vide ;

et il finissait, d'habitude, par installer sur ses genoux un lapin familier, une grosse mère toujours pleine, qui vivait lâchée en liberté, dans la maison. Cette lapine, qu'il avait lui-même appelée Pologne, s'était mise à l'adorer, venait flairer son pantalon, se dressait, le grattait de ses pattes, jusqu'à ce qu'il l'eût prise comme un enfant. Puis, tassée contre lui, les oreilles rabattues, elle fermait les yeux ; tandis que, sans se lasser, d'un geste de caresse inconscient, il passait la main sur la soie grise de son poil, l'air calmé par cette douceur tiède et vivante.

— Vous savez, dit un soir Étienne, j'ai reçu une lettre de Pluchart.

Il n'y avait plus là que Rasseneur. Le dernier client était parti, rentrant au coron qui se couchait.

— Ah ! s'écria le cabaretier, debout devant ses deux locataires. Où en est-il, Pluchart ?

Étienne, depuis deux mois, entretenait une correspondance suivie avec le mécanicien de Lille, auquel il avait eu l'idée d'apprendre son embauchement à Montsou, et qui maintenant l'endoctrinait, frappé de la propagande qu'il pouvait faire au milieu des mineurs.

— Il en est, que l'association en question marche très bien. On adhère de tous les côtés, paraît-il.

— Qu'est-ce que tu en dis, toi, de leur société ? demanda Rasseneur à Souvarine.

Celui-ci, qui grattait tendrement la tête de Pologne, souffla un jet de fumée, en murmurant de son air tranquille :

— Encore des bêtises !

Mais Étienne s'enflammait. Toute une prédisposition de révolte le jetait à la lutte du travail contre le capital, dans les illusions premières de son ignorance. C'était de l'Association internationale des travailleurs qu'il s'agissait, de cette fameuse Internationale qui venait de se créer à Londres. N'y avait-il pas là un effort superbe, une campagne où la justice allait enfin triompher ? Plus de frontières, les travailleurs du monde entier se levant, s'unissant, pour assurer à l'ouvrier le pain qu'il gagne. Et quelle organisation simple et grande : en bas, la section, qui représente la commune ; puis, la fédération, qui groupe les sections d'une même province ; puis, la nation, et au-dessus, enfin, l'humanité, incarnée dans un Conseil général, où chaque nation était représentée par un secrétaire correspondant. Avant six mois, on aurait conquis la terre, on dicterait des lois aux patrons, s'ils faisaient les méchants.

— Des bêtises ! répéta Souvarine. Votre Karl Marx en est encore à vouloir laisser agir les forces naturelles. Pas de politique, pas de conspiration, n'est-ce pas ? tout au grand jour, et uniquement pour la hausse des salaires... Fichez-moi donc la paix, avec votre évolution ! Allumez le feu aux quatre coins des villes, fauchez les peuples, rasez tout, et quand il ne restera plus rien de ce monde pourri, peut-être en repoussera-t-il un meilleur.

Étienne se mit à rire. Il n'entendait pas toujours les paroles de son camarade, cette théorie de la destruction lui semblait une pose. Rasseneur, encore plus pratique, et d'un bon sens d'homme établi, ne daigna pas se fâcher. Il voulait seulement préciser les choses.

— Alors, quoi ? tu vas tenter de créer une section à Montsou ?

C'était ce que désirait Pluchart, qui était secrétaire de la Fédération du Nord. Il insistait particulièrement sur les services que l'Association rendrait aux mineurs, s'ils se mettaient un jour en grève. Étienne, justement, croyait la grève prochaine : l'affaire des bois finirait mal, il ne fallait plus qu'une exigence de la Compagnie pour révolter toutes les fosses.

— L'embêtant, c'est les cotisations, déclara Rasseneur d'un ton judicieux. Cinquante centimes par an pour le fonds général, deux francs pour la section, ça n'a l'air de rien, et je parie que beaucoup refuseront de les donner.

— D'autant plus, ajouta Étienne, qu'on devrait d'abord créer ici une caisse de prévoyance, dont nous ferions à l'occasion une caisse de résistance... N'importe, il est temps de songer à ces choses. Moi, je suis prêt, si les autres sont prêts.

Il y eut un silence. La lampe à pétrole fumait sur le comptoir. Par la porte grande ouverte, on entendait distinctement la pelle d'un chauffeur du Voreux chargeant un foyer de la machine.

— Tout est si cher! reprit madame Rasseneur, qui était entrée et qui écoutait d'un air sombre, comme grandie dans son éternelle robe noire. Si je vous disais que j'ai payé les œufs vingt-deux sous.... Il faudra que ça pète.

Les trois hommes, cette fois, furent du même avis. Ils parlaient l'un après l'autre, d'une voix désolée, et les doléances commencèrent. L'ouvrier ne pouvait pas tenir le coup, la révolution n'avait fait qu'aggraver ses misères, c'étaient les bourgeois qui s'engraissaient depuis 89, si goulument, qu'ils ne lui laissaient même pas le fond des plats à torcher. Qu'on dise un peu si les travailleurs avaient eu leur part raisonnable, dans l'extraordinaire accroissement de la richesse et du bien-être, depuis cent ans? On s'était fichu d'eux en les déclarant libres : oui, libres de crever de faim, ce dont ils ne se privaient guère. Ça ne mettait pas de pain dans la huche, de voter pour des gaillards qui se gobergeaient ensuite, sans plus songer aux misérables qu'à leurs vieilles bottes. Non, d'une façon ou d'une autre, il fallait en finir, que ce fût gentiment, par des lois, par une entente de bonne amitié, ou que ce fût en sauvages, en brûlant tout et en se mangeant les uns les autres. Les enfants verraient sûrement cela, si les vieux ne le voyaient pas, car le siècle ne pouvait s'achever sans qu'il y eût une autre révolution, celle des ouvriers cette fois, un chambardement qui nettoyerait la société du haut en bas, et qui la rebâtirait avec plus de propreté et de justice.

— Il faut que ça pète, répéta énergiquement madame Rasseneur.

— Oui, oui, crièrent-ils tous les trois, il faut que ça pète.

Souvarine flattait maintenant les oreilles de Pologne, dont le nez se frisait de plaisir. Il dit à demi-voix, les yeux perdus, comme pour lui-même :

— Augmenter le salaire, est-ce qu'on peut? Il est fixé par la loi d'airain à la plus petite somme indispensable, juste le nécessaire pour que les ouvriers mangent du pain sec et fabriquent des enfants... S'il tombe trop bas, les ouvriers crèvent, et la demande de nouveaux hommes le fait remonter. S'il monte trop haut, l'offre plus grande le fait baisser... C'est l'équilibre des ventres vides, la condamnation perpétuelle au bagne de la faim.

Quand il s'oubliait de la sorte, abordant des sujets de socialiste instruit. Étienne et Rasseneur demeuraient inquiets, troublés par ses affirmations désolantes, auxquelles ils ne savaient que répondre.

— Entendez-vous ! reprit-il avec son calme habituel, en les regardant, il faut tout détruire, ou la faim repoussera. Oui! l'anarchie, plus rien, la terre lavée par le sang, purifiée par l'incendie!... on verra ensuite.

— Monsieur a bien raison, déclara madame Rasseneur, qui, dans ses violences révolutionnaires, se montrait d'une grande politesse.

Étienne, désespéré de son ignorance, ne voulut pas discuter davantage. Il se leva, en disant :

— Allons-nous coucher. Tout cela ne m'empêchera pas de me lever à trois heures.

Déjà Souvarine, après avoir soufflé le bout de cigarette collé à ses lèvres, prenait délicatement la grosse lapine sous le ventre, pour la poser à terre. Rasseneur fermait la maison. Ils se séparèrent en silence, les oreilles bourdonnantes, la tête comme enflée des questions graves qu'ils remuaient.

Et, chaque soir, c'étaient des conversations semblables, dans la salle nue, autour de l'unique chope qu'Étienne mettait une heure à vider. Un fonds d'idées obscures, endormies en lui, s'agitait, s'élargissait. Dévoré surtout du besoin de savoir, il avait hésité longtemps à emprunter des livres à son voisin, qui malheureusement ne possédait guère que des ouvrages allemands et russes. Enfin, il s'était fait prêter un livre français sur les Sociétés coopératives, encore des bêtises, disait Souvarine; et il lisait aussi régulièrement un journal que ce dernier recevait, le Combat, feuille anarchiste publiée à Genève. D'ailleurs, malgré leurs rapports quotidiens, il le trouvait toujours aussi fermé, avec son air de camper dans la vie, sans intérêts, ni sentiments, ni biens d'aucune sorte.

Ce fut vers les premiers jours de juillet que la situation d'Étienne s'améliora. Au milieu de cette vie monotone, sans cesse recommençante de la mine, un accident s'était produit : les chantiers de la veine Guillaume venaient de tomber sur un brouillage, toute une perturbation dans la couche, qui annonçait certainement l'approche d'une faille ; et, en effet, on avait bientôt rencontré cette faille, que les ingénieurs, malgré leur grande connaissance du terrain

ZACHARIE, OUTRÉ, S'ÉTAIT RUÉ SUR L'INSOLENT (Page 149.)

ignoraient encore. Cela bouleversait la fosse, on ne causait que de la veine disparue, glissée sans doute plus bas, de l'autre côté de la faille. Les vieux mineurs ouvraient déjà les narines, comme de bons chiens lancés à la chasse de la houille. Mais, en attendant, les chantiers ne pouvaient rester les bras croisés, et des affiches annoncèrent que la Compagnie allait mettre aux enchères de nouveaux marchandages.

Maheu, un jour, à la sortie, accompagna Étienne et lui offrit d'entrer comme haveur dans son marchandage, à la place de Levaque passé à un autre chantier. L'affaire était arrangée déjà avec le maître porion et l'ingénieur, qui se montraient très contents du jeune homme. Aussi Étienne n'eut-il qu'à accepter ce rapide avancement, heureux de l'estime croissante où Maheu le tenait.

Dès le soir, ils retournèrent ensemble à la fosse prendre connaissance des affiches. Les tailles mises aux enchères se trouvaient à la veine Filonnière, dans la galerie Nord du Voreux. Elles semblaient peu avantageuses, le mineur hochait la tête à la lecture que le jeune homme lui faisait des conditions. En effet, le lendemain, quand ils furent descendus et qu'il l'eut emmené visiter la veine, il lui fit remarquer l'éloignement de l'accrochage, la nature ébouleuse du terrain, le peu d'épaisseur et la dureté du charbon. Pourtant, si l'on voulait manger, il fallait travailler. Aussi, le dimanche suivant, allèrent-ils aux enchères, qui avaient lieu dans la baraque, et que l'ingénieur de la fosse, assisté du maître porion, présidait, en l'absence de l'ingénieur divisionnaire. Cinq à six cents charbonniers se trouvaient là en face de la petite estrade, plantée dans un coin; et les adjudications marchaient d'un tel train, qu'on entendait seulement un sourd tumulte de voix, des chiffres criés, étouffés par d'autres chiffres.

Un instant, Maheu eut peur de ne pouvoir obtenir un des quarante marchandages offerts par la Compagnie. Tous les concurrents baissaient, inquiets des bruits de crise, pris de la panique du chômage. L'ingénieur Négrel ne se pressait pas devant cet acharnement, laissait tomber les enchères aux plus bas chiffres possibles, tandis que Dansaert, désireux de hâter encore les choses, mentait sur l'excellence des marchés. Il fallut que Maheu, pour avoir ses cinquante mètres d'avancement, luttât contre un camarade, qui s'obstinait, lui aussi; à tour de rôle, ils retiraient chacun un centime de la berline; et, s'il demeura vainqueur, ce fut en abaissant tellement le salaire, que le porion Richomme, debout derrière lui, se fâchait entre ses dents, le poussait du coude, en grognant avec colère que jamais il ne s'en tirerait, à ce prix-là.

Quand ils sortirent, Étienne jurait. Et il éclata devant Chaval, qui revenait des blés en compagnie de Catherine, flânant, pendant que le beau-père s'occupait des affaires sérieuses.

— Nom de Dieu! cria-t-il, en voilà un égorgement!... Alors, aujourd'hui, c'est l'ouvrier qu'on force à manger l'ouvrier!

Chaval s'emporta, jamais il n'aurait baissé, lui! Et Zacharie, venu par curiosité, déclara que c'était dégoûtant. Mais Étienne les fit taire d'un geste de sourde violence.

— Ça finira, nous serons les maîtres, un jour!

Maheu, resté muet depuis les enchères, parut s'éveiller. Il répéta:

— Les maîtres... Ah! foutu sort! ce ne serait pas trop tôt!

II

C'était le dernier dimanche de juillet, le jour de la ducasse de Montsou. Dès le samedi soir, les bonnes ménagères du coron avaient lavé leur salle à grande eau, un déluge, des seaux jetés à la volée sur les dalles et contre les murs , et le sol n'était pas encore sec, malgré le sable blanc dont on le semait, tout un luxe coûteux pour ces bourses de pauvre. Cependant, la journée s'annonçait très chaude, un de ces lourds ciels, écrasants d'orage, qui étouffent en été les campagnes du Nord, plates et nues, à l'infini.

Le dimanche bouleversait les heures du lever, chez les Maheu. Tandis que le père, à partir de cinq heures, s'enrageait au lit, s'habillait quand même, les enfants faisaient jusqu'à neuf heures la grasse matinée. Ce jour-là, Maheu alla fumer une pipe dans son jardin, finit par revenir manger une tartine tout seul, en attendant. Il passa ainsi la matinée, sans trop savoir à quoi : il raccommoda le baquet qui fuyait, colla sous le coucou un portrait du prince impérial qu'on avait donné aux petits. Cependant, les autres descendaient un à un, le père Bonnemort avait sorti une chaise pour s'asseoir au soleil, la mère et Alzire s'étaient mises tout de suite à la cuisine. Catherine parut, poussant devant elle Lénore et Henri qu'elle venait d'habiller ; et onze heures sonnaient, l'odeur du lapin qui bouillait avec des pommes de terre, emplissait déjà la maison, lorsque Zacharie et Jeanlin descendirent les derniers, les yeux bouffis, bâillant encore.

Du reste, le coron était en l'air, allumé par la fête, dans le coup de feu du dîner, qu'on hâtait pour filer en bandes à Montsou. Des troupes d'enfants galopaient, des hommes en bras de chemise traînaient des savates, avec le déhanchement paresseux des jours de repos. Les fenêtres et les portes, grandes ouvertes au beau temps, laissaient voir la file des salles, toutes débordantes, en gestes et en cris, du grouillement des familles. Et, d'un bout à l'autre des façades, ça sentait le lapin, un parfum de cuisine riche, qui combattait ce jour-là l'odeur invétérée de l'oignon frit.

Les Maheu dînèrent à midi sonnant. Ils ne menaient pas grand vacarme, au milieu des bavardages de porte à porte, des voisinages mêlant les femmes, dans un continuel remous d'appels, de réponses, d'objets prêtés, de mioches chassés ou ramenés d'une claque. D'ailleurs, ils étaient en froid depuis trois semaines avec leurs voisins, les Levaque, au sujet du mariage de Zacharie et de Philomène. Les hommes se voyaient, mais les femmes affectaient de ne plus se connaître. Cette brouille avait resserré les rapports avec la Pierronne. Seulement, la Pierronne, laissant à sa mère Pierron et Lydie, était partie de grand matin pour passer la journée chez une cousine, à Marchiennes ; et l'on plaisantait, car on la connaissait, la cousine : elle avait des moustaches, elle était maître-porion au Voreux. La Maheude déclara que ce n'était guère propre, de lâcher sa famille, un dimanche de ducasse.

Outre le lapin aux pommes de terre, qu'ils engraissaient dans le carin depuis un mois, les Maheu avaient une soupe grasse et le bœuf. La paie de quinzaine était justement tombée la veille. Ils ne se souvenaient pas d'un pareil régal. Même à la dernière Sainte-Barbe, cette fête des mineurs, où ils ne font rien de trois jours, le lapin n'avait pas été si gras ni si tendre. Aussi les dix paires de mâchoires, depuis la petite Estelle dont les dents commençaient à pousser, jusqu'au vieux Bonnemort en train de perdre les siennes, travaillaient d'un tel cœur, que les os eux-mêmes disparaissaient. C'était bon, la viande ; mais ils la digéraient mal, ils en voyaient trop rarement. Tout y passa, il ne resta qu'un morceau de bouilli pour le soir. On ajouterait des tartines, si l'on avait faim.

Ce fut Jeanlin qui disparut le premier. Bébert l'attendait, derrière l'école. Et ils rôdèrent longtemps, avant de débaucher Lydie, que la Brûlé voulait retenir près d'elle, décidée à ne pas sortir. Quand elle s'aperçut de la fuite de l'enfant, elle hurla, agita ses bras maigres, pendant que Pierron, ennuyé de ce tapage, s'en allait flâner tranquillement, d'un air de mari, qui s'amuse sans remords, en sachant que sa femme, elle aussi, a du plaisir.

Le vieux Bonnemort partit ensuite, et Maheu se décida à prendre l'air, après avoir demandé à la Maheude si elle le rejoindrait, là-bas. Non, elle ne pouvait guère, c'était une vraie corvée, avec les petits ; peut-être que oui tout de même, elle réfléchirait, on se retrouverait toujours. Lorsqu'il fut dehors, il hésita, puis il entra chez les voisins, pour voir si Levaque était prêt. Mais il trouva Zacharie qui attendait Philomène ; et la Levaque venait d'entamer l'éternel sujet du mariage, criait qu'on se fichait d'elle, qu'elle aurait une dernière explication avec la Maheude. Était-ce une existence, de garder les enfants sans père de sa fille, lorsque celle-ci roulait avec son amoureux ? Philomène ayant tranquillement fini de mettre son bonnet, Zacharie l'emmena, en répétant que lui voulait bien, si sa mère voulait. Du reste, Levaque avait déjà filé. Maheu renvoya aussi la voisine à sa femme et se hâta de sortir. Bouteloup, qui achevait un morceau de fromage, les deux coudes sur la table, refusa obstinément l'offre amicale d'une chope. Il restait à la maison, en bon mari.

Peu à peu, cependant, le coron se vidait, tous les hommes s'en allaient les uns derrière les autres ; tandis que les filles, guettant sur les portes, partaient du côté opposé, au bras de leurs galants. Comme son père tournait le coin de l'église, Catherine, qui aperçut Chaval, se hâta de le rejoindre, pour prendre avec lui la route de Montsou. Et la mère demeurée seule, au milieu des enfants débandés, ne trouvait pas la force de quitter sa chaise, se versait un second verre de café brûlant, qu'elle buvait à petits coups. Dans le coron, il n'y avait plus que les femmes, s'invitant, achevant d'égoutter les cafetières, autour des tables encore chaudes et grasses du dîner.

Maheu flairait que Levaque était à l'Avantage, et il descendit chez Rasseneur, sans hâte. En effet, derrière le débit, dans le jardin étroit fermé d'une haie, Levaque faisait une partie de quilles avec des camarades. Debout, ne jouant pas, le père Bonnemort et le vieux Mouque suivaient la boule, tellement absorbés, qu'ils oubliaient même de se pousser du coude. Un soleil ardent tapait d'aplomb, il n'y avait qu'une raie d'ombre, le long du cabaret ; et Étienne était là, buvant sa chope devant une table, ennuyé de ce que Souvarine venait de le lâcher pour monter dans sa chambre. Presque tous les dimanches, le machineur s'enfermait, écrivait ou lisait.

— Joues-tu ? demanda Levaque à Maheu.

Mais celui-ci refusa. Il avait trop chaud : il crevait déjà de soif.

— Rasseneur ! appela Étienne. Apporte donc une chope.

Et, se retournant vers Maheu :

— Tu sais, c'est moi qui paie.

Maintenant, tous se tutoyaient. Rasseneur ne se pressait guère, il fallut l'appeler à trois reprises ; et ce fut madame Rasseneur qui apporta de la bière tiède. Le jeune homme avait baissé la voix pour se plaindre de la maison : des braves gens sans doute, des gens dont les idées étaient bonnes ; seulement, la bière ne valait rien, et des soupes exécrables ! Dix fois déjà, il aurait changé de pension, s'il n'avait pas reculé devant la course de Montsou. Un jour ou l'autre, il finirait par chercher au coron une famille.

— Bien sûr, répétait Maheu de sa voix lente, bien sûr, tu serais mieux dans une famille.

Mais des cris éclatèrent, Levaque avait abattu toutes les quilles d'un coup. Mouque et Bonnemort, le nez vers la terre, gardaient au milieu du tumulte un silence de profonde approbation. Et la joie d'un tel coup déborda en plaisanteries, surtout lorsque les joueurs aperçurent, par-dessus la haie, la face joyeuse de la Mouquette. Elle rôdait là depuis une heure, elle s'était enhardie à s'approcher, en entendant les rires.

— Comment ! tu es seule ? cria Levaque. Et tes amoureux ?

— Mes amoureux, je les ai remisés, répondit-elle avec une belle gaieté impudente. J'en cherche un.

Tous s'offrirent, la chauffèrent de gros mots. Elle refusait de la tête, riait plus fort, faisait la gentille. Son père, du reste, assistait à ce jeu, sans même quitter des yeux les quilles abattues.

— Va! continua Levaque en jetant un regard vers Étienne, on se doute bien de celui que tu reluques, ma fille !... Faudra le prendre de force.

Étienne, alors, s'égaya. C'était en effet autour de lui que tournait la herscheuse. Et il disait non, amusé pourtant, mais sans avoir la moindre envie d'elle. Quelques minutes encore, elle resta plantée derrière la haie, le regardant de ses grands yeux fixes ; puis, elle s'en alla avec lenteur, le visage brusquement sérieux, comme accablée par le lourd soleil.

A demi-voix, Étienne avait repris de longues explications qu'il donnait à Maheu, sur la nécessité, pour les charbonniers de Montsou, de fonder une caisse de prévoyance.

— Puisque la Compagnie prétend qu'elle nous laisse libres, répétait-il, que craignons-nous? Nous n'avons que ses pensions, et elle les distribue à son gré, du moment où elle ne nous fait aucune retenue. Eh bien ! il serait prudent de créer, à côté de son bon plaisir, une association mutuelle de secours, sur laquelle nous pourrions compter au moins, dans les cas de besoins immédiats.

Et il précisait des détails, discutait l'organisation, promettait de prendre toute la peine.

— Moi, je veux bien, dit enfin Maheu convaincu. Seulement, ce sont les autres... Tâche de décider les autres.

Levaque avait gagné, on lâcha les quilles pour vider les chopes. Mais Maheu refusa d'en boire une seconde : on verrait plus tard, la journée n'était pas finie. Il venait de songer à Pierron. Où pouvait-il être, Pierron? sans doute à l'estaminet Lenfant. Et il décida Étiene et Levaque, tous trois partirent pour Montsou, au moment où une nouvelle bande envahissait le jeu de quilles de l'Avantage.

En chemin, sur le pavé, il fallut entrer au débit Casimir, puis à l'estaminet du Progrès. Des camarades les appelaient par les portes ouvertes : pas moyen de dire non. Chaque fois, c'était une chope, deux s'ils faisaient la politesse de rendre. Ils restaient là dix minutes, ils échangeaient quatre paroles, et ils recommençaient plus loin, très raisonnables, connaissant la bière, dont ils pouvaient s'emplir, sans autre ennui que de la pisser trop vite, au fur et à mesure, claire comme de l'eau de roche. A l'estaminet Lenfant, ils tombèrent droit sur Pierron qui achevait sa deuxième chope, et qui, pour ne pas refuser de trinquer, en avala une troisième. Eux, burent naturellement la leur. Maintenant, ils étaient quatre, ils sortirent avec le projet de voir si Zacharie ne serait pas à l'estaminet Tison. La salle était vide, ils demandèrent une chope pour l'attendre un moment.

L'HABITUDE TUAIT LA HONTE, ILS TROUVAIENT NATUREL D'ÊTRE AINSI. (Page 157.)

Ensuite, ils songèrent à l'estaminet Saint-Éloi, y acceptèrent une tournée du porion Richomme, vaguèrent dès lors de débit en débit, sans prétexte, histoire uniquement de se promener.

— Faut aller au Volcan! dit tout d'un coup Levaque, qui s'allumait.

Les autres se mirent à rire, hésitants, puis accompagnèrent le camarade, au milieu de la cohue croissante de la ducasse. Dans la salle étroite et longue du Volcan, sur une estrade de planches dressée au fond, cinq chanteuses, le rebut des filles publiques de Lille, défilaient, avec des gestes et un décolletage de monstres; et les consommateurs donnaient dix sous, lorsqu'ils en voulaient une, derrière les planches de l'estrade. Il y avait surtout là des herscheurs, des moulineurs, jusqu'à des galibots de quatorze ans, toute la jeunesse des fosses, buvant plus de genièvre que de bière. Quelques vieux mineurs se risquaient aussi, les maris paillards des corons, ceux dont les ménages tombaient à l'ordure.

Dès que leur société fut assise autour d'une petite table, Étienne s'empara de Levaque, pour lui expliquer son idée d'une caisse de prévoyance. Il avait la propagande obstinée des nouveaux convertis, qui se créent une mission.

— Chaque membre, répétait-il, pourrait bien verser vingt sous par mois. Avec ces vingt sous accumulés, on aurait, en quatre ou cinq ans, un magot; et, quand on a de l'argent, on est fort, n'est-ce pas? dans n'importe quelle occasion... Hein! qu'en dis-tu?

— Moi, je ne dis pas non, répondait Levaque d'un air distrait. On en causera.

Une blonde énorme l'excitait; et il s'entêta à rester, lorsque Maheu et Pierron, après avoir bu leur chope, voulurent partir, sans attendre une seconde romance.

Dehors, Étienne, sorti avec eux, retrouva la Mouquette, qui semblait les suivre. Elle était toujours là, à le regarder de ses grands yeux fixes, riant de son rire de bonne fille, comme pour dire: « Veux-tu? » Le jeune homme plaisanta, haussa les épaules. Alors, elle eut un geste de colère et se perdit dans la foule.

— Où donc est Chaval? demanda Pierron.

— C'est vrai, dit Maheu. Il est pour sûr chez Piquette... Allons chez Piquette.

Mais, comme ils arrivaient tous trois à l'estaminet Piquette, un bruit de bataille, sur la porte, les arrêta. Zacharie menaçait du poing un cloutier wallon, trapu et flegmatique; tandis que Chaval, les mains dans les poches, regardait.

— Tiens! le voilà, Chaval, reprit tranquillement Maheu. Il est avec Catherine.

Depuis cinq grandes heures, la herscheuse et son galant se promenaient à travers la ducasse. C'était, le long de la route de Montsou, de cette large rue aux maisons basses et peinturlurées, dévalant en lacet, un flot de peuple qui roulait sous le soleil, pareil à une traînée de fourmis, perdues dans la nudité rase de la plaine. L'éternelle boue noire avait séché, une poussière noire montait, volait ainsi qu'une nuée d'orage. Aux deux bords, les cabarets crevaient de monde, rallongeaient leurs tables jusqu'au pavé, où stationnait un double rang de camelots, des bazars en plein vent, des fichus et des miroirs pour les filles, des couteaux et des casquettes pour les garçons ; sans compter les douceurs, des dragées et des biscuits. Devant l'église, on tirait de l'arc. Il y avait des jeux de boules, en face des Chantiers. Au coin de la route de Joiselle, à côté de la Régie, dans un enclos de planches, on se ruait à un combat de coqs, deux grands coqs rouges, armés d'éperons de fer, dont la gorge ouverte saignait. Plus loin, chez Maigrat, on gagnait des tabliers et des culottes, au billard. Et il se faisait de longs silences, la cohue buvait, s'empiffrait sans un cri, une muette indigestion de bière et de pommes de terre frites s'élargissait, dans la grosse chaleur, que les poêles de friture, bouillant en plein air, augmentaient encore.

Chaval acheta un miroir de dix-neuf sous et un fichu de trois francs à Catherine. A chaque tour, ils rencontraient Mouque et Bonnemort, qui étaient venus à la fête, et qui, réfléchis, la traversaient côte à côte, de leurs jambes lourdes. Mais une autre rencontre les indigna, ils aperçurent Jeanlin en train d'exciter Bébert et Lydie à voler les bouteilles de genièvre d'un débit de hasard, installé au bord d'un terrain vague. Catherine ne put que gifler son frère, la petite galopait déjà avec une bouteille. Ces satanés enfants finiraient au bagne.

Alors, en arrivant devant le débit de la Tête-Coupée, Chaval eut l'idée d'y faire entrer son amoureuse, pour assister à un concours de pinsons, affiché sur la porte depuis huit jours. Quinze cloutiers, des clouteries de Marchiennes, s'étaient rendus à l'appel, chacun avec une douzaine de cages ; et les petites cages obscures, où les pinsons aveuglés restaient immobiles, se trouvaient déjà accrochées à une palissade, dans la cour du cabaret. Il s'agissait de compter celui qui, pendant une heure, répéterait le plus de fois la phrase de son chant. Chaque cloutier, avec une ardoise, se tenait près de ses cages, marquant, surveillant ses voisins, surveillé lui-même. Et les pinsons étaient partis, les « chichouïeux » au chant plus gras, les « batisecouics » d'une sonorité aiguë, tout d'abord timides, ne risquant que de rares phrases, puis s'excitant les uns les autres, pressant le rythme, puis emportés enfin d'une telle rage d'émulation, qu'on en voyait tomber et mourir. Violemment, les cloutiers les fouettaient de la voix, leur criaient en wallon de chanter encore, encore, encore un petit coup ; tandis que les spectateurs, une centaine de personnes, demeuraient muets, passionnés, au milieu de cette musique infernale de cent quatre-vingts pinsons répétant tous la même cadence, à contre-temps. Ce fut un « batisecouic » qui gagna le premier prix, une cafetière en fer battu.

Catherine et Chaval étaient là, lorsque Zacharie et Philomène entrèrent. On se serra la main, on resta ensemble. Mais, brusquement, Zacharie se fâcha, en surprenant un cloutier, venu par curiosité avec les camarades, qui pinçait les cuisses de sa sœur ; et elle, très rouge, le faisait taire, tremblante à l'idée d'une tuerie, de tous ces cloutiers se jetant sur Chaval, s'il ne voulait pas qu'on la pinçât. Elle avait bien senti l'homme, elle ne disait rien, par prudence. Du reste, son galant se contentait de ricaner, tous les quatre sortirent, l'affaire sembla finie. Et, à peine étaient-ils entrés chez Piquette boire une chope, voilà que le cloutier avait reparu, se fichant d'eux, leur soufflant sous le nez, d'un air de provocation. Zacharie, outré dans ses bons sentiments de famille, s'était rué sur l'insolent.

— C'est ma sœur, cochon !... Attends, nom de Dieu ! je vais te la faire respecter !

On se précipita entre les deux hommes, tandis que Chaval, très calme, répétait :

— Laisse donc, ça me regarde... Je te dis que je me fous de lui !

Maheu arrivait avec sa société, et il calma Catherine et Philomène, déjà en larmes. On riait maintenant dans la foule, le cloutier avait disparu. Pour achever de noyer ça, Chaval, qui était chez lui à l'estaminet Piquette, offrit des chopes. Étienne dut trinquer avec Catherine, tous burent ensemble, le père, la fille et son galant, le fils et sa maîtresse, en disant poliment : « A la santé de la compagnie ! » Pierron ensuite s'obstina à payer sa tournée. Et l'on était très d'accord, lorsque Zacharie fut repris d'une rage, à la vue de son camarade Mouquet. Il l'appela, pour aller faire, disait-il, son affaire au cloutier.

— Faut que je le crève !... Tiens ! Chaval, garde Philomène avec Catherine. Je vais revenir.

Maheu, à son tour, offrait des chopes. Après tout, si le garçon voulait venger sa sœur, ce n'était pas d'un mauvais exemple. Mais, depuis qu'elle avait vu Mouquet, Philomène, tranquillisée, hochait la tête. Bien sûr que les deux bougres avaient filé au Volcan.

Les soirs de ducasse, on terminait la fête au bal du Bon-Joyeux. C'était la veuve Désir qui tenait le bal, une forte mère de cinquante ans, d'une rotondité de tonneau, mais d'une telle verdeur, qu'elle avait encore six amoureux, un pour chaque jour de la semaine, disait-elle, et les six à la fois le dimanche. Elle appelait tous les charbonniers ses enfants, attendrie à l'idée du fleuve de bière qu'elle leur versait depuis trente années ; et elle se vantait aussi que pas une hercheuse ne devenait grosse, sans s'être, à l'avance, dégourdi les jambes chez elle. Le Bon-Joyeux se composait de deux salles : le cabaret, où se trouvaient le comptoir et des tables ; puis, communiquant de plain-pied par une large baie, le bal, vaste pièce planchéiée au milieu seulement, dallée de briques autour. Une décoration l'ornait, deux guirlandes de fleurs en papier qui se croisaient d'un angle à l'autre du plafond, et que réunissait, au centre, une couronne des mêmes fleurs ; tandis que, le long des murs, s'alignaient des écussons dorés, portant des noms de saints, saint Éloi, patron des ouvriers du fer, saint Crépin, patron des cordonniers, sainte Barbe, patronne des mineurs, tout le calendrier des corporations. Le plafond était si bas, que les trois musiciens, dans leur tribune, grande comme une chaire à prêcher, s'écrasaient la tête. Pour éclairer, le soir, on accrochait quatre lampes à pétrole, aux quatre coins du bal.

Ce dimanche-là, dès cinq heures, on dansait au plein jour des fenêtres. Mais ce fut vers sept heures que les salles s'emplirent. Dehors, un vent d'orage s'était levé, soufflant de grandes poussières noires, qui aveuglaient le monde et grésillaient dans les poêles de friture, Maheu, Étienne et Pierron, entrés pour s'asseoir, venaient de retrouver au Bon-Joyeux Chaval, dansant avec Catherine, tandis que Philomène, toute seule, les regardait. Ni Levaque ni Zacharie n'avaient reparu. Comme il n'y avait pas de bancs autour du bal, Catherine, après chaque danse, se reposait à la table de son père. On appela Philomène, mais elle était mieux debout. Le jour tombait, les trois musiciens faisaient rage, on ne voyait plus, dans la salle, que le remuement des hanches et des gorges, au milieu d'une confusion de bras. Un vacarme accueillit les quatre lampes, et brusquement tout s'éclaira, les faces rouges, les cheveux dépeignés, collés à la peau, les jupes volantes, balayant l'odeur forte des couples en sueur. Maheu montra à Étienne la Mouquette, qui, ronde et grasse comme une vessie de saindoux, tournait violemment aux bras d'un grand moulineur maigre : elle avait dû se consoler et prendre un homme.

Enfin, il était huit heures, lorsque la Maheude parut, ayant au sein Estelle et suivie de sa marmaille, Alzire, Henri et Lénore. Elle venait tout droit retrouver là son homme, sans craindre de se tromper. On souperait plus tard, personne n'avait faim, l'estomac noyé de café, épaissi de bière. D'autres femmes arrivaient, on chuchota en voyant, derrière la Maheude, entrer la Levaque, accompagnée de Bouteloup, qui amenait par la main Achille et Désirée, les petits de Philomène. Et les deux voisines semblaient très d'accord, l'une se retournait, causait avec l'autre. En chemin, il y avait eu une grosse explication, la Maheude s'était résignée au mariage de Zacharie, désolée de perdre le gain de son aîné, mais vaincue par cette raison qu'elle ne pouvait le garder davantage sans injustice. Elle tâchait donc de faire bon visage, le cœur anxieux, en ménagère qui se demandait comment elle joindrait les deux bouts, maintenant que commençait à partir le plus clair de sa bourse.

— Mets-toi là, voisine, dit-elle en montrant une table, près de celle où Maheu buvait avec Étienne et Pierron.

— Mon mari n'est pas avec vous ? demanda la Levaque.

Les camarades lui contèrent qu'il allait revenir. Tout le monde se tassait, Bouteloup, les mioches, si à l'étroit dans l'écrasement des buveurs, que les deux tables n'en formaient qu'une. On demanda des chopes. En apercevant sa mère et ses enfants, Philomène s'était décidée à s'approcher. Elle accepta une chaise, elle parut contente d'apprendre qu'on la mariait enfin ; puis, comme on cherchait Zacharie, elle répondit de sa voix molle :

— Je l'attends, il est par là.

Maheu avait échangé un regard avec sa femme. Elle consentait donc ? Il devint sérieux, fuma en silence. Lui aussi était pris de l'inquiétude du lendemain, devant l'ingratitude de ces enfants qui se marieraient un à un, en laissant leurs parents dans la misère.

On dansait toujours, une fin de quadrille noyait le bal dans une poussière rousse ; les murs craquaient, un piston poussait des coups de sifflet aigus, pareil à une locomotive en détresse ; et, quand les danseurs s'arrêtèrent, ils fumaient comme des chevaux.

— Tu te souviens ? dit la Levaque en se penchant à l'oreille de la Maheude, toi qui parlais d'étrangler Catherine, si elle faisait la bêtise !

Chaval ramenait Catherine à la table de la famille, et tous deux, debout derrière le père, achevaient leur chope.

— Bah ! murmura la Maheude d'un air résigné, on dit ça... Mais ce qui me tranquillise, c'est qu'elle ne peut pas avoir d'enfant, ah ! ça, j'en suis bien sûre !... Vois-tu qu'elle accouche aussi, celle-là, et que je sois forcée de la marier ! Qu'est-ce que nous mangerions, alors.

Maintenant, c'était une polka que sifflait le piston ; et, pendant que l'assourdissement recommençait, Maheude communiqua tout bas à sa femme une idée. Pourquoi ne prenaient-ils pas un logeur, Étienne par exemple, qui cherchait une pension ? Ils auraient de la place, puisque Zacharie allait les quitter, et l'argent qu'ils perdraient de ce côté-là, ils le regagneraient en partie de l'autre. Le visage de la Maheude s'éclairait : sans doute, bonne idée, il fallait arranger ça. Elle semblait sauvée de la faim une fois encore, sa belle humeur revint si vive, qu'elle commanda une nouvelle tournée de chopes.

Étienne, cependant, tâchait d'endoctriner Pierron, auquel il expliquait son projet d'une caisse de prévoyance. Il lui avait fait promettre d'adhérer, lorsqu'il eut l'imprudence de découvrir son véritable but.

— Et, si nous nous mettons en grève, tu comprends l'utilité de cette caisse. Nous nous fichons de la Compagnie, nous trouvons là les premiers fonds pour lui résister... Hein ? c'est dit, tu en es ?

Pierron avait baissé les yeux, pâlissant. Il bégaya :

—Je réfléchirai... Quand on se conduit bien, c'est la meilleure caisse de secours.

Alors, Maheu s'empara d'Étienne et lui proposa de le prendre comme logeur, carrément, en brave homme. Le jeune homme accepta de même, très désireux d'habiter le coron, dans l'idée de vivre davantage avec les camarades. On régla l'affaire en trois mots, la Maheude déclara qu'on attendrait le mariage des enfants.

Et, justement, Zacharie revenait enfin, avec Mouquet et Levaque. Tous les trois rapportaient les odeurs du Volcan, une haleine de genièvre, une aigreur musquée de filles mal tenues. Ils étaient très ivres, l'air content d'eux-mêmes, se poussant du coude et ricanant. Lorsqu'il sut qu'on le mariait enfin, Zacharie se mit à rire si fort, qu'il en étranglait. Paisiblement, Philomène déclara qu'elle

aimait mieux le voir rire que pleurer. Comme il n'y avait plus de chaise,
Bouteloup s'était reculé pour céder la moitié de la sienne à Levaque. Et celui-ci,
soudainement très attendri de voir qu'on était tous là, en famille, fit une fois de
plus servir de la bière.

— Nom de Dieu! on ne s'amuse pas si souvent! gueulait-il.

Jusqu'à dix heures, on resta. Des femmes arrivaient toujours, pour rejoindre
et emmener leurs hommes; des bandes d'enfants suivaient à la queue; et les
mères ne se gênaient plus, sortaient des mamelles longues et blondes comme
des sacs d'avoine, barbouillaient de lait les poupons joufflus; tandis que les
petits qui marchaient déjà, gorgés de bière et à quatre pattes sous les tables, se
soulageaient sans honte. C'était une mer montante de bière, les tonnes de la
veuve Désir éventrées, la bière arrondissant les panses, coulant de partout, du
nez, des yeux et d'ailleurs. On gonflait si fort, dans le tas, que chacun avait une
épaule ou un genou qui entrait chez le voisin, tous égayés, épanouis de se sentir
ainsi les coudes. Un rire continu tenait les bouches ouvertes, fendues jusqu'aux
oreilles. Il faisait une chaleur de four, on cuisait, on se mettait à l'aise, la chair
dehors, dorée dans l'épaisse fumée des pipes; et le seul inconvénient était de
se déranger, une fille se levait de temps à autre, allait au fond, près de la pompe,
se troussait, puis revenait. Sous les guirlandes de papier peint, les danseurs ne
se voyaient plus, tellement ils suaient; ce qui encourageait les galibots à
culbuter les herscheuses, au hasard des coups de reins. Mais, lorsqu'une gaillarde
tombait avec un homme par-dessus elle, le piston couvrait leur chute de sa sonnerie enragée, le branle des pieds les roulait, comme si le bal se fût éboulé sur eux.

Quelqu'un, en passant, avertit Pierron que sa fille Lydie dormait à la porte,
en travers du trottoir. Elle avait bu sa part de la bouteille volée, elle était soûle,
et il dut l'emporter à son cou, pendant que Jeanlin et Bébert, plus solides, le
suivaient de loin, trouvant ça très farce. Ce fut le signal du départ, des familles
sortirent du Bon-Joyeux, les Maheu et les Levaque se décidèrent à retourner au
coron. A ce moment, le père Bonnemort et le vieux Mouque quittaient aussi
Montsou, du même pas de somnambules, entêtés dans le silence de leurs souvenirs. Et l'on rentra tous ensemble, on traversa une dernière fois la ducasse,
les poêles de friture qui se figeaient, les estaminets d'où les dernières chopes
coulaient en ruisseaux, jusqu'au milieu de la route. L'orage menaçait toujours,
des rires montèrent, dès qu'on eut quitté les maisons éclairées, pour se perdre
dans la campagne noire. Un souffle ardent sortait des blés mûrs, il dut se faire
beaucoup d'enfants, cette nuit-là. On arriva débandé au coron. Ni les Levaque ni
les Maheu ne soupèrent avec appétit, et ceux-ci dormaient en achevant leur
bouilli du matin.

Étienne avait emmené Chaval boire encore chez Rassseneur.

— J'en suis! dit Chaval, quand le camarade lui eut expliqué l'affaire de la
caisse de prévoyance. Tape là dedans, tu es un bon!

MAHEU RECOUSAIT UN DE SES SOULIERS. (Page 166.)

Un commencement d'ivresse faisait flamber les yeux d'Étienne. Il cria:

— Oui, soyons d'accord... Vois-tu, moi, pour la justice je donnerais tout, la boisson et les filles. Il n'y a qu'une chose qui me chauffe le cœur, c'est l'idée que nous allons balayer les bourgeois.

III

Vers le milieu d'août, Étienne s'installa chez les Maheu, lorsque Zacharie marié put obtenir de la Compagnie, pour Philomène et ses deux enfants, une maison libre du coron ; et, dans les premiers temps, le jeune homme éprouva une gêne en face de Catherine.

C'était une intimité de chaque minute, il remplaçait partout le frère aîné, partageait le lit de Jeanlin, devant le lit de la grande sœur. Au coucher, au lever, il devait se déshabiller, se rhabiller près d'elle, la voyait elle-même ôter et remettre ses vêtements. Quand le dernier jupon tombait, elle apparaissait d'une blancheur pâle, de cette neige transparente des blondes anémiques ; et il éprouvait une continuelle émotion, à la trouver si blanche, les mains et le visage déjà gâtés, comme trempée dans du lait, de ses talons à son col, où la ligne du hâle tranchait nettement en un collier d'ambre. Il affectait de se détourner ; mais il la connaissait peu à peu : les pieds d'abord que ses yeux baissés rencontraient ; puis, un genou entrevu, lorsqu'elle se glissait sous la couverture ; puis, la gorge aux petits seins rigides, dès qu'elle se penchait le matin sur la terrine. Elle, sans le regarder, se hâtait pourtant, était en dix secondes dévêtue et allongée près d'Alzire, d'un mouvement si souple de couleuvre, qu'il retirait à peine ses souliers, quand elle disparaissait, tournant le dos, ne montrant plus que son lourd chignon.

Jamais, du reste, elle n'eut à se fâcher. Si une sorte d'obsession le faisait, malgré lui, guetter de l'œil l'instant où elle se couchait, il évitait les plaisanteries, les jeux de main dangereux. Les parents étaient là, et il gardait en outre pour elle un sentiment fait d'amitié et de rancune, qui l'empêchait de la traiter en fille qu'on désire, au milieu des abandons de leur vie devenue commune, à la toilette, aux repas, pendant le travail, sans que rien d'eux ne leur restât secret, pas même les besoins intimes. Toute la pudeur de la famille s'était réfugiée dans le lavage quotidien, auquel la jeune fille maintenant procédait seule dans la pièce du haut, tandis que les hommes se baignaient en bas, l'un après l'autre.

Et, au bout du premier mois, Étienne et Catherine semblaient déjà ne plus se voir, quand, le soir, avant d'éteindre la chandelle, ils voyageaient déshabillés par la chambre. Elle avait cessé de se hâter, elle reprenait son habitude ancienne de nouer ses cheveux au bord de son lit, les bras en l'air, remontant sa chemise jusqu'à ses cuisses ; et lui, sans pantalon, l'aidait parfois, cherchait les épingles qu'elle perdait. L'habitude tuait la honte d'être nu, ils trouvaient naturel d'être ainsi. car ils ne faisaient point de mal, et ce n'était pas leur faute, s'il n'y avait qu'une chambre pour tant de monde. Des troubles cependant leur revenaient, tout d'un coup, aux moments où ils ne songeaient à rien de coupable. Après ne plus avoir vu la pâleur de son corps pendant des soirées, il la revoyait brusquement toute blanche, de cette blancheur qui le secouait d'un frisson, qui l'obligeait à se détourner, par crainte de céder à l'envie de la prendre. Elle, d'autres soirs, sans raison apparente, tombait dans un émoi pudique, fuyait, se coulait entre les draps, comme si elle avait senti les mains de ce garçon la saisir. Puis, la chandelle éteinte, ils comprenaient qu'ils ne s'endormaient pas, qu'ils songeaient l'un à l'autre, malgré leur fatigue. Cela les laissait inquiets et boudeurs tout le lendemain, car ils préféraient les soirs de tranquillité, où ils se mettaient à l'aise, en camarades.

Étienne ne se plaignait guère que de Jeanlin, qui dormait en chien de fusil. Alzire respirait d'un léger souffle, on retrouvait le matin Lénore et Henri aux bras l'un de l'autre, tels qu'on les avait couchés. Dans la maison noire, il n'y avait d'autre bruit que les ronflements de Maheu et de la Maheude, roulant à intervalles réguliers, comme des soufflets de forge. En somme, Étienne se trouvait mieux que chez Rasseneur, le lit n'était pas mauvais, et l'on changeait les draps une fois par mois. Il mangeait aussi de meilleure soupe, il souffrait seulement de la rareté de la viande. Mais tous en étaient là, il ne pouvait exiger, pour quarante-cinq francs de pension, d'avoir un lapin à chaque repas. Ces quarante-cinq francs aidaient la famille, on finissait par joindre les deux bouts, en laissant toujours de petites dettes en arrière ; et les Maheu se montraient reconnaissants envers leur logeur, son linge était lavé, raccommodé, ses boutons recousus, ses affaires mises en ordre ; enfin, il sentait autour de lui la propreté et les bons soins d'une femme.

Ce fut l'époque où Étienne entendit les idées qui bourdonnaient dans son crâne. Jusque-là, il n'avait eu que la révolte de l'instinct, au milieu de la sourde fermentation des camarades. Toutes sortes de questions confuses se posaient à lui : pourquoi la misère des uns ? pourquoi la richesse des autres ? pourquoi ceux-ci sous le talon de ceux-là, sans l'espoir de jamais prendre leur place ? Et sa première étape fut de comprendre son ignorance. Une honte secrète, un chagrin caché le rongèrent dès lors : il ne savait rien, il n'osait causer de ces choses qui le passionnaient, l'égalité de tous les hommes, l'équité qui voulait un partage entre eux des biens de la terre. Aussi se prit-il pour l'étude du goût sans méthode des ignorants affolés de science. Maintenant, il était en correspondance régulière avec Pluchart, plus instruit, très lancé dans le mouvement socialiste. Il se fit envoyer des livres, dont la lecture mal digérée acheva de l'exalter : un livre de médecine surtout, l'*Hygiène du mineur*, où un docteur belge avait résumé les maux dont se meurt le peuple des houillères ; sans compter des traités d'économie politique d'une aridité technique incompréhensible, des brochures anarchistes qui le bouleversaient, d'anciens numéros de journaux qu'il gardait ensuite comme des arguments irréfutables, dans des discussions possibles. Souvarine, du reste, lui prêtait aussi des volumes, et l'ouvrage sur les Sociétés coopératives l'avait fait rêver pendant un mois d'une association universelle d'échange, abolissant l'argent, basant sur le travail la vie sociale entière. La honte de son ignorance s'en allait, il lui venait un orgueil, depuis qu'il se sentait penser.

Durant ces premiers mois, Étienne en resta au ravissement des néophytes, le cœur débordant d'indignations généreuses contre les oppresseurs, se jetant à l'espérance du prochain triomphe des opprimés. Il n'en était point encore à se fabriquer un système, dans le vague de ses lectures. Les revendications pratiques de Rasseneur se mêlaient en lui aux violences destructives de Souvarine ; et, quand il sortait du cabaret de l'Avantage, où il continuait presque chaque jour à déblatérer avec eux contre la Compagnie, il marchait dans un rêve, il assistait à la régénération radicale des peuples, sans que cela dût coûter une vitre cassée ni une goutte de sang. D'ailleurs, les moyens d'exécution demeuraient obscurs, il préférait croire que les choses iraient très bien, car sa tête se perdait, dès qu'il voulait formuler un programme de reconstruction. Il se montrait même plein de modération et d'inconséquence, il répétait parfois qu'il fallait bannir la politique de la question sociale, une phrase qu'il avait lue et qui lui semblait bonne à dire, dans le milieu de houilleurs flegmatiques où il vivait.

Maintenant, chaque soir, chez les Maheu, on s'attardait une demi-heure, avant de monter se coucher. Toujours Étienne reprenait la même causerie. Depuis que sa nature s'affinait, il se trouvait blessé davantage par les promiscuités du coron. Est-ce qu'on était des bêtes, pour être ainsi parqué, les uns contre les autres, au milieu des champs, si entassés, qu'on ne pouvait changer de chemise sans montrer son derrière aux voisins ! Et comme c'était bon pour la santé, et comme les filles et les garçons s'y pourrissaient forcément ensemble !

— Dame ! répondait Maheu, si l'on avait plus d'argent, on aurait plus d'aise... Tout de même, c'est bien vrai que ça ne vaut rien pour personne, de vivre les uns sur les autres. Ça finit toujours par des hommes soûls et par des filles pleines.

Et la famille partait de là, chacun disait son mot, pendant que le pétrole de la lampe viciait l'air de la salle, déjà empuantie d'oignon frit. Non, sûrement, la vie n'était pas drôle. On travaillait en vraies brutes à un travail qui était la punition des galériens autrefois, on y laissait la peau plus souvent qu'à son tour, tout ça pour ne pas même avoir de la viande sur sa table, le soir. Sans doute on avait sa pâtée quand même, on mangeait, mais si peu, juste de quoi souffrir sans crever, écrasé de dettes, poursuivi comme si l'on volait son pain. Quand arrivait le dimanche, on dormait de fatigue. Les seuls plaisirs, c'était de se soûler ou de faire un enfant à sa femme ; encore la bière vous engraissait trop le ventre, et l'enfant, plus tard, se foutait de vous. Non, non, ça n'avait rien de drôle.

Alors, la Maheude s'en mêlait.

— L'embêtant, voyez-vous, c'est lorsqu'on se dit que ça ne peut pas changer... Quand on est jeune, on s'imagine que le bonheur viendra, on espère des choses ; et puis, la misère recommence toujours, on reste enfermé là dedans... Moi, je ne veux du mal à personne, mais il y a des fois où cette injustice me révolte.

Un silence se faisait, tous soufflaient un instant, dans le malaise vague de cet horizon fermé. Seul, le père Bonnemort, s'il était là, ouvrait des yeux surpris, car de son temps on ne se tracassait pas de la sorte : on naissait dans le charbon, on tapait à la veine, sans en demander davantage ; tandis que, maintenant, il passait un air qui donnait de l'ambition aux charbonniers.

— Faut cracher sur rien, murmurait-il. Une bonne chope est une bonne chope... Les chefs, c'est souvent de la canaille ; mais il y aura toujours des chefs, pas vrai ? Inutile de se casser la tête à réfléchir là-dessus.

Du coup, Étienne s'animait. Comment ! la réflexion serait défendue à l'ouvrier ! Eh ! justement, les choses changeraient bientôt, parce que l'ouvrier réfléchissait à cette heure. Du temps du vieux, le mineur vivait dans la mine comme une brute, comme une machine à extraire la houille, toujours sous la terre, les oreilles et les yeux bouchés aux événements du dehors. Aussi les riches qui gouvernent, avaient-ils beau jeu de s'entendre, de le vendre et de l'acheter, pour lui manger la chair : il ne s'en doutait même pas. Mais, à présent, le mineur s'éveillait au fond, germait dans la terre ainsi qu'une vraie graine ; et l'on verrait un matin ce qu'il pousserait au beau milieu des champs : oui, il pousserait des hommes, une armée d'hommes qui rétabliraient la justice. Est-ce que tous les citoyens n'étaient pas égaux depuis la Révolution ? Puisqu'on votait ensemble, est-ce que l'ouvrier devait rester l'esclave du patron qui le payait ? Les grandes Compagnies, avec leurs machines, écrasaient tout, et l'on n'avait même plus contre elles les garanties de l'ancien temps, lorsque les gens du même métier, réunis en corps, savaient se défendre. C'était pour ça, nom de Dieu ! et pour d'autres choses, que tout péterait un jour, grâce à l'instruction. On n'avait qu'à voir dans le coron même : les grands-pères n'auraient pu signer leur nom, les pères le signaient déjà, et quant aux fils, ils lisaient et écrivaient comme des professeurs. Ah ! ça poussait, ça poussait petit à petit, une rude moisson d'hommes, qui mûrissait au soleil ! Du moment qu'on n'était plus collé chacun à sa place pour l'existence entière, et qu'on pouvait avoir l'ambition de prendre la place du voisin, pourquoi donc n'aurait-on pas joué des poings, en tâchant d'être le plus fort?

Maheu, ébranlé, restait cependant plein de défiance.

— Dès qu'on bouge, on vous rend votre livret, disait-il. Le vieux a raison, ce sera toujours le mineur qui aura la peine, sans l'espoir d'un gigot de temps à autre, en récompense.

Muette depuis un moment, la Maheude sortait comme d'un songe.

— Encore si ce que les curés racontent était vrai, si les pauvres gens de ce monde étaient les riches dans l'autre!

Un éclat de rire l'interrompait, les enfants eux-mêmes haussaient les épaules, tous devenus incrédules au vent du dehors, gardant la peur secrète des revenants de la fosse, mais s'égayant du ciel vide.

— Ah! ouiche, les curés! s'écriait Maheu. S'ils croyaient ça, ils mangeraient moins et ils travailleraient davantage, pour se réserver là-haut une bonne place... Non, quand on est mort, on est mort.

La Maheude poussait de grands soupirs.

— Ah! mon Dieu! ah! mon Dieu!

Puis, les mains tombées sur les genoux, d'un air d'accablement immense:

— Alors, c'est bien vrai, nous sommes foutus, nous autres.

Tous se regardaient. Le père Bonnemort crachait dans son mouchoir, tandis que Maheu, sa pipe éteinte, l'oubliait à sa bouche. Alzire écoutait, entre Lénore et Henri, endormis au bord de la table. Mais Catherine surtout, le menton dans la main, ne quittait pas Étienne de ses grands yeux clairs, lorsqu'il se récriait, disant sa foi, ouvrant l'avenir enchanté de son rêve social. Autour d'eux, le coron se couchait, on n'entendait plus que les pleurs perdus d'un enfant ou la querelle d'un ivrogne attardé. Dans la salle, le coucou battait lentement, une fraîcheur d'humidité montait des dalles sablées, malgré l'étouffement de l'air.

— En voilà encore des idées! disait le jeune homme. Est-ce que vous avez besoin d'un bon Dieu et de son paradis pour être heureux? est-ce que vous ne pouvez pas vous faire à vous-mêmes le bonheur sur la terre?

D'une voix ardente, il parlait sans fin. C'était, brusquement, l'horizon fermé qui éclatait, une trouée de lumière s'ouvrait dans la vie sombre de ces pauvres gens. L'éternel recommencement de la misère, le travail de brute, ce destin de bétail qui donne sa laine et qu'on égorge, tout le malheur disparaissait, comme balayé par un grand coup de soleil; et, sous un éblouissement de féerie, la justice descendait du ciel. Puisque le bon Dieu était mort, la justice allait assurer le bonheur des hommes, en faisant régner l'égalité et la fraternité. Une société nouvelle poussait en un jour, ainsi que dans les songes, une ville immense, d'une splendeur de mirage, où chaque citoyen vivait de sa tâche et prenait sa part des joies communes. Le vieux monde pourri était tombé en poudre, une humanité jeune, purgée de ses crimes, ne formait plus qu'un seul peuple de travailleurs,

C'ÉTAIT UN AVIS DE LA COMPAGNIE. (Page 172.)

qui avait pour devise : à chacun suivant son mérite, et à chaque mérite suivant
ses œuvres. Et, continuellement, ce rêve s'élargissait, s'embellissait, d'autant
plus séducteur, qu'il montait plus haut dans l'impossible.

D'abord, la Maheude refusait d'entendre, prise d'une sourde épouvante. Non,
non, c'était trop beau, on ne devait pas s'embarquer dans ces idées, car elles
rendaient la vie abominable ensuite, et l'on aurait tout massacré alors, pour être
heureux. Quand elle voyait luire les yeux de Maheu, troublé, conquis, elle s'inquiétait, elle criait, en interrompant Étienne :

— N'écoute pas, mon homme ! Tu vois bien qu'il nous fait des contes... Est-ce
que les bourgeois consentiront jamais à travailler comme nous ?

Mais, peu à peu, le charme agissait aussi sur elle. Elle finissait par sourire,
l'imagination éveillée, entrant dans ce monde merveilleux de l'espoir. Il était si
doux d'oublier pendant une heure la réalité triste ! Lorsqu'on vit comme des
bêtes, le nez à terre, il faut bien un coin de mensonge, où l'on s'amuse à se
régaler des chosss qu'on ne possédera jamais. Et ce qui la passionnait, ce qui la
mettait d'accord avec le jeune homme, c'était l'idée de la justice.

— Ça, vous avez raison ! criait-elle. Moi, quand une affaire est juste, je me
ferais hacher... Et, vrai ! ce serait juste, de jouir à notre tour.

Maheu, alors, osait s'enflammer.

— Tonnerre de Dieu ! je ne suis pas riche, mais je donnerais bien cent sous
pour ne pas mourir avant d'avoir vu tout ça... Quel chambardement ! Hein ?
sera-ce bientôt, et comment s'y prendra-t-on ?

Étienne recommençait à parler. La vieille société craquait, ça ne pouvait durer
au delà de quelques mois, affirmait-il carrément. Sur les moyens d'exécution, il
se montrait plus vague, mêlant ses lectures, ne craignant pas, devant des ignorants, de se lancer dans des explications où il se perdait lui-même. Tous les
systèmes y passaient, adoucis d'une certitude de triomphe facile, d'un baiser
universel qui terminerait le malentendu des classes ; sans tenir compte pourtant
des mauvaises têtes, parmi les patrons et les bourgeois, qu'on serait peut-être
forcé de metre à la raison. Et les Maheu avaient l'air de comprendre, approuvaient,
acceptaient les solutions miraculeuses, avec la foi aveugle des nouveaux croyants,
pareils à ces chrétiens des premiers temps de l'Église, qui attendaient la venue
d'une société parfaite, sur le fumier du monde antique. La petite Alzire accrochait
des mots, s'imaginait le bonheur sous l'image d'une maison très ehaude, où les
enfants jouaient et mangeaient tant qu'ils voulaient. Catherine, sans bouger, le
menton toujours dans la main, restait les yeux fixés sur Étienne, et quand il se
taisait, elle avait un léger frisson, toute pâle, comme prise de froid.

Mais la Maheude regardait le coucou.

— Neuf heures passées, est-il permis ! Jamais on ne se lèvera demain.

Et les Maheu quittaient la table, le cœur mal à l'aise, désespérés. Il leur semblait qu'ils venaient d'être riches, et qu'ils retombaient d'un coup dans leur crotte.

Le père Bonnemort, qui partait pour la fosse, grognait que ces histoires-là ne
rendaient pas la soupe meilleure ; tandis que les autres montaient à la file, en
s'apercevant de l'humidité des murs et de l'étouffement empesté de l'air. En haut
dans le sommeil lourd du coron, Étienne, lorsque Catherine s'était mise au lit la
dernière et avait soufflé la chandelle, l'entendait se retourner fiévreusement,
avant de s'endormir.

Souvent, à ces causeries, des voisins se pressaient. Levaque qui s'exaltait aux
idées de partage, Pierron que la prudence faisait aller se coucher, dès qu'on s'attaquait à la Compagnie. De loin en loin, Zacharie entrait un instant ; mais la
politique l'assommait, il préférait descendre à l'Avantage, pour boire une chope.
Quant à Chaval, il renchérissait, voulait du sang. Presque tous les soirs, il passait
une heure chez les Maheu ; et, dans cette assiduité, il y avait une jalousie
inavouée, la peur qu'on ne lui volât Catherine. Cette fille, dont il se lassait déjà,
lui était devenue chère, depuis qu'un homme couchait près d'elle et pouvait la
prendre, la nuit.

L'influence d'Étienne s'élargissait, il revolutionnait peu à peu le coron. C'était
une propagande sourde, d'autant plus sûre, qu'il grandissait dans l'estime de
tous. La Maheude, malgré sa défiance de ménagère prudente, le traitait avec considération, en jeune homme qui la payait exactement, qui ne buvait ni ne jouait, le
nez toujours dans un livre ; et elle lui faisait, chez les voisines, une réputation de
garçon instruit, dont celles-ci abusaient en le priant d'écrire leurs lettres. Il était une
sorte d'homme d'affaires, chargé des correspondances, consulté par les ménages
sur les cas délicats. Aussi, dès le mois de septembre, avait-il créé enfin sa fameuse
caisse de prévoyance, très précaire encore, ne comptant que les habitants du
coron ; mais il espérait bien obtenir l'adhésion des charbonniers de toutes les
fosses, surtout si la Compagnie, restée passive, ne le gênait pas davantage. On
venait de le nommer secrétaire de l'association, et il touchait même de petits
appointements pour ses écritures. Cela le rendait presque riche. Si un mineur
marié n'arrive pas à joindre les deux bouts, un garçon sobre, n'ayant aucune
charge, peut réaliser des économies.

Dès lors, il s'opéra chez Étienne une transformation lente. Des instincts de
coquetterie et de bien-être, endormis dans sa pauvreté, se révélèrent, lui firent
acheter des vêtements de drap. Il se paya une paire de bottes fines, et du coup
il passa chef, tout le coron se groupa autour de lui. Ce furent des satisfactions
d'amour-propre délicieuses, il se grisa de ces premières jouissances de la popularité : être à la tête des autres, commander, lui si jeune et qui la veille encore
était un manœuvre, l'emplissait d'orgueil, agrandissait son rêve d'une révolution
prochaine, où il jouerait un rôle. Son visage changea, il devint grave, s'écouta
parler ; tandis que son ambition naissante enfièvrait ses théories et le poussait
aux idées de bataille.

Cependant, l'automne s avançait, les froids d'octobre avaient rouillé les petits jardins du coron. Derrière les lilas maigres, les galibots ne culbutaient plus les herscheuses sur le carin; et il ne restait que les légumes d'hiver, les choux perlés de gelée blanche, les poireaux et les salades de conserve. De nouveau, les averses battaient les tuiles rouges, coulaient dans les tonneaux, sous les gouttières, avec des bruits de torrent. Dans chaque maison, le fer ne refroidissait pas, chargé de houille, empoisonnant la salle close. C'était encore une saison de grande misère qui commençait.

En octobre, par une de ces premières nuits glaciales, Étienne, fiévreux d'avoir parlé, en bas, ne put s'endormir. Il avait regardé Catherine se glisser sous la couverture, puis souffler la chandelle. Elle paraissait toute secouée, elle aussi, tourmentée d'une de ces pudeurs qui la faisaient encore se hâter parfois, si maladroitement, qu'elle se découvrait davantage. Dans l'obscurité, elle restait comme morte; mais il entendait qu'elle ne dormait pas non plus; et il le sentait, elle songeait à lui, ainsi qu'il songeait à elle: jamais ce muet échange de leur être ne les avait emplis d'un tel trouble. Des minutes s'écoulèrent, ni lui ni elle ne remuait, leur souffle s'embarrassait seulement, malgré leur effort pour le retenir. A deux reprises, il fut sur le point de se lever et de la prendre. C'était imbécile, d'avoir un si gros désir l'un de l'autre, sans jamais se contenter. Pourquoi donc bouder ainsi contre leur envie? Les enfants dormaient, elle voulait bien tout de suite, il était certain qu'elle l'attendait en étouffant, qu'elle refermerait les bras sur lui, muette, les dents serrées. Près d'une heure se passa. Il n'alla pas la prendre, elle ne se retourna pas, de peur de l'appeler. Plus ils vivaient côte à côte, et plus une barrière s'élevait, des hontes, des répugnances, des délicatesses d'amitié, qu'ils n'auraient pu expliquer eux-mêmes.

— Écoute, dit la Maheude à son homme, puisque tu vas à Montsou pour la paye, rapporte-moi donc une livre de café et un kilo de sucre.

Il recousait un de ses souliers, afin d'épargner le raccommodage.

— Bon ! murmura-t-il, sans lâcher sa besogne.

— Je te chargerais bien de passer aussi chez le boucher... Un morceau de veau, hein ? il y a si longtemps qu'on n'en a pas vu.

Cette fois, il leva la tête.

— Tu crois donc que j'ai à toucher des mille et des cents... La quinzaine est trop maigre, avec leur sacrée idée d'arrêter constamment le travail.

Tous deux se turent. C'était après le déjeuner, un samedi de la fin d'octobre. La Compagnie, sous le prétexte du dérangement causé par la paye, avait encore, ce jour-là, suspendu l'extraction, dans toutes ses fosses. Saisie de panique devant la crise industrielle qui s'aggravait, ne voulant pas augmenter son stock déjà lourd, elle profitait des moindres prétextes pour forcer ses dix mille ouvriers au chômage.

— Tu sais qu'Étienne t'attend chez Rasseneur, reprit la Maheude. Emmène-le, il sera plus malin que toi pour se débrouiller, si l'on ne vous comptait pas vos heures.

Maheu approuva de la tête.

— Et cause donc à ces messieurs de l'affaire de ton père. Le médecin s'entend avec la Direction... N'est-ce pas ? vieux, que le médecin se trompe, que vous pouvez encore travailler ?

Depuis dix jours, le père Bonnemort, les pattes engourdies comme il disait, restait cloué sur une chaise. Elle dut répéter sa question, et il grogna :

— Bien sûr que je travaillerai. On n'est pas fini parce qu'on a mal aux jambes. Tout ça, c'est des histoires qu'ils inventent pour ne pas me donner la pension de cent quatre-vingts francs.

La Maheude songeait aux quarante sous du vieux, qu'il ne lui rapporterait
ut-être jamais plus, et elle eut un cri d'angoisse.

— Mon Dieu! nous serons bientôt tous morts, si ça continue.

— Quand on est mort, dit Maheu, on n'a plus faim.

Il ajouta des clous à ses souliers et se décida à partir. Le coron des Deux-
Cent-Quarante ne devait être payé que vers quatre heures. Aussi les hommes
ne se pressaient-ils pas, s'attardant, filant un à un, poursuivis par les femmes
qui les suppliaient de revenir tout de suite. Beaucoup leur donnaient des com-
missions, pour les empêcher de s'oublier dans les estaminets.

Chez Rasseneur, Étienne était venu aux nouvelles. Des bruits inquiétants
couraient, on disait la Compagnie de plus en plus mécontente des boisages. Elle
accablait les ouvriers d'amendes, un conflit paraissait fatal. Du reste, ce n'était
là que la querelle avouée, il y avait dessous toute une complication, des causes
secrètes et graves.

Justement, lorsqu'Étienne arriva, un camarade qui buvait une chope, au
retour de Montsou, racontait qu'une affiche était collée chez le caissier; mais il
ne savait pas bien ce qu'on lisait sur cette affiche. Un second entra, puis un
troisième; et chacun apportait une histoire différente. Il semblait certain,
cependant, que la Compagnie avait pris une résolution.

— Qu'est-ce que tu en dis, toi? demanda Étienne, en s'asseyant près de
Souvarine, à une table, où, pour unique consommation, se trouvait un paquet
de tabac.

Le machineur ne se pressa point, acheva de rouler une cigarette.

— Je dis que c'était facile à prévoir. Ils vont vous pousser à bout.

Lui seul avait l'intelligence assez déliée pour analyser la situation. Il l'expliquait de son air tranquille. La Compagnie, atteinte par la crise, était bien forcée
de réduire ses frais, si elle ne voulait pas succomber; et, naturellement, ce
seraient les ouvriers qui devraient se serrer le ventre, elle rognerait leurs
salaires, en inventant un prétexte quelconque. Depuis deux mois, la houille
restait sur le carreau de ses fosses, presque toutes les usines chômaient. Comme
elle n'osait chômer aussi, effrayée devant l'inaction ruineuse du matériel, elle
rêvait un moyen terme, peut-être une grève, d'où son peuple de mineurs sortirait
dompté et moins payé. Enfin, la nouvelle caisse de prévoyance l'inquiétait,
devenait une menace pour l'avenir, tandis qu'une grève l'en débarrasserait, en
la vidant, lorsqu'elle était peu garnie encore.

Rasseneur s'était assis près d'Étienne, et tous deux écoutaient d'un air
consterné. On pouvait causer à voix haute, il n'y avait plus là que madame
Rasseneur, assise au comptoir.

— Quelle idée! murmura le cabaretier. Pourquoi tout ça? La Compagnie n'a
aucun intérêt à une grève, et les ouvriers non plus. Le mieux est de s'entendre.

C'était fort sage. Il se montrait toujours pour les revendications raisonnables.

Même, depuis la rapide popularité de son ancien locataire, il outrait ce système du progrès possible, disant qu'on n'obtenait rien, lorsqu'on voulait tout avoir d'un coup. Dans sa bonhomie d'homme gras, nourri de bière, montait une jalousie secrète, aggravée par la désertion de·son débit, où les ouvriers du Voreux entraient moins boire et l'écouter; et il en arrivait ainsi parfois à défendre la Compagnie, oubliant sa rancune d'ancien mineur congédié.

— Alors, tu es contre la grève? cria madame Rasseneur, sans quitter le comptoir.

Et, comme il répondait oui, énergiquement, elle le fit taire.

— Tiens! tu n'as pas de cœur, laisse parler ces messieurs!

Étienne songeait, les yeux sur la chope qu'elle lui avait servie. Enfin, il leva la tête.

— C'est bien possible, tout ce que le camarade raconte, et il faudra nous y résoudre, à cette grève, si l'on nous y force... Pluchart, justement, m'a écrit là-dessus des choses très justes. Lui aussi est contre la grève, car l'ouvrier en souffre autant que le patron, sans arriver à rien de décisif. Seulement, il voit là une occasion excellente pour déterminer nos hommes à entrer dans sa grande machine... D'ailleurs, voici sa lettre.

En effet, Pluchart, désolé des méfiances que l'Internationale rencontrait chez les mineurs de Montsou, espérait les voir adhérer en masse, si un conflit les obligeait à lutter contre la Compagnie. Malgré ses efforts, Étienne n'avait pu placer une seule carte de membre, donnant du reste le meilleur de son influence à sa caisse de secours, beaucoup mieux accueillie. Mais cette caisse était encore si pauvre, qu'elle devait être vite épuisée, comme le disait Souvarine; et, fatalement, les grévistes se jetteraient alors dans l'Association des travailleurs, pour que leurs frères de tous les pays leur vinssent en aide.

— Combien avez-vous en caisse? demanda Rasseneur.

— A peine trois mille francs, répondit Étienne. Et vous savez que la Direction m'a fait appeler avant-hier. Oh! ils sont très polis, ils m'ont répété qu'ils n'empêchaient pas leurs ouvriers de créer un fonds de réserve. Mais ¡'ai bien compris qu'ils en voulaient le contrôle... De toute manière, nous aurons une bataille de ce côté-là.

Le cabaretier s'était mis à marcher, en sifflant d'un air dédaigneux. Trois mille francs! qu'est-ce que vous voulez qu'on fiche avec ça? Il n'y aurait pas six jours de pain, et si l'on comptait sur des étrangers, des gens qui habitaient l'Angleterre, on pouvait tout de suite se coucher et avaler sa langue. Non, c'était trop bête, cette grève!

Alors, pour la première fois, des paroles aigres furent échangées entre ces deux hommes, qui, d'ordinaire, finissaient par s'entendre, dans leur haine commune du capital.

— Voyons, et toi, qu'en dis-tu? répéta Étienne, en se tournant vers Souvarine

IL ÉTAIT TOUT CHAUD. (Page 182.)

Celui-ci répondit par son mot de mépris habituel.

— Les grèves? des bêtises

Puis, au milieu du silence fâché qui s'était fait, il ajouta doucement :

— En somme, je ne dis pas non, si ça vous amuse : ça ruine les uns, ça tue les autres, et c'est toujours autant de nettoyé... Seulement, de ce train-là, on mettrait bien mille ans pour renouveler le monde. Commencez donc par me faire sauter ce bagne où vous crevez tous !

De sa main fine, il désignait le Voreux, dont on apercevait les bâtiments par la porte restée ouverte. Mais un drame imprévu l'interrompit : Pologne, la grosse lapine familière, qui s'était hasardée dehors, rentrait d'un bond, fuyant sous les pierres d'une bande de galibots; et, dans son effarement, les oreilles rabattues, la queue retroussée, elle vint se réfugier contre ses jambes, l'implorant, le grattant, pour qu'il la prît. Quand il l'eut couchée sur ses genoux, il l'abrita de ses deux mains, il tomba dans cette sorte de somnolence rêveuse, où le plongeait la caresse de ce poil doux et tiède.

Presque aussitôt, Maheu entra. Il ne voulut rien boire, malgré l'insistance polie de madame Rasseneur, qui vendait sa bière comme si elle l'eût offerte. Étienne s'était levé, et tous deux partirent pour Montsou.

Les jours de paye aux Chantiers de la Compagnie, Montsou semblait en fête, comme par les beaux dimanches de ducasse. De tous les corons arrivait une cohue de mineurs. Le bureau du caissier étant très petit, ils préféraient attendre à la porte, ils stationnaient par groupes sur le pavé, barraient la route d'une queue de monde renouvelée sans cesse. Des camelots profitaient de l'occasion, s'installaient avec leurs bazars roulants, étalaient jusqu'à de la faïence et de la charcuterie. Mais c'étaient surtout les estaminets et les débits qui faisaient une bonne recette, car les mineurs, avant d'être payés, allaient prendre patience devant les comptoirs, puis y retournaient arroser leur paye, dès qu'ils l'avaient en poche. Encore se montraient-ils très sages, lorsqu'ils ne l'achevaient pas au Volcan.

A mesure que Maheu, et Étienne avancèrent au milieu des groupes, ils sentirent, ce jour-là, monter une exaspération sourde. Ce n'était pas l'ordinaire insouciance de l'argent touché et écorné dans les cabarets. Des poings se serraient, des mots violents couraient de bouche en bouche.

— C'est vrai, alors? demanda Maheu à Chaval, qu'il rencontra devant l'estaminet Piquette, ils ont fait la saleté?

Mais Chaval se contenta de répondre par un grognement furieux, en jetant un regard oblique sur Etienne. Depuis le renouvellement du marchandage, il s'était embauché avec d'autres, mordu peu à peu d'envie contre le camarade, ce dernier venu qui se posait en maître, et dont tout le coron, disait-il, léchait les bottes. Cela se compliquait d'une querelle d'amoureux, il n'emmenait plus Catherine à Réquillart ou derrière le terri, sans l'accuser, en termes abominables, de coucher avec le logeur de sa mère ; puis, il la tuait de caresses, repris pour elle d'un sauvage désir.

Maheu lui adressa une autre question.

— Est-ce que le Voreux passe?

Et, comme il tournait le dos, après avoir dit oui, d'un signe de tête, les deux hommes se décidèrent à entrer aux Chantiers.

La caisse était une petite pièce rectangulaire, séparée en deux par un grillage. Sur les bancs, le long des murs, cinq ou six mineurs attendaient ; tandis que le caissier, aidé d'un commis, en payait un autre, debout devant le guichet, sa casquette à la main. Au-dessus du banc de gauche, une affiche jaune se trouvait collée, toute fraîche dans le gris enfumé des plâtres : et c'était là que, depuis le matin, défilaient continuellement des hommes. Ils entraient par deux ou par trois, restaient plantés, puis s'en allaient, sans un mot, avec une secousse des épaules, comme si on leur eût cassé l'échine.

Il y avait justement deux charbonniers devant l'affiche, un jeune à tête carrée de brute, un vieux très maigre, la face hébétée par l'âge. Ni l'un ni l'autre ne savait lire, le jeune épelait en remuant les lèvres, le vieux se contentait de regarder stupidement. Beaucoup entraient ainsi, pour voir, sans comprendre.

— Lis-nous donc ça, dit à son compagnon Maheu, qui n'était pas fort non plus sur la lecture.

Alors, Étienne se mit à lire l'affiche. C'était un avis de la Compagnie aux mineurs de toutes les fosses. Elle les avertissait que, devant le peu de soin apporté au boisage, lasse d'infliger des amendes inutiles, elle avait pris la résolution d'appliquer un nouveau mode de payement, pour l'abatage de la houille. Désormais, elle payerait le boisage à part, au mètre cube de bois descendu et employé, en se basant sur la quantité nécessaire à un bon travail. Le prix de la berline de charbon abattu serait naturellement baissé, dans une proportion de cinquante centimes à quarante, suivant d'ailleurs la nature et l'éloignement des tailles. Et un calcul assez obscur tâchait d'établir que cette diminution de dix centimes se trouverait exactement compensée par le prix du boisage. Du reste, la Compagnie ajoutait que, voulant laisser à chacun le temps de se convaincre des avantages présentés par ce nouveau mode, elle comptait seulement l'appliquer à partir du lundi, 1er décembre.

— Si vous lisiez moins haut, là-bas ! cria le caissier. On ne s'entend plus.

Étienne acheva sa lecture, sans tenir compte de l'observation. Sa voix tremblait, et quand il eut fini, tous continuèrent à regarder fixement l'affiche. Le vieux mineur et le jeune avaient l'air d'attendre encore ; puis, ils partirent, les épaules cassées.

— Nomde Dieu ! murmura Maheu.

Lui et son compagnon s'étaient assis. Absorbés, la tête basse, tandis que le défilé continuait en face du papier jaune, ils calculaient. Est-ce qu'on se fichait

d'eux ! jamais ils ne rattraperaient, avec le boisage, les dix centimes diminués
sur la berline. Au plus toucheraient-ils huit centimes, et c'était deux centimes
que leur volait la Compagnie, sans compter le temps qu'un travail soigné leur
prendrait. Voilà donc où elle voulait en venir, à cette baisse de salaire déguisée !
Elle réalisait des économies dans la poche de ses mineurs.

— Nom de Dieu de nom de Dieu ! répéta Maheu en relevant la tête. Nous
sommes des jeans-foutre, si nous acceptons ça !

Mais le guichet se trouvait libre, il s'approcha pour être payé. Les chefs de
marchandage se présentaient seuls à la caisse, puis répartissaient l'argent entre
leurs hommes, ce qui gagnait du temps.

— Maheu et consorts, dit le commis, veine Filonnière, taille numéro sept.

Il cherchait sur les listes, que l'on dressait en dépouillant les livrets, où les
porions, chaque jour et par chantier, relevaient le nombre des berlines extraites.
Puis, il répéta :

— Maheu et consorts, veine Filonnière, taille numéro sept... Cent trente-cinq
francs.

Le caissier paya.

— Pardon, monsieur, balbutia le haveur saisi, êtes-vous sûr de ne pas vous
tromper?

Il regardait ce peu d'argent, sans le ramasser, glacé d'un petit frisson qui lui
coulait au cœur. Certes, il s'attendait à une paye mauvaise, mais elle ne pouvait
se réduire à si peu, ou il devait avoir mal compté. Lorsqu'il aurait remis leur
part à Zacharie, à Étienne et à l'autre camarade qui remplaçait Chaval, il lui
resterait au plus cinquante francs pour lui, son père. Catherine et Jeanlin.

— Non, non, je ne me trompe pas, reprit l'employé. Il faut enlever deux
dimanches et quatre jours de chômage : donc, ça vous fait neuf jours de travail.

Maheu suivait ce calcul, additionnait tout bas : neuf jours donnaient à lui
environ trente francs, dix-huit à. Catherine, neuf à Jeanlin. Quant au père
Bonnemort, il n'avait que trois journées. N'importe, en ajoutant les quatre-
vingt-dix francs de Zacharie et des deux camarades, ça faisait sûrement
davantage.

— Et n'oubliez pas les amendes, acheva le commis. Vingt francs d'amendes
pour boisages défectueux.

Le haveur eut un geste désespéré. Vingt francs d'amendes, quatre journées de
chômage! Alors, le compte y était. Dire qu'il avait rapporté jusqu'à des quinzaines de cent cinquante francs, lorsque le père Bonnemort travaillait et que
Zacharie n'était pas encore en ménage !

— A la fin le prenez-vous? cria le caissier impatienté. Vous voyez bien qu'un
autre attend... Si vous n'en voulez pas, dites-le.

Comme Maheu se décidait à ramasser l'argent de sa grosse main tremblante,
l'employé le retint.

— Attendez, j'ai là votre nom. Toussaint Maheu, n'est-ce pas ?... Monsieur le secrétaire général désire vous parler. Entrez, il est seul.

Étourdi, l'ouvrier se trouva dans un cabinet, meublé de vieil acajou, tendu de reps vert déteint. Et il écouta pendant cinq minutes le secrétaire général, un grand monsieur blême, qui lui parlait par-dessus les papiers de son bureau, sans se lever. Mais le bourdonnement de ses oreilles l'empêchait d'entendre. Il comprit vaguement qu'il était question de son père, dont la retraite allait être mise à l'étude, pour la pension de cent cinquante francs, cinquante ans d'âge et quarante années de service. Puis, il lui sembla que la voix du secrétaire devenait plus dure. C'était une réprimande, on l'accusait de s'occuper de politique, une allusion fut faite à son logeur et à la caisse de prévoyance ; enfin, on lui conseil lait de ne pas se compromettre dans ces folies, lui qui était un des meilleurs ouvriers de la fosse. Il voulut protester, ne put prononcer que des mots sans suite, tordit sa casquette entre ses doigts fébriles, et se retira, en bégayant :

— Certainement, monsieur le secrétaire... J'assure à monsieur le secrétaire...

Dehors, quand il eut retrouvé Étienne qui l'attendait, il éclata.

— Je suis un jean-foutre, j'aurais dû répondre !... Pas de quoi manger du pain, et des sottises encore ! Oui, c'est contre toi qu'il en a, il m'a dit que le coron était empoisonné... Et quoi faire ? nom de Dieu ! plier l'échine, dire merci. Il a raison, c'est le plus sage.

Maheu se tut, travaillé à la fois de colère et de crainte. Étienne songeait d'un air sombre. De nouveau, ils traversèrent les groupes qui barraient la rue. L'exaspération croissait, une exaspération de peuple calme, un murmure grondant d'orage, sans violence de gestes, terrible au-dessus de cette masse lourde. Quelques têtes sachant compter avaient fait le calcul, et les deux centimes gagnés par la Compagnie sur les bois, circulaient, exaltaient les crânes les plus durs. Mais c'était surtout l'enragement de cette paye désastreuse, la révolte de la faim, contre le chômage et les amendes. Déjà on ne mangeait plus, qu'allait-on devenir, si l'on baissait encore les salaires ? Dans les estaminets, on se fâchait tout haut, la colère séchait tellement les gosiers, que le peu d'argent touché restait sur les comptoirs.

De Montsou au coron, Étienne et Maheu n'échangèrent pas ne parole. Lorsque ce dernier entra, la Maheude, qui était seule avec les enfants, remarqua tout de suite qu'il avait les mains vides.

— Eh bien ! tu es gentil ! dit-elle. Et mon café, et mon sucre, et la viande ? Un morceau de veau ne t'aurait pas ruiné.

Il ne répondait point, étranglé d'une émotion qu'il renfonçait. Puis, dans ce visage épais d'homme durci aux travaux des mines, il y eut un gonflement de désespoir, et de grosses larmes crevèrent des yeux, tombèrent en pluie chaude. il s'était abattu sur une chaise, il pleurait comme un enfant, en jetant les cinquante francs sur la table.

— Tiens ! bégaya-t-il, voilà ce que je te rapporte... C'est notre travail à tous.

La Maheude regarda Étienne, le vit muet et accablé. Alors, elle pleura aussi. Comment vivre neuf personnes, avec cinquante francs pour quinze jours? Son aîné les avait quittés, le vieux ne pouvait plus remuer les jambes : c'était la mort bientôt. Alzire se jeta au cou de sa mère, bouleversée de l'entendre pleurer. Estelle hurlait, Lénore et Henri sanglotaient.

Et, du coron entier, monta bientôt le même cri de misère. Les hommes étaient rentrés, chaque ménage se lamentait devant le désastre de cette paye mauvaise. Des portes se rouvrirent, des femmes parurent, criant au dehors, comme si leurs plaintes n'eussent pu tenir sous les plafonds des maisons closes. Une pluie fine tombait, mais elles ne la sentaient pas, elles s'appelaient sur les trottoirs, elles se montraient, dans le creux de leur main, l'argent touché.

— Regardez ! ils lui ont donné ça, n'est-ce pas se foutre du monde?

— Moi, voyez ! je n'ai seulement pas de quoi payer le pain de la quinzaine.

— Et moi donc ! comptez un peu, il me faudra encore vendre mes chemises.

La Maheude était sortie comme les autres. Un groupe se forma autour de la Levaque, qui criait le plus fort ; car son soulard de mari n'avait pas même reparu, elle devinait que, grosse ou petite, la paie allait se fondre au Volcan. Philomène guettait Maheu, pour que Zacharie n'entamât point la monnaie. Et il n'y avait que la Pierronne qui semblât assez calme, ce cafard de Pierron s'arrangeant toujours, on ne savait comment, de manière à avoir, sur le livret du porion, plus d'heures que les camarades. Mais la Brûlé trouvait ça lâche de la part de son gendre, elle était avec celles qui s'emportaient, maigre et droite au milieu du groupe, le poing tendu vers Montsou.

— Dire, cria-t-elle sans nommer les Hennebeau, que j'ai vu, ce matin, leur bonne passer en calèche !... Oui, la cuisinière dans la calèche à deux chevaux, allant à Marchiennes pour avoir du poisson, bien sûr !

Une clameur monta, les violences recommencèrent. Cette bonne en tablier blanc, menée au marché de la ville voisine dans la voiture des maîtres, soulevait une indignation. Lorsque les ouvriers crevaient de faim, il leur fallait donc du poisson quand même ? Ils n'en mangeraient peut-être pas toujours, du poisson : le tour du pauvre monde viendrait. Et les idées semées par Étienne poussaient, s'élargissaient dans ce cri de révolte. C'était l'impatience devant l'âge d'or promis, la hâte d'avoir sa part du bonheur, au delà de cet horizon de misère, fermé comme une tombe. L'injustice devenait trop grande, ils finiraient par exiger leur droit, puisqu'on leur retirait le pain de la bouche. Les femmes surtout auraient voulu entrer d'assaut, tout de suite, dans cette cité idéale du progrès, où il n'y aurait plus de misérables. Il faisait presque nuit, et la pluie

redoublait, qu'elles emplissaient encore le coron de leurs larmes, au milieu de
a débandade glapissante des enfants.

Le soir, à l'Avantage, la grève fut décidée, Rasseneur ne la combattait plus,
et Souvarine l'acceptait comme un premier pas. D'un mot, Étienne résuma la
situation : si elle voulait décidément la grève, la Compagnie aurait la grève.

NATURELLEMENT, UN SOIR... (Page 192.)

Une semaine se passa, le travail continuait, soupçonneux et morne, dans l'attente du conflit.

Chez les Maheu, la quinzaine s'annonçait comme devant être plus maigre encore. Aussi la Maheude s'aigrissait-elle, malgré sa modération et son bon sens. Est-ce que sa fille Catherine ne s'était pas avisée de découcher une nuit? Le lendemain matin, elle était rentrée si lasse, si malade de cette aventure, qu'elle n'avait pu se rendre à la fosse; et elle pleurait, elle racontait qu'il n'y avait point de sa faute, car c'était Chaval qui l'avait gardée, menaçant de la battre, si elle se sauvait. Il devenait fou de jalousie, il voulait l'empêcher de retourner dans le lit d'Étienne, où il savait bien, disait-il, que la famille la faisait coucher. Furieuse, la Maheude, après avoir défendu à sa fille de revoir une pareille brute, parlait d'aller le gifler à Montsou. Mais ce n'en était pas moins une journée perdue, et la petite, maintenant qu'elle avait ce galant, aimait encore mieux ne pas en changer.

Deux jours après, il y eut une autre histoire. Le lundi et le mardi, Jeanlin, que l'on croyait au Voreux, tranquillement à la besogne, s'échappa, tira une bordée dans les marais et dans la forêt de Vandame, avec Bébert et Lydie. Il les avait débauchés, jamais on ne sut à quelles rapines, à quels jeux d'enfants précoces ils s'étaient livrés tous les trois. Lui, reçut une forte correction, une fessée que sa mère lui appliqua dehors, sur le trottoir, devant la marmaille du coron terrifiée. Avait-on jamais vu ça? des enfants à elle, qui coûtaient depuis leur naissance, qui devaient rapporter maintenant! Et, dans ce cri, il y avait le souvenir de sa dure jeunesse, la misère héréditaire faisant de chaque petit de la portée un gagne-pain pour plus tard.

Ce matin-là, lorsque les hommes et la fille partirent à la fosse, la Maheude se souleva de son lit pour dire à Jeanlin:

— Tu sais, si tu recommences, méchant bougre, je t'enlève la peau du derrière!

Au nouveau chantier de Maheu, le travail était pénible. Cette partie de la veine Filonnière s'amincissait, à ce point que les haveurs, écrasés entre le mur et le toit, s'écorchaient les coudes, dans l'abatage. En outre, elle devenait très humide, on redoutait d'heure en heure un coup d'eau, un de ces brusques torrents qui crèvent les roches et emportent les hommes. La veille, Étienne, comme il enfonçait violemment sa rivelaine et la retirait, avait reçu au visage le jet d'une source ; mais ce n'était qu'une alerte, la taille en était restée simplement plus mouillée et plus malsaine. D'ailleurs, il ne songeait guère aux accidents possibles, il s'oubliait là maintenant avec les camarades, insoucieux du péril. On vivait dans le grisou, sans même en sentir la pesanteur sur les paupières, l'envoilement de toile d'araignée qu'il laissait aux cils. Parfois quand la flamme des lampes pâlissait et bleuissait davantage, on songeait à lui, un mineur mettait la tête contre la veine, pour écouter le petit bruit du gaz, un bruit de bulles d'air bouillonnant à chaque fente. Mais la menace continuelle étaient les éboulements ; car, outre l'insuffisance des boisages, toujours bâclés trop vite, les terres ne tenaient pas, détrempées par les eaux.

Trois fois dans la journée, Maheu avait dû faire consolider les bois. Il était deux heures et demie, les hommes allaient remonter. Couché sur le flanc, Étienne achevait le havage d'un bloc, lorsqu'un lointain grondement de tonnerre ébranla toute la mine.

— Qu'est-ce donc ? cria-t-il, en lâchant sa rivelaine pour écouter.

Il avait cru que la galerie s'effondrait derrière son dos.

Mais déjà Maheu se laissait glisser sur la pente de la taille, en disant :

— C'est un éboulement... Vite ! vite !

Tous dégringolèrent, se précipitèrent, emportés par un élan de fraternité inquiète. Les lampes dansaient à leurs poings, dans le silence de mort qui s'était fait ; ils couraient à la file le long des voies, l'échine pliée, comme s'ils eussent galopé à quatre pattes ; et, sans ralentir ce galop, ils s'interrogeaient, jetaient des réponses brèves : où donc ? dans les tailles peut-être ? non, ça venait du bas ! au roulage plutôt ! Lorsqu'ils arrivèrent à la cheminée, ils s'y engouffrèrent, ils tombèrent les uns sur les autres, sans se soucier des meurtrissures.

Jeanlin, la peau rouge encore de la fessée de la veille, ne s'était pas échappé de la fosse, ce jour-là. Il trottait pieds nus derrière son train, refermait une à une les portes d'aérage ; et, parfois, quand il ne redoutait pas la rencontre d'un porion, il montait sur la dernière berline, ce qu'on lui défendait, de peur qu'il ne s'y endormît. Mais sa grosse distraction était, chaque fois que le train se garait pour en laisser passer un autre, d'aller retrouver en tête Bébert qui tenait les guides. Il arrivait sournoisement, sans sa lampe, pinçait le camarade au sang, inventait des farces de mauvais singe, avec ses cheveux jaunes, ses grandes oreilles, son museau maigre, éclairé de petits yeux verts, luisants dans l'obscurité. D'une précocité maladive, il semblait avoir l'intelligence obscure et la vive adresse d'un avorton humain, qui retournait à l'animalité d'origine.

L'après-midi, Mouque amena aux galibots Bataille, dont c'était le tour de corvée ; et, comme le cheval soufflait dans un garage, Jeanlin, qui s'était glissé jusqu'à Bébert, lui demanda :

— Qu'est-ce qu'il a, ce vieux rossard, à s'arrêter court?... Il me fera casser les jambes.

Bébert ne put répondre, il dut retenir Bataille, qui s'égayait à l'approche de l'autre train. Le cheval avait reconnu de loin, au flair, son camarade Trompette, pour lequel il s'était pris d'une grande tendresse, depuis le jour où il l'avait vu débarquer dans la fosse. On aurait dit la pitié affectueuse d'un vieux philosophe, désireux de soulager un jeune ami, en lui donnant sa résignation et sa patience ; car Trompette ne s'acclimatait pas, tirait ses berlines sans goût, restait la tête basse, aveuglé de nuit, avec le constant regret du soleil. Aussi, chaque fois que Bataille le rencontrait, allongeait-il la tête, s'ébrouant, le mouillant d'une caresse d'encouragement.

— Nom de Dieu ! jura Bébert, les voilà encore qui se sucent la peau !

Puis, lorsque Trompette fut passé, il répondit au sujet de Bataille :

— Va, il a du vice, le vieux !... Quand il s'arrête comme ça, c'est qu'il devine un embêtement, une pierre ou un trou ; et il se soigne, il ne veut rien se casser... Aujourd'hui, je ne sais ce qu'il peut avoir, là-bas, après la porte. Il la pousse et reste planté sur les pieds... Est-ce que tu as senti quelque chose?

— Non, dit Jeanlin. Il y a de l'eau, j'en ai jusqu'aux genoux.

Le train repartit. Et, au voyage suivant, lorsqu'il eut ouvert la porte d'aérage d'un coup de tête, Bataille de nouveau refusa d'avancer, hennissant, tremblant. Enfin, il se décida, fila d'un trait.

Jeanlin, qui refermait la porte, était resté en arrière. Il se baissa, regarda la mare où il pataugeait ; puis, élevant sa lampe, il s'aperçut que les bois avaient fléchi, sous le suintement continu d'une source. Justement, un haveur, un nommé Berloque dit Chicot, arrivait de sa taille, pressé de revoir sa femme, qui était en couches. Lui aussi s'arrêta, examina le boisage. Et, tout d'un coup, comme le petit allait s'élancer pour rejoindre son train, un craquement formidable s'était fait entendre, l'éboulement avait englouti l'homme et l'enfant.

Il y eut un grand silence. Poussée par le vent de la chute, une poussière épaisse montait dans les voies. Et, aveuglés, étouffés, les mineurs descendaient de toutes parts, des chantiers les plus lointains, avec leurs lampes dansantes, qui éclairaient mal ce galop d'hommes noirs, au fond de ces trous de taupe. Lorsque les premiers butèrent contre l'éboulement, ils crièrent, appelèrent les camarades. Une seconde bande, venue par la taille du fond, se trouvait de l'autre côté des terres, dont la masse bouchait la galerie. Tout de suite, on constata que le toit s'était effondré sur une dizaine de mètres au plus. Le dommage n'avait rien de grave. Mais les cœurs se serrèrent, lorsqu'un râle de mort sortit des décombres.

Bébert, lâchant son train, accourait en répétant :

— Jeanlin est dessous! Jeanlin est dessous!

Maheu, à ce moment même, déboulait de la cheminée, avec Zacharie et Étienne. Il fut pris d'une fureur de désespoir, il ne lâcha que des jurons.

— Nom de Dieu! nom de Dieu! nom de Dieu!

Catherine, Lydie, la Mouquette. qui avaient galopé aussi, se mirent à sangloter, à hurler d'épouvante, au milieu de l'effrayant désordre, que les ténèbres augmentaient. On voulait les faire taire, elles s'affolaient, hurlaient plus fort, à chaque râle.

Le porion Richomme était arrivé au pas de course, désolé que ni l'ingénieur Négrel, ni Dansaert, ne fussent à la fosse. L'oreille collée contre les roches, il écoutait; et il finit par dire que ces plaintes n'étaient pas des plaintes d'enfant. Un homme se trouvait là, pour sûr. A vingt reprises déjà, Maheu avait appelé Jeanlin. Pas une haleine ne soufflait. Le petit devait être broyé.

Et toujours le râle continuait, monotone. On parlait à l'agonisant, on lui demandait son nom. Le râle seul répondait.

— Dépêchons! répétait Richomme, qui avait déjà organisé le sauvetage. On causera ensuite.

Des deux côtés, les mineurs attaquaient l'éboulement, avec la pioche et la pelle. Chaval travaillait sans une parole, près de Maheu et d'Étienne; tandis que Zacharie dirigeait le transport des terres. L'heure de la sortie était venue, aucun n'avait mangé; mais on ne s'en allait pas pour la soupe, tant que des camarades se trouvaient en péril. Cependant, on songea que le coron s'inquiéterait, s'il ne voyait rentrer personne, et l'on proposa d'y renvoyer les femmes. Ni Catherine, ni la Mouquette, ni même Lydie, ne voulurent s'éloigner, clouées par le besoin de savoir, aidant aux déblais. Alors, Levaque accepta la commission d'annoncer là-haut l'éboulement, un simple dommage qu'on réparait. Il était près de quatre heures, les ouvriers en moins d'une heure avaient fait la besogne d'un jour : déjà la moitié des terres auraient dû être enlevées, si de nouvelles roches n'avaient glissé du toit. Maheu s'obstinait avec une telle rage, qu'il refusait d'un geste terrible, quand un autre s'approchait pour le relayer un instant.

— Doucement! dit enfin Richomme. Nous arrivons... Il ne faut pas les achever.

En effet, le râle devenait de plus en plus distinct. C'était ce râle continu qui guidait les travailleurs; et, maintenant, il semblait souffler sous les pioches mêmes. Brusquement, il cessa.

Tous, silencieux, se regardèrent, frissonnants d'avoir senti passer le froid de la mort, dans les ténèbres. Ils piochaient, trempés de sueur, les muscles tendus à se rompre. Un pied fut rencontré, on enleva dès lors les terres avec les mains, on dégagea les membres un à un. La tête n'avait pas souffert. Des lampes l'éclairaient, et le nom de Chicot circula. Il était tout chaud, la colonne vertébrale cassée par une roche.

— Enveloppez-le dans une couverture, et mettez-le sur une berline, commanda le porion. Au mioche maintenant, dépêchons !

Maheu donna un dernier coup, et une ouverture se fit, on communiqua avec les hommes qui déblayaient l'éboulement, de l'autre côté. Ils crièrent, ils venaient de trouver Jeanlin évanoui, les deux jambes brisées, respirant encore. Ce fut le père qui apporta le petit dans ses bras ; et, les mâchoires serrées, il ne lâchait toujours que des noms de Dieu ! pour dire sa douleur ; tandis que Catherine et les autres femmes s'étaient remises à hurler.

On torma vivement le cortège. Bébert avait ramené Bataille, qu'on attela aux deux berlines : dans la première, gisait le cadavre de Chicot, maintenu par Étienne ; dans la seconde, Maheu s'était assis, portant sur les genoux Jeanlin sans connaissance, couvert d'un lambeau de laine, arraché à une porte d'aérage. Et l'on partit, au pas. Sur chaque berline, une lampe mettait une étoile rouge. Puis, derrière, suivait la queue des mineurs, une cinquantaine d'ombres à la file. Maintenant, la fatigue les écrasait, ils traînaient les pieds, glissaient dans la boue, avec le deuil morne d'un troupeau frappé d'épidémie. Il fallut près d'une demi-heure pour arriver à l'accrochage. Ce convoi sous la terre, au milieu des épaisses ténèbres, n'en finissait plus, le long des galeries qui bifurquaient, tournaient, se déroulaient.

A l'accrochage, Richomme, venu en avant, avait donné l'ordre qu'une cage vide fût réservée. Pierron emballa tout de suite les deux berlines. Dans l'une, Maheu resta avec son petit blessé sur les genoux, pendant que, dans l'autre, Étienne devait garder, entre ses bras, le cadavre de Chicot, pour qu'il pût tenir Lorsque les ouvriers se furent entassés aux autres étages, la cage monta. On mi deux minutes. La pluie du cuvelage tombait très froide, les hommes regardaient en l'air, impatients de revoir le jour.

Heureusement, un galibot, envoyé chez le docteur Vanderhaghen, l'avait trouvé et le ramenait. Jeanlin et le mort furent portés dans la chambre des porions, où, d'un bout de l'année à l'autre, brûlait un grand feu. On rangea les sceaux d'eau chaude, tout prêts pour le lavage des pieds ; et, après avoir étalé deux matelas sur les dalles, on y coucha l'homme et l'enfant. Seuls, Maheu et Étienne entrèrent. Dehors, des herscheuses, des mineurs, des galopins accourus, faisaient un groupe, causaient à voix basse.

Dès que le médecin eut donné un coup d'œil à Chicot, il murmura :

— Fichu !... Vous pouvez le laver.

Deux surveillants déshabillèrent, puis lavèrent à l'éponge ce cadavre noir de charbon, sale encore de la sueur du travail.

— La tête n'a rien, avait repris le docteur, agenouillé sur le matelas de Jeanlin. La poitrine non plus... Ah ! ce sont les jambes qui ont étrenné.

Lui-même déshabillait l'enfant, dénouait le béguin, ôtait la veste, tirait les culottes et la chemise, avec une adresse de nourrice. Et le pauvre petit corps apparut, d'une maigreur d'insecte, souillé de poussière noire, de terre jaune, que marbraient des taches sanglantes. On ne distinguait rien, on dut le laver aussi. Alors, il sembla maigrir encore sous l'éponge, la chair si blême, si transparente, qu'on voyait les os. C'était une pitié, cette dégénérescence dernière d'une race de misérables, ce rien du tout souffrant, à demi broyé par l'écrasement des roches. Quand il fut propre, on aperçut les meurtrissures des cuisses, deux taches rouges sur la peau blanche.

Jeanlin, tiré de son évanouissement, eut une plainte. Debout au pied du matelas, les mains ballantes, Maheu le regardait; et de grosses larmes roulèrent de ses yeux.

— Hein? c'est toi qui es le père? dit le docteur en levant la tête. Ne pleure donc pas, tu vois bien qu'il n'est pas mort... Aide-moi plutôt.

Il constata deux ruptures simples. Mais la jambe droite lui donnait des inquiétudes : sans doute il faudrait la couper.

A ce moment l'ingénieur Négrel et Dansaert, prévenus enfin, arrivèrent avec Richomme. Le premier écoutait le récit du porion, d'un air exaspéré. Il éclata : toujours ces maudits boisages! n'avait-il pas répété cent fois qu'on y laisserait des hommes! et ces brutes-là qui parlaient de se mettre en grève, si on les forçait à boiser plus solidement! Le pis était que la Compagnie, maintenant, paierait les pots cassés. M. Hennebeau allait être content!

— Qui est-ce? demanda-t-il à Dansaert, silencieux devant le cadavre, qu'on était en train d'envelopper dans un drap.

— Chicot, un de nos bons ouvriers, répondit le maître-porion. Il a trois enfants... Pauvre bougre!

Le docteur Vanderhaghen demanda le transport immédiat de Jeanlin chez ses parents. Six heures sonnaient, le crépuscule tombait déjà, on ferait bien de transporter aussi le cadavre; et l'ingénieur donna des ordres pour qu'on attelât le fourgon et qu'on apportât un brancard. L'enfant blessé fut mis sur le brancard, pendant qu'on emballait dans le fourgon le matelas et le mort.

A la porte, des herscheuses stationnaient toujours, causant avec ces mineurs qui s'attardaient, pour voir. Lorsque la chambre des porions se rouvrit, un silence régna dans le groupe. Et il se forma un nouveau cortège, le fourgon devant, le brancard derrière, puis la queue du monde. On quitta le carreau de la mine, on monta lentement la route en pente du coron. Les premiers froids de novembre avaient dénudé l'immense plaine, une nuit lente l'ensevelissait, comme un linceul tombé du ciel livide.

Étienne, alors, conseilla tout bas à Maheu d'envoyer Catherine prévenir la Maheude, pour amortir le coup. Le père, qui suivait le brancard, l'air assommé, consentit d'un signe; et la jeune fille partit en courant, car on arrivait. Mais déjà le fourgon, cette boîte sombre bien connue, était signalé. Des femmes sortaient follement sur les trottoirs, trois ou quatre galopaient d'angoisse, sans bonnet.

— C'EST MONSIEUR DANSAERT QUI EST DANS LE VESTIBULE. — (Page 197.)

Bientôt, elles furent trente, puis cinquante, toutes étranglées de la même terreur. Il y avait donc un mort ? qui était-ce ? L'histoire racontée par Levaque, après les avoir rassurées toutes, les jetait maintenant à une exagération de cauchemar : ce n'était plus un homme, c'étaient dix qui avaient péri, et que le fourgon allait ramener ainsi, un à un.

Catherine avait trouvé sa mère agitée d'un pressentiment ; et, dès les premiers mots balbutiés, celle-ci cria :

— Le père est mort !

Vainement, la jeune fille protestait, parlait de Jeanlin. Sans entendre, la Maheude s'était élancée. Et, en voyant le fourgon qui débouchait devant l'église, elle avait défailli, toute pâle. Sur les portes, des femmes muettes de saisissement, allongeaient le cou, tandis que d'autres suivaient, tremblantes à l'idée de savoir devant quelle maison s'arrêterait le cortège.

La voiture passa ; et, derrière, la Maheude aperçut Maheu qui accompagnait le brancard. Alors, quand on eut posé ce brancard à sa porte, quand elle vit Jeanlin vivant, avec ses jambes cassées, il y eut en elle une si brusque réaction, qu'elle étouffa de colère, bégayant sans larmes :

— C'est tout ça ! On nous estropie les petits, maintenant !... Les deux jambes, mon Dieu ! Qu'est-ce qu'on veut que j'en fasse ?

— Tais-toi donc ! dit le docteur Vanderhaghen, qui avait suivi pour panser Jeanlin. Aimerais-tu mieux qu'il fût resté là-bas ?

Mais la Maheude s'emportait davantage, au milieu des larmes d'Alzire, de Lénore et d'Henri. Tout en aidant à monter le blessé et en donnant au docteur ce dont il avait besoin, elle injuriait le sort, elle demandait où l'on voulait qu'elle trouvât de l'argent pour nourrir des infirmes. Le vieux ne suffisait donc pas, voilà que le gamin, lui aussi, perdait les pieds ! Et elle ne cessait point, pendant que d'autres cris, des lamentations déchirantes, sortaient d'une maison voisine : c'étaient la femme et les enfants de Chicot qui pleuraient sur le corps. Il faisait nuit noire, les mineurs exténués mangeaient enfin leur soupe, dans le coron tombé à un morne silence, traversé seulement de ces grands cris.

Trois semaines se passèrent. On avait pu éviter l'amputation, Jeanlin conserverait ses deux jambes, mais il resterait boiteux. Après une enquête, la Compagnie s'était résignée à donner un secours de cinquante francs. En outre, elle avait promis de chercher pour le petit infirme, dès qu'il serait rétabli, un emploi au jour. Ce n'en était pas moins une aggravation de misère, car le père avait reçu une telle secousse, qu'il en fut malade d'une grosse fièvre.

Depuis le jeudi, Maheu retournait à la fosse, et l'on était au dimanche. Le soir, Étienne causa de la date prochaine du 1er décembre, préoccupé de savoir si la Compagnie exécuterait sa menace. On veilla jusqu'à dix heures, en attendant Catherine, qui devait s'attarder avec Chaval. Mais elle ne rentra pas. La Maheude ferma furieusement la porte au verrou, sans une parole. Étienne fut long à s'endormir, inquiet de ce lit vide, où Alzire tenait si peu de place.

Le lendemain, toujours personne ; et, l'après-midi seulement, au retour de la fosse, les Maheu apprirent que Chaval gardait Catherine. Il lui faisait des scènes si abominables, qu'elle s'était décidée à se mettre avec lui. Pour éviter les reproches, il avait quitté brusquement le Voreux, il venait d'être embauché à Jean-Bart, le puits de M. Deneulin, où elle le suivait comme herscheuse. Du reste, le nouveau ménage continuait à habiter Montsou, chez Piquette.

Maheu, d'abord, parla d'aller gifler l'homme et de ramener sa fille à coups de pied dans le derrière. Puis, il eut un geste résigné : à quoi bon? ça tournait toujours comme ça, on n'empêchait pas les filles de se coller, quand elles en avaient l'envie. Il valait mieux attendre tranquillement le mariage. Mais la Maheude ne prenait pas si bien les choses.

— Est-ce que je l'ai battue, quand elle a eu ce Chaval? criait-elle à Étienne, qui l'écoutait, silencieux, très pâle. Voyons, répondez ! vous qui êtes un homme raisonnable... Nous l'avons laissée libre, n'est-ce pas? parce que, mon Dieu ! toutes passent par là. Ainsi, moi, j'étais grosse, quand le père m'a épousée. Mais je n'ai pas filé de chez mes parents, jamais je n'aurais fait la saleté de porter avant l'âge l'argent de mes journées à un homme qui n'en avait pas besoin... Ah ! c'est dégoûtant, voyez-vous ! On en arrivera à ne plus faire d'enfant.

Et, comme Étienne ne répondait toujours que par des hochements de tête, elle insista.

— Une fille qui allait tous les soirs où elle voulait ! Qu'a-t-elle donc dans la peau? Ne pas pouvoir attendre que je la marie, après qu'elle nous aurait aidés à sortir du pétrin ! Hein? c'était naturel, on a une fille pour qu'elle travaille... Mais voilà, nous avons été trop bons, nous n'aurions pas dû lui permettre de se distraire avec un homme. On leur en accorde un bout, et elles en prennent long comme ça.

Alzire approuvait de la tête. Lénore et Henri, saisis de cet orage, pleuraient tout bas, tandis que la mère, maintenant, énumérait leurs malheurs : d'abord, Zacharie qu'il avait fallu marier; puis, le vieux Bonnemort qui était là, sur sa chaise, avec ses pieds tordus; puis, Jeanlin qui ne pourrait quitter la chambre avant dix jours, les os mal recollés; et enfin, le dernier coup, cette garce de Catherine partie avec un homme ! Toute la famille se cassait. Il ne restait que le père à la fosse. Comment vivre, sept personnes, sans compter Estelle, sur les trois francs du père? Autant se jeter en chœur dans le canal.

— Ça n'avance à rien que tu te ronges, dit Maheu d'une voix sourde. Nous ne sommes pas au bout peut-être.

Étienne, qui regardait fixement les dalles, leva la tête et murmura, les yeux perdus dans une vision d'avenir :

— Ah ! il est temps, il est temps !

LE VIEUX PUITS RÉQUILLART

QUATRIÈME PARTIE

I

Ce lundi-là, les Hennebeau avaient à déjeuner les Grégoire et leur fille Cécile. C'était toute une partie projetée : en sortant de table, Paul Négrel devait faire visiter à ces dames une fosse, Saint-Thomas, qu'on réinstalait avec luxe. Mais il n'y avait là qu'un aimable prétexte, cette partie était une invention de madame Hennebeau, pour hâter le mariage de Cécile et de Paul.

Et, brusquement, ce lundi même, à quatre heures du matin, la grève venait d'éclater. Lorsque, le 1er décembre, la Compagnie avait appliqué son nouveau système de salaire, les mineurs étaient restés calmes. A la fin de la quinzaine, le jour de la paye, pas un n'avait fait la moindre réclamation. Tout le personnel, depuis le directeur jusqu'au dernier des surveillants, croyait le tarif accepté ; et la surprise était grande, depuis le matin, devant cette déclaration de guerre, d'une tactique et d'un ensemble qui semblaient indiquer une direction énergique.

A cinq heures, Dansaert réveilla M. Hennebeau pour l'avertir que pas un homme n'était descendu au Voreux. Le coron des Deux-Cent-Quarante, qu'il avait traversé, dormait profondément, fenêtres et portes closes. Et, dès que le directeur eut sauté du lit, les yeux gros encore de sommeil, il fut accablé : de quart d'heure en quart d'heure, des messagers accouraient, des dépêches tombaient sur son bureau, dru comme grêle. D'abord, il espéra que la révolte se limitait au Voreux; mais les nouvelles devenaient plus graves à chaque minute : c'était Mirou, c'était Crèvecœur, c'était Madeleine, où il n'avait paru que les palefreniers; c'étaient la Victoire et Feutry-Cantel, les deux fosses les mieux disciplinées, dans lesquelles la descente se trouvait réduite d'un tiers; Saint-Thomas seul avait son monde au complet et semblait demeurer en dehors du mouvement. Jusqu'à neuf heures, il dicta des dépêches, télégraphiant de tous côtés, au préfet de Lille, aux régisseurs de la Compagnie, prévenant les autorités, demandant des ordres. Il avait envoyé Négrel faire le tour des fosses voisines, pour avoir des renseignements précis.

Tout d'un coup, M. Hennebeau songea au déjeuner; et il allait envoyer le cocher avertir les Grégoire que la partie était remise, lorsqu'une hésitation, un manque de volonté l'arrêta, lui qui venait, en quelques phrases brèves, de préparer militairement son champ de bataille. Il monta chez madame Hennebeau, qu'une femme de chambre achevait de coiffer, dans son cabinet de toilette.

— Ah! ils sont en grève, dit-elle tranquillement, lorsqu'il l'eut consultée. Eh bien! qu'est-ce que cela nous fait?... Nous n'allons point cesser de manger, n'est-ce pas?

Et elle s'entêta, il eut beau lui dire que le déjeuner serait troublé, que la visite à Saint-Thomas ne pourrait avoir lieu : elle trouvait une réponse à tout, pourquoi perdre un déjeuner déjà sur le feu? et quant à visiter la fosse, on pouvait y renoncer ensuite, si cette promenade était vraiment imprudente.

— Du reste, reprit-elle, lorsque la femme de chambre fut sortie, vous savez pourquoi je tiens à recevoir ces braves gens. Ce mariage devrait vous toucher plus que les bêtises de vos ouvriers... Enfin, je le veux, ne me contrariez pas.

Il la regarda, agité d'un léger tremblement, et son visage dur et fermé d'homme de discipline exprima la secrète douleur d'un cœur meurtri. Elle était restée les épaules nues, déjà trop mûre, mais éclatante et désirable encore, avec sa carrure de Cérès dorée par l'automne. Un instant, il dut avoir le désir brutal de la prendre, de rouler sa tête entre les deux seins qu'elle étalait, dans cette pièce tiède, d'un luxe intime de femme sensuelle, et où traînait un parfum irritant de musc; mais il se recula, depuis dix années le ménage faisait chambre à part.

— C'est bon, dit-il en la quittant. Ne décommandons rien.

M. Hennebeau était né dans les Ardennes. Il avait eu les commencements difficiles d'un garçon pauvre, jeté orphelin sur le pavé de Paris. Après avoir suivi péniblement les cours de l'École des Mines, il était, à vingt-quatre ans, parti pour la Grand'Combe, comme ingénieur du puits Sainte-Barbe. Trois ans plus tard, il devint ingénieur divisionnaire, dans le Pas-de-Calais, aux fosses

de Marles ; et ce fut là qu'il se maria, épousant, par un de ces coups de fortune
qui sont la règle pour le corps des mines, la fille d'un riche filateur d'Arras.
Pendant quinze années, le ménage habita la même petite ville de province, sans
qu'un événement rompît la monotonie de son existence, pas même la naissance d'un
enfant. Une irritation croissante détachait madame Hennebeau, élevée dans le
respect de l'argent, dédaigneuse de ce mari qui gagnait durement des appointe-
ment médiocres, et dont elle ne tirait aucune des satisfactions vaniteuses, rêvées
en pension. Lui, d'une honnêteté stricte, ne spéculait point, se tenait à son
poste, en soldat. Le désaccord n'avait fait que grandir, aggravé par un de ces
singuliers malentendus de la chair qui glacent les plus ardents : il adorait sa
femme, elle était d'une sensualité de blonde gourmande, et déjà ils couchaient
à part, mal à l'aise, tout de suite blessés. Elle eut dès lors un amant, qu'il
ignora. Enfin, il quitta le Pas-de-Calais, pour venir occuper à Paris une situation
de bureau, dans l'idée qu'elle lui en serait reconnaissante. Mais Paris devait
achever la séparation, ce Paris qu'elle souhaitait depuis sa première poupée, et
où elle se lava en huit jours de sa province, élégante d'un coup, jetée à toutes
les folies luxueuses de l'époque. Les dix ans qu'elle y passa furent emplis par
une grande passion, une liaison publique avec un homme, dont l'abandon failli
la tuer. Cette fois, le mari n'avait pu garder son ignorance, et il se résigna, à la
suite de scènes abominables, désarmé devant la tranquille inconscience de cette
femme, qui prenait son bonheur où elle le trouvait. C'était après la rupture,
lorsqu'il l'avait vue malade de chagrin, qu'il avait accepté la direction des mines
de Montsou, espérant encore la corriger là-bas, dans ce désert des pays noirs.

Les Hennebeau, depuis qu'ils habitaient Montsou, retournaient à l'ennui irrité
des premiers temps de leur mariage. D'abord, elle parut soulagée par ce grand
calme, goûtant un apaisement dans la monotonie plate de l'immense plaine ;
et elle s'enterrait en femme finie, elle affectait d'avoir le cœur mort, si détachée
du monde, qu'elle ne souffrait même plus d'engraisser. Puis, sous cette indifférence, une fièvre dernière se déclara, un besoin de vivre encore, qu'elle trompa
pendant six mois en organisant et en meublant à son goût le petit hôtel de la
Direction. Elle le disait affreux, elle l'emplit de tapisseries, de bibelots, de tout
un luxe d'art, dont on parla jusqu'à Lille. Maintenant, le pays l'exaspérait, ces
bêtes de champs étalés à l'infini, ces éternelles routes noires, sans un arbre, où
grouillait une population affreuse qui la dégoûtait et l'effrayait. Les plaintes de
l'exil commencèrent, elle accusait son mari de l'avoir sacrifiée aux appointements
de quarante mille francs qu'il touchait, une misère à peine suffisante pour
faire marcher la maison. Est-ce qu'il n'aurait pas dû imiter les autres, exiger
une part, obtenir des actions, réussir à quelque chose enfin ? et elle insistait avec
une cruauté d'héritière qui avait apporté la fortune. Lui, toujours correct, se
réfugiant dans sa froideur menteuse d'homme administratif, était ravagé par le
désir de cette créature, un de ces désirs tardifs, si violents, qui croissent avec

l'âge. Il ne l'avait jamais possédée en amant, il était hanté d'une continuelle image, l'avoir une fois à lui comme elle s'était donnée à un autre. Chaque matin, il rêvait de la conquérir le soir ; puis, lorsqu'elle le regardait de ses yeux froids, lorsqu'il sentait que tout en elle se refusait, il évitait même de lui effleurer la main. C'était une souffrance sans guérison possible, cachée sous la raideur de son attitude, la souffrance d'une nature tendre agonisant en secret de n'avoir pas trouvé le bonheur dans son ménage. Au bout des six mois, quand l'hôtel, définitivement meublé, n'occupa plus madame Hennebeau, elle tomba à une langueur d'ennui, en victime que l'exil tuerait et qui se disait heureuse d'en mourir.

Justement, Paul Négrel débarquait à Montsou. Sa mère, veuve d'un capitaine provençal, vivant à Avignon d'une maigre rente, avait dû se contenter de pain et d'eau pour le pousser jusqu'à l'École polytechnique. Il en était sorti dans un mauvais rang, et son oncle, M. Hennebeau, venait de lui faire donner sa démission, en offrant de le prendre comme ingénieur, au Voreux. Dès lors, traité en enfant de la maison, il y eut même sa chambre, y mangea, y vécut, ce qui lui permettait d'envoyer à sa mère la moitié de ses appointements de trois mille francs. Pour déguiser ce bienfait, M. Hennebeau parlait de l'embarras où était un jeune homme, obligé de se monter un ménage, dans un des petits chalets réservés aux ingénieurs des fosses. Madame Hennebeau, tout de suite, avait pris un rôle de bonne tante, tutoyant son neveu, veillant à son bien-être. Les premiers mois surtout, elle montra une maternité débordante de conseils, aux moindres sujets. Mais elle restait femme pourtant, elle glissait à des confidences personnelles. Ce garçon si jeune et si pratique, d'une intelligence sans scrupule, professant sur l'amour des théories de philosophe, l'amusait, grâce à la vivacité de son pessimisme, dont s'aiguisait sa face mince, au nez pointu. Naturellement, un soir, il se trouva dans ses bras ; et elle parut se livrer par bonté, tout en lui disant qu'elle n'avait plus de cœur et qu'elle voulait être uniquement son amie. En effet, elle ne fut pas jalouse, elle le plaisantait sur les herscheuses qu'il déclarait abominables, le boudait presque, parce qu'il n'avait pas des farces de jeune homme à lui conter. Puis, l'idée de le marier la passionna, elle rêva de se dévouer, de le donner elle-même à une fille riche. Leurs rapports continuaient, un joujou de récréation, où elle mettait ses tendresses dernières de femme oisive et finie.

Deux ans s'étaient écoulés. Une nuit, M. Hennebeau, en entendant des pieds nus frôler sa porte, eut un soupçon. Mais cette nouvelle aventure le révoltait, chez lui, dans sa demeure, entre cette mère et ce fils ! Et, du reste, le lendemain, sa femme lui parla précisément du choix qu'elle avait fait de Cécile Grégoire pour leur neveu. Elle s'employait à ce mariage avec une telle ardeur, qu'il rougit de son imagination monstrueuse. Il garda simplement au jeune homme une reconnaissance de ce que la maison, depuis son arrivée, était moins triste.

Comme il descendait du cabinet de toilette, M. Hennebeau trouva justement

COMMENT! C'EST VOUS UN BON OUVRIER! (Page 206.)

dans le vestibule, Paul qui rentrait. Celui-ci avait l'air tout amusé par cette histoire de grève.

— Eh bien ? lui demanda son oncle.

— Eh bien, j'ai fait le tour des corons. Ils paraissent très sages, là dedans... Je crois seulement qu'ils vont t'envoyer des délégués.

Mais, à ce moment, la voix de madame Hennebeau appela, du premier étage.

— C'est toi, Paul?... Monte donc me donner des nouvelles. Sont-ils drôles de faire les méchants, ces gens qui sont si heureux !

Et le directeur dut renoncer à en savoir davantage, puisque sa femme lui prenait son messager. Il revint s'asseoir devant son bureau, sur lequel s'était amassé un nouveau paquet de dépêches.

A onze heures, lorsque les Grégoire arrivèrent, ils s'étonnèrent qu'Hippolyte, le valet de chambre, posé en sentinelle, les bousculât pour les introduire, après avoir jeté des regards inquiets aux deux bouts de la route. Les rideaux du salon étaient fermés, on les fit passer directement dans le cabinet de travail, où M. Hennebeau s'excusa de les recevoir ainsi ; mais le salon donnait sur le pavé, et il était inutile d'avoir l'air de provoquer les gens.

— Comment ! vous ne savez pas ? continua-t-il, en voyant leur surprise.

M. Grégoire, quand il apprit que la grève avait enfin éclaté, haussa les épaules de son air placide. Bah! ce ne serait rien, la population était honnête. D'un hochement du menton, madame Grégoire approuvait sa confiance dans la résignation séculaire des charbonniers ; tandis que Cécile, très gaie ce jour-là, belle de santé dans une toilette de drap capucine, souriait à ce mot de grève, qui lui rappelait des visites et des distributions d'aumônes, dans les corons.

Mais madame Hennebeau, suivie de Négrel, parut, toute en soie noire.

— Hein ! est-ce ennuyeux! cria-t-elle dès la porte. Comme s'ils n'auraient pas dû attendre, ces hommes !... Vous savez que Paul refuse de nous conduire à Saint-Thomas.

— Nous resterons ici, dit obligeamment M. Grégoire. Ce sera tout plaisir

Paul s'était contenté de saluer Cécile et sa mère. Fâchée de ce peu d'empressement, sa tante le lança d'un coup d'œil sur la jeune fille ; et, quand elle les entendit rire ensemble, elle les enveloppa d'un regard maternel.

Cependant, M. Hennebeau acheva de lire les dépêches et rédigea quelques réponses. On causait près de lui, sa femme expliquait qu'elle ne s'était pas occupée de ce cabinet de travail, qui avait en effet gardé son ancien papier rouge déteint, ses lourds meubles d'acajou, ses cartonniers éraflés par l'usage. Trois quarts d'heure se passèrent, on allait se mettre à table, lorsque le valet de chambre annonça M. Deneulin. Celui-ci, l'air excité, entra et s'inclina devant madame Hennebeau.

— Tiens ! vous voilà? dit-il en apercevant les Grégoire.

Et, vivement, il s'adressa au directeur.

— Ça y est donc? Je viens de l'apprendre par mon ingénieur... Chez moi, tous les hommes sont descendus, ce matin. Mais ça peut gagner. Je ne suis pas tranquille... Voyons, où en êtes-vous ?

Il accourait à cheval, et son inquiétude se trahissait dans son verbe haut et son geste cassant, qui le faisaient ressembler à un officier de cavalerie en retraite.

M. Hennebeau commençait à le renseigner sur la situation exacte, lorsqu'Hippolyte ouvrit la porte de la sallle à manger. Alors, il s'interrompit pour dire :

— Déjeunez avec nous. Je vous continuerai ça au dessert.

— Oui, comme il vous plaira, répondit Deneulin, si plein de son idée, qu'il acceptait sans autres façons.

Il eut pourtant conscience de son impolitesse, il se tourna vers madame Hennebeau, en s'excusant. Elle fut d'ailleurs charmante. Quand elle eut fait mettre un septième couvert, elle installa ses convives : madame Grégoire et Cécile aux côtés de son mari ; puis, M. Grégoire et Deneulin à sa droite et à sa gauche ; enfin, Paul, qu'elle plaça entre la jeune fille et son père. Comme on attaquait les hors-d'œuvre, elle reprit avec un sourire :

— Vous m'excuserez, je voulais vous donner des huîtres... Le lundi, vous savez qu'il y a un arrivage d'ostendes à Marchiennes, et j'avais projeté d'envoyer la cuisinière avec la voiture... Mais elle a eu peur de recevoir des pierres...

Tous l'interrompirent d'un grand éclat de gaieté. On trouvait l'histoire drôle.

— Chut! dit M. Hennebeau contrarié, en regardant les fenêtres, d'où l'on voyait la route. Le pays n'a pas besoin de savoir que nous recevons, ce matin.

— Voici toujours un rond de saucisson qu'ils n'auront pas, déclara M. Grégoire.

Les rires recommencèrent, mais plus discrets. Chaque convive se mettait à l'aise, dans cette salle tendue de tapisseries flamandes, meublée de vieux bahuts de chêne. Des pièces d'argenterie luisaient derrière les vitraux des crédences ; et il y avait une grande suspension en cuivre rouge, dont les rondeurs polies reflétaient un palmier et un aspidistra, verdissant dans des pots de majolique. Dehors, la journée de décembre était glacée par une aigre bise du nord-est. Mais pas un souffle n'entrait, il faisait là une tiédeur de serre, qui développait l'odeur fine d'un ananas, coupé au fond d'une jatte de cristal.

— Si l'on fermait les rideaux? proposa Négrel, que l'idée de terrifier les Grégoire amusait.

La femme de chambre qui aidait le domestique, crut à un ordre et alla tirer un des rideaux. Ce furent, dès lors, des plaisanteries interminables : on ne posa plus un verre ni une fourchette, sans prendre des précautions ; on salua chaque plat, ainsi qu'une épave échappée à un pillage, dans une ville conquise ; et, derrière cette gaieté forcée, il y avait une sourde peur, qui se trahissait par des coups d'œil involontaires jetés vers la route, comme si une bande de meurt-de-faim eût guetté la table du dehors.

Après les œufs brouillés aux truffes, parurent des truites de rivière. La conversation était tombée sur la crise industrielle, qui s'aggravait depuis dix-huit-mois.

— C'était fatal, dit Deneulin, la prospérité trop grande des dernières années
devait nous amener là... Songez donc aux énormes capitaux immobilisés, aux
chemins de fer, aux ports et aux canaux, à tout l'argent enfoui dans les spécula-
tions les plus folles. Rien que chez nous, on a installé des sucreries comme si le
département devait donner trois récoltes de betteraves... Et, dame! aujourd'hui,
l'argent s'est fait rare, il faut attendre qu'on rattrape l'intérêt des millions
dépensés : de là, un engorgement mortel et la stagnation finale des affaires.

M. Hennebeau combattit cette théorie, mais il convint que les années heureuses avaient gâté l'ouvrier.

— Quand je songe, cria-t-il, que ces gaillards, dans nos fosses, pouvaient se
faire jusqu'à six francs par jour, le double de ce qu'ils gagnent à présent! Et ils
vivaient bien, et ils prenaient des goûts de luxe... Aujourd'hui, naturellement,
ça leur semble dur, de revenir à leur frugalité ancienne.

— Monsieur Grégoire, interrompit madame Hennebeau, je vous en prie,
encore un peu de ces truites... Elles sont délicates, n'est-ce pas ?

Le directeur continuait :

— Mais, en vérité, est-ce notre faute? Nous sommes atteints cruellement,
nous aussi... Depuis que les usines ferment une à une, nous avons un mal du
diable à nous débarrasser de notre stock; et, devant la réduction croissante des
demandes, nous nous trouvons bien forcés d'abaisser le prix de revient... C'est
ce que les ouvriers ne veulent pas comprendre.

Un silence régna. Le domestique présentait des perdreaux rôtis, tandis que la
femme de chambre commençait à verser du chambertin aux convives.

— Il y a eu une famine dans l'Inde, reprit Deneulin à demi-voix, comme s'il se
fût parlé à lui-même. L'Amérique, en cessant ses commandes de fer et de fonte,
a porté un rude coup à nos hauts fourneaux. Tout se tient, une secousse lointaine
suffit à ébranler le monde... Et l'Empire qui était si fier de cette fièvre chaude
de l'industrie !

Il attaqua son aile de perdreau. Puis, haussant la voix :

— Le pis est que, pour abaisser le prix de revient, il faudrait logiquement
produire davantage : autrement, la baisse se porte sur les salaires, et l'ouvrier
a raison de dire qu'il paie les pots cassés.

Cet aveu, arraché à sa franchise, souleva une discussion. Les dames ne s'amusaient guère. Chacun, du reste, s'occupait de son assiette, dans le feu du premier
appétit. Comme le domestique rentrait, il sembla vouloir parler, puis il hésita.

— Qu'y a-t-il? demanda M. Hennebeau. Si ce sont des dépêches, donnez-les-
moi... J'attends des réponses.

— Non, monsieur, c'est monsieur Dansaert qui est dans le vestibule... Mais
il craint de déranger.

Le directeur s'excusa et fit entrer le maître-porion. Celui-ci se tint debout, à quelques pas de la table ; tandis que tous se tournaient pour le voir, énorme, essoufflé des nouvelles qu'il apportait. Les corons restaient tranquilles ; seulement, c'était une chose décidée, une délégation allait venir. Peut-être, dans quelques minutes, serait-elle là.

— C'est bien, merci, dit M. Hennebeau. Je veux un rapport matin et soir, entendez-vous !

Et, dès que Dansaert fut parti, on se remit à plaisanter, on se jeta sur la salade russe, en déclarant qu'il fallait ne pas perdre une seconde, si l'on voulait la finir. Mais la gaieté ne connut plus de borne, lorsque Négrel ayant demandé du pain à la femme de chambre, celle-ci lui répondit un : « Oui, monsieur », si bas et si terrifié, qu'elle semblait avoir derrière elle une bande, prête au massacre et au viol.

— Vous pouvez parler, dit madame Hennebeau complaisamment. Ils ne sont pas encore ici.

Le directeur, auquel on apportait un paquet de lettres et de dépêches, voulut lire une des lettres tout haut. C'était une lettre de Pierron, dans laquelle, en phrases respectueuses, il avertissait qu'il se voyait obligé de se mettre en grève avec les camarades, pour ne pas être maltraité ; et il ajoutait qu'il n'avait même pu refuser de faire partie de la délégation, bien qu'il blâmât cette démarche.

— Voilà la liberté du travail ! s'écria M. Hennebeau.

Alors, on revint sur la grève, on lui demanda son opinion.

— Oh ! répondit-il, nous en avons vu d'autres... Ce sera une semaine, une quinzaine au plus de paresse, comme la dernière fois. Ils vont rouler les cabarets ; puis, quand ils auront trop faim, ils retourneront aux fosses.

Deneulin hocha la tête.

— Je ne suis pas si tranquille... Cette fois, ils paraissent mieux organisés. N'ont-ils pas une caisse de prévoyance ?

— Oui, à peine trois mille francs : où voulez-vous qu'ils aillent avec ça ?... Je soupçonne un nommé Étienne Lantier d'être leur chef. C'est un bon ouvrier, cela m'ennuierait d'avoir à lui rendre son livret, comme jadis au fameux Rasseneur, qui continue à empoisonner le Voreux, avec ses idées et sa bière... N'importe, dans huit jours, la moitié des hommes redescendra, et dans quinze, les dix mille seront au fond.

Il était convaincu. Sa seule inquiétude venait de sa disgrâce possible, si la Régie lui laissait la responsabilité de la grève. Depuis quelque temps, il se sentait moins en faveur. Aussi, abandonnant la cuillerée de salade russe qu'il avait prise, relisait-il les dépêches reçues de Paris ; des réponses dont il tâchait de pénétrer chaque mot. On l'excusait, le repas tournait à un déjeuner militaire, mangé sur un champ de bataille, avant les premiers coups de feu.

Les dames, dès lors, se mêlèrent à la conversation. Madame Grégoire s'apitoya sur ces pauvres gens qui allaient souffrir de la faim; et déjà Cécile faisait la partie de distribuer des bons de pain et de viande. Mais madame Hennebeau s'étonnait, en entendant parler de la misère des charbonniers de Montsou. Est-ce qu'ils n'étaient pas très heureux? Des gens logés, chauffés, soignés aux frais de la Compagnie! Dans son indifférence pour ce troupeau, elle ne savait de lui que la leçon apprise, dont elle émerveillait les Parisiens en visite; et elle avait fini par y croire, elle s'indignait de l'ingratitude du peuple.

Négrel, pendant ce temps, continuait à effrayer M. Grégoire. Cécile ne lui déplaisait pas, et il voulait bien l'épouser, pour être agréable à sa tante; mais il n'y apportait aucune fièvre amoureuse, en garçon d'expérience qui ne s'emballait plus, comme il disait. Lui, se prétendait républicain, ce qui ne l'empêchait pas de conduire ses ouvriers avec une rigueur extrême et de les plaisanter finement, en compagnie des dames.

— Je n'ai pas non plus l'optimisme de mon oncle, reprit-il. Je crains de graves désordres... Ainsi, monsieur Grégoire, je vous conseille de verrouiller la Piolaine. On pourrait vous piller.

Justement, sans quitter le sourire qui éclairait son bon visage, M. Grégoire renchérissait sur sa femme en sentiments paternels à l'égard des mineurs.

— Me piller! s'écria-t-il, stupéfait. Et pourquoi me piller?

— N'êtes-vous pas un actionnaire de Montsou? Vous ne faites rien, vous vivez du travail des autres. Enfin, vous êtes l'infâme capital, et cela suffit... Soyez certain que, si la révolution triomphait, elle vous forcerait à restituer votre fortune, comme de l'argent volé.

Du coup, il perdit la tranquillité d'enfant, la sérénité d'inconscience où il vivait. Il bégaya:

— De l'argent volé, ma fortune! Est-ce que mon bisaïeul n'avait pas gagné, et durement, la somme placée autrefois? Est-ce que nous n'avons pas couru tous les risques de l'entreprise? Est-ce que je fais un mauvais usage des rentes, aujourd'hui?

Madame Hennebeau, alarmée en voyant la mère et la fille blanches de peur, elle aussi, se hâta d'intervenir, en disant:

— Paul plaisante, cher monsieur.

Mais M. Grégoire était hors de lui. Comme le domestique passait un buisson d'écrevisses, il en prit trois, sans savoir ce qu'il faisait, et se mit à briser les pattes avec les dents.

— Ah! je ne dis pas, il y a des actionnaires qui abusent. Par exemple, on m'a conté que des ministres ont reçu des deniers de Montsou, en pot-de-vin, pour services rendus à la Compagnie. C'est comme ce grand seigneur que je ne nommerai pas, un duc, le plus fort de nos actionnaires, dont la vie est un scandale de prodigalité, millions jetés à la rue en femmes, en bombances, en luxe inutile... Mais nous, nous qui vivons sans fracas, comme de braves gens que nous sommes! nous qui ne spéculons pas, qui nous contentons de vivre sainement avec ce que nous avons, en faisant la part des pauvres!... Allons donc! il faudrait que vos ouvriers fussent de fameux brigands pour voler chez nous une épingle!

Négrel lui-même dut le calmer, très égayé de sa colère. Les écrevisses passaient toujours, on entendait les petits craquements des carapaces, pendant que la conversation tombait sur la politique. Malgré tout, frémissant encore, M. Grégoire se disait libéral; et il regrettait Louis-Philippe. Quant à Deneulin, il était pour un gouvernement fort, il déclarait que l'empereur glissait sur la pente des concessions dangereuses.

— Rappelez-vous 89, dit-il. C'est la noblesse qui a rendu la Révolution possible par sa complicité, par son goût des nouveautés philosophiques... Eh bien! la bourgeoisie joue aujourd'hui le même jeu imbécile, avec sa fureur de libéralisme, sa rage de destruction, ses flatteries au peuple... Oui, oui, vous aiguisez les dents du monstre pour qu'il nous dévore. Et il nous dévorera, soyez tranquilles!

Les dames le firent taire et voulurent changer d'entretien, en lui demandant des nouvelles de ses filles. Lucie était à Marchiennes, où elle chantait avec une amie; Jeanne peignait la tête d'un vieux mendiant. Mais il disait ces choses d'un air distrait, il ne quittait pas du regard le directeur, absorbé dans la lecture de ses dépêches, oublieux de ses invités. Derrière ces minces feuilles, il sentait Paris, les ordres des régisseurs, qui décideraient de la grève. Aussi ne put-il s'empêcher de céder encore à sa préoccupation.

— Enfin, qu'allez-vous faire? demanda-t-il brusquement.

M. Hennebeau tressaillit, puis s'en tira par une phrase vague.

— Nous allons voir.

— Sans doute, vous avez les reins solides, vous pouvez attendre, se mit à penser tout haut Deneulin. Mais moi, j'y resterai, si la grève gagne Vandame. J'ai eu beau réinstaller Jean-Bart à neuf, je ne puis m'en tirer, avec cette fosse unique, que par une production incessante... Ah! je ne me vois pas à la noce, je vous assure!

Cette confession involontaire parut frapper M. Hennebeau. Il écoutait, et un plan germait en lui : dans le cas où la grève tournerait mal, pourquoi ne pas l'utiliser, laisser les choses se gâter jusqu'à la ruine du voisin, puis lui racheter sa concession à bas prix? c'était le moyen le plus sûr de regagner les bonnes grâces des régisseurs, qui, depuis des années, rêvaient de posséder Vandame.

— Si Jean-Bart vous gêne tant que ça, dit-il en riant, pourquoi ne nous le cédez-vous pas?

Mais Deneulin regrettait déjà ses plaintes. Il cria :

— Jamais de la vie!

On s'égaya de sa violence, on oublia enfin la grève, au moment où le dessert

DES GENDARMES AVAIENT BATTU LES ROUTES. (Page 214.)

paraissait. Une charlotte de pommes meringuée fut comblée d'éloges. Ensuite, les dames discutèrent une recette, au sujet de l'ananas, qu'on déclara également exquis. Les fruits, du raisin et des poires achevèrent cet heureux abandon des fins de déjeuner copieux. Tous causaient à la fois, attendris, pendant que le domestique versait un vin du Rhin, pour remplacer le champagne, jugé commun.

Et le mariage de Paul et de Cécile fit certainement un pas sérieux, dans cette sympathie du dessert. Sa tante lui avait jeté des regards si pressants, que le jeune homme se montrait aimable, reconquérant de son air câlin les Grégoire attérés par ses histoires de pillage. Un instant, M. Hennebeau, devant l'entente si étroite de sa femme et de son neveu, sentit se réveiller l'abominable soupçon, comme s'il avait surpris un attouchement, dans les coups d'œil échangés. Mais, de nouveau, l'idée de ce mariage, fait là, devant lui, le rassura.

Hippolyte servait le café, lorsque la femme de chambre accourut, pleine d'effarement.

— Monsieur, monsieur, les voici!

C'étaient les délégués. Des portes battirent, on entendit passer un souffle d'effroi, au travers des pièces voisines.

— Faites-les entrer dans le salon, dit M. Hennebeau.

Autour de la table, les convives s'étaient regardés, avec un vacillement d'inquiétude. Un silence régna. Puis, ils voulurent reprendre leurs plaisanteries : on feignit de mettre le reste du sucre dans sa poche, on parla de cacher les couverts. Mais le directeur restait grave, et les rires tombèrent, les voix devinrent des chuchotements, pendant que les pas lourds des délégués, qu'on introduisait, écrasaient à côté le tapis du salon.

Madame Hennebeau dit à son mari, en baissant la voix :

— J'espère que vous allez boire votre café.

— Sans doute, répondit-il. Qu'ils attendent!

Il était nerveux, il prêtait l'oreille aux bruits, l'air uniquement occupé de sa tasse.

Paul et Cécile venaient de se lever, et il lui avait fait risquer un œil à la serrure. Ils étouffaient des rires, ils parlaient très bas.

— Les voyez-vous?

— Oui... J'en vois un gros, avec deux autres petits, derrière.

— Hein? ils ont des figures abominables.

— Mais non, ils sont très gentils.

Brusquement, M. Hennebeau quitta sa chaise, en disant que le café était trop chaud et qu'il le boirait après. Comme il sortait, il posa un doigt sur sa bouche, pour recommander la prudence. Tous s'étaient rassis, et ils restèrent à table, muets, n'osant plus remuer, écoutant de loin, l'oreille, tendue, dans le malaise de ces grosses voix d'homme.

Dès la veille, dans une réunion tenue chez Rasseneur, Étienne et quelques camarades avaient choisi les délégués qui devaient se rendre le lendemain à la Direction. Lorsque, le soir, la Maheude sut que son homme en était, elle fut désolée, elle lui demanda s'il voulait qu'on les jetât à la rue. Maheu lui-même n'avait point accepté sans répugnance. Tous deux, au moment d'agir, malgré l'injustice de leur misère, retombaient à la résignation de la race, tremblant devant le lendemain, préférant encore plier l'échine. D'habitude, lui, pour la conduite de l'existence, s'en remettait au jugement de sa femme, qui était de bon conseil. Cette fois, cependant, il finit par se fâcher, d'autant plus qu'il partageait secrètement ses craintes.

— Fiche-moi la paix, hein ! lui dit-il en se couchant et en tournant le dos. Ce serait propre, de lâcher les camarades !... Je fais mon devoir.

Elle se coucha à son tour. Ni l'un ni l'autre ne parlait. Puis, après un long silence, elle répondit :

— Tu as raison, vas-y. Seulement, mon pauvre vieux, nous sommes foutus.

Midi sonnait, lorsqu'on déjeuna, car le rendez-vous était pour une heure, à l'Avantage, d'où l'on irait ensuite chez M. Hennebeau. Il y avait des pommes de terre. Comme il ne restait qu'un petit morceau de beurre, personne n'y toucha. Le soir, on aurait des tartines.

— Tu sais que nous comptons sur toi pour parler, dit tout d'un coup Étienne à Maheu.

Ce dernier demeura saisi, la voix coupée par l'émotion.

— Ah ! non, c'est trop ! s'écria la Maheude. Je veux bien qu'il y aille, mais je lui défends de faire le chef... Tiens ! pourquoi lui plutôt qu'un autre ?

Alors, Étienne s'expliqua, avec sa fougue éloquente. Maheu était le meilleur ouvrier de la fosse, le plus aimé, le plus respecté, celui qu'on citait pour son bon sens. Aussi les réclamations des mineurs prendraient-elles, dans sa bouche, un poids décisif. D'abord, lui, Étienne, devait parler; mais il était à Montsou depuis trop peu de temps. On écouterait davantage un ancien du pays. Enfin, les camarades confiaient leurs intérêts au plus digne : il ne pouvait pas refuser, ce serait lâche.

La Maheude eut un geste désespéré.

— Va, va, mon homme, fais-toi crever pour les autres. Moi, je consens, après tout!

— Mais je ne saurai jamais, balbutia Maheu. Je dirai des bêtises.

Étienne, heureux de l'avoir décidé, lui tapa sur l'épaule.

— Tu diras ce que tu sens, et ce sera très bien.

La bouche pleine, le père Bonnemort, dont les jambes désenflaient, écoutait, en hochant la tête. Un silence se fit. Quand on mangeait des pommes de terre, les enfants s'étouffaient et restaient très sages. Puis, après avoir avalé, le vieux murmura lentement :

— Dis ce que tu voudras, et ce sera comme si tu n'avais rien dit... Ah ! j'en ai vu, j'en ai vu, de ces affaires! Il y a quarante ans, on nous flanquait à la porte de la Direction, et à coups de sabre encore! Aujourd'hui, ils vous recevront peut-être ; mais ils ne vous répondront pas plus que ce mur... Dame! ils ont l'argent, ils s'en fichent!

Le silence retomba, Maheu et Étienne se levèrent et laissèrent la famille morne, devant les assiettes vides. En sortant, ils prirent Pierron et Levaque, puis tous quatre se rendirent chez Rasseneur où les délégués des corons voisins arrivaient par petits groupes. Là, quand les vingt membres de la délégation furent rassemblés, on arrêta les conditions qu'on opposerait à celles de la Compagnie; et l'on partit pour Montsou. L'aigre bise du nord-est balayait le pavé. Deux heures sonnèrent, comme on arrivait.

D'abord, le domestique leur dit d'attendre, en refermant la porte sur eux; puis, lorsqu'il revint, il les introduisit dans le salon, dont il ouvrit les rideaux. Un jour fin entra, tamisé par les guipures. Et les mineurs, restés seuls, n'osèrent s'asseoir, embarrassés, tous très propres, vêtus de drap, rasés du matin, avec leurs cheveux et leurs moustaches jaunes. Ils roulaient leurs casquettes entre les doigts, ils jetaient des regards obliques sur le mobilier, une de ces confusions de tous les styles, que le goût de l'antiquaille a mises à la mode: des fauteuils Henri II, des chaises Louis XV, un cabinet italien du dix-septième siècle, un contador espagnol du quinzième, et un devant d'autel pour le lambrequin de la cheminée, et des chamarres d'anciennes chasubles réappliquées sur les portières. Ces vieux ors, ces vieilles soies aux tons fauves, tout ce luxe de chapelle, les avait saisis d'un malaise respectueux. Les tapis d'Orient semblaient les lier aux pieds de leur haute laine. Mais ce qui les suffoquait surtout, c'était la chaleur, une chaleur égale de calorifère, dont l'enveloppement les surprenait, les joues glacées du vent de la route. Cinq minutes s'écoulèrent. Leur gêne augmentait, dans le bien-être de cette pièce riche, si confortablement close.

Enfin, M. Hennebeau entra, boutonné militairement, portant à sa redingote le petit nœud correct de sa décoration. Il parla le premier.

— Ah! vous voilà!... Vous vous révoltez, à ce qu'il paraît...

Et il s'interrompit, pour ajouter avec une raideur polie :

— Asseyez-vous, je ne demande pas mieux que de causer.

Les mineurs se tournèrent, cherchèrent des sièges du regard. Quelques-uns se risquèrent sur les chaises; tandis que les autres, inquiétés par les soies brodées, préféraient se tenir debout.

Il y eut un silence. M. Hennebeau, qui avait roulé son fauteuil devant la cheminée, les dénombrait vivement, tâchait de se rappeler leurs visages. Il venait de reconnaître Pierron, caché au dernier rang; et ses yeux s'étaient arrêtés sur Étienne, assis en face de lui.

— Voyons, demanda-t-il, qu'avez-vous à me dire?

Il s'attendait à entendre le jeune homme prendre la parole, et il fut tellement surpris de voir Maheu s'avancer, qu'il ne put s'empêcher d'ajouter encore :

— Comment! c'est vous, un bon ouvrier qui s'est toujours montré si raisonnable, un ancien de Montsou dont la famille travaille au fond depuis le premier coup de pioche!... Ah! c'est mal, ça me chagrine que vous soyez à la tête des mécontents!

Maheu écoutait, les yeux baissés. Puis, il commença, la voix hésitante et sourde d'abord.

— Monsieur le directeur, c'est justement parce que je suis un homme tranquille, auquel on n'a rien à reprocher, que les camarades m'ont choisi. Cela doit vous prouver qu'il ne s'agit pas d'une révolte de tapageurs, de mauvaises têtes cherchant à faire du désordre. Nous voulons seulement la justice, nous sommes las de crever de faim, et il nous semble qu'il serait temps de s'arranger, pour que nous ayons au moins du pain tous les jours.

Sa voix se raffermissait. Il leva les yeux, il continua, en regardant le directeur :

— Vous savez bien que nous ne pouvons accepter votre nouveau système... On nous accuse de mal boiser. C'est vrai, nous ne donnons pas à ce travail le temps nécessaire. Mais, si nous le donnions, notre journée se trouverait réduite encore, et comme elle n'arrive déjà pas à nous nourrir, ce serait donc la fin de tout, le coup de torchon qui nettoierait vos hommes. Payez-nous davantage, nous boiserons mieux, nous mettrons aux bois les heures voulues, au lieu de nous acharner à l'abatage, la seule besogne productive. Il n'y a pas d'autre arrangement possible, il faut que le travail soit payé pour être fait... Et qu'est-ce que vous avez inventé à la place? une chose qui ne peut pas nous entrer dans la tête, voyez-vous! Vous baissez le prix de la berline, puis vous prétendez compenser cette baisse en payant le boisage à part. Si cela était vrai, nous n'en serions pas moins volés, car le boisage nous prendrait toujours plus de temps.

Mais ce qui nous enrage, c'est que cela n'est pas même vrai : la Compagnie ne compense rien du tout, elle met simplement deux centimes par berline dans sa poche, voilà !

— Oui, oui, c'est la vérité, murmurèrent les autres délégués, en voyant M. Hennebeau faire un geste violent, comme pour interrompre.

Du reste, Maheu coupa la parole au directeur. Maintenant, il était lancé, les mots venaient tout seuls. Par moments, il s'écoutait avec surprise, comme si un étranger avait parlé en lui. C'étaient des choses amassées au fond de sa poitrine, des choses qu'il ne savait même pas là, et qui sortaient, dans un gonflement de son cœur. Il disait leur misère à tous, le travail dur, la vie de brute, la femme et les petits criant la faim à la maison. Il cita les dernières payes désastreuses, les quinzaines dérisoires, mangées par les amendes et les chômages, rapportées aux familles en larmes. Est-ce qu'on avait résolu de les détruire ?

— Alors monsieur le directeur, finit-il par conclure, nous sommes donc venus vous dire que, crever pour crever, nous préférons crever à ne rien faire. Ce sera de la fatigue de moins... Nous avons quitté les fosses, nous ne redescendrons que si la Compagnie accepte nos conditions. Elle veut baisser le prix de la berline, payer le boisage à part. Nous autres, nous voulons que les choses restent comme elles étaient, et nous voulons encore qu'on nous donne cinq centimes de plus par berline... Maintenant, c'est à vous de voir si vous êtes pour la justice et pour le travail.

Des voix, parmi les mineurs, s'élevèrent.

— C'est cela... Il a dit notre idée à tous... Nous ne demandons que la raison.

D'autres, sans parler, approuvaient d'un hochement de tête. La pièce luxueuse avait disparu, avec ses ors et ses broderies, son entassement mystérieux d'antiquailles ; et ils ne sentaient même plus le tapis, qu'ils écrasaient sous leurs chaussures lourdes.

— Laissez-moi donc répondre, finit par crier M. Hennebeau, qui se fâchait. Avant tout, il n'est pas vrai que la Compagnie gagne deux centimes par berline... Voyons les chiffres.

Une discussion confuse suivit. Le directeur, pour tâcher de les diviser, interpella Pierron, qui se déroba, en bégayant. Au contraire, Levaque était à la tête des plus agressifs, embrouillant les choses, affirmant des faits qu'il ignorait. Le gros murmure des voix s'étouffait sous les tentures, dans la chaleur de serre.

— Si vous causez tous à la fois, reprit M. Hennebeau, jamais nous ne nous entendrons.

Il avait retrouvé son calme, sa politesse rude, sans aigreur, de gérant qui a reçu une consigne et qui entend la faire respecter. Depuis les premiers mots, il ne quittait pas Étienne du regard, il manœuvrait pour le tirer du silence où le jeune homme se renfermait. Aussi, abandonnant la discussion des deux centimes, élargit-il brusquement la question.

— Non, avouez donc la vérité, vous obéissez à des excitations détestables. C'est une peste, maintenant, qui souffle sur tous les ouvriers et qui corrompt les meilleurs... Oh ! je n'ai besoin de la confession de personne, je vois bien qu'on vous a changés, vous si tranquilles autrefois. N'est-ce pas? on vous a promis plus de beurre que de pain, on vous a dit que votre tour était venu d'être les maîtres.. Enfin, on vous enrégimente dans cette fameuse Internationale, cette armée de brigands dont le rêve est la destruction de la société...

Étienne, alors, l'interrompit.

— Vous vous trompez, monsieur le directeur. Pas un charbonnier de Montsou n'a encore adhéré. Mais, si on les y pousse, toutes les fosses s'enrôleront. Ça dépend de la Compagnie.

Dès ce moment, la lutte continua entre M. Hennebeau et lui, comme si les autres mineurs n'avaient plus été là.

— La Compagnie est une providence pour ses hommes, vous avez tort de la menacer. Cette année, elle a dépensé trois cent mille francs à bâtir des corons, qui ne lui rapportent pas le deux pour cent, et je ne parle ni des pensions qu'elle sert, ni du charbon, ni des médicaments qu'elle donne... Vous qui paraissez intelligent, qui êtes devenu en peu de mois un de nos ouvriers les plus habiles, ne feriez-vous pas mieux de répandre ces vérités-là que de vous perdre, en fréquentant des gens de mauvaise réputation ? Oui, je veux parler de Rasseneur, dont nous avons dû nous séparer, afin de sauver nos fosses de la pourriture socialiste... On vous voit toujours chez lui, et c'est lui assurément qui vous a poussé à créer cette caisse de prévoyance, que nous tolérerions bien volontiers si elle était seulement une épargne, mais où nous sentons une arme contre nous, un fonds de réserve pour payer les frais de la guerre. Et, à ce propos, je dois ajouter que la Compagnie entend avoir un contrôle sur cette caisse.

Étienne le laissait aller, les yeux sur les siens, les lèvres agitées d'un petit battement nerveux. Il sourit à la dernière phrase, il répondit simplement :

— C'est donc une nouvelle exigence, car monsieur le directeur avait jusqu'ici négligé de réclamer ce contrôle... Notre désir, par malheur, est que la Compagnie s'occupe moins de nous, et qu'au lieu de jouer le rôle de providence, elle se montre tout bonnement juste en nous donnant ce qui nous revient, notre gain qu'elle se partage. Est-ce honnête, à chaque crise, de laisser mourir de faim les travailleurs, pour sauver les dividendes des actionnaires?... Monsieur le directeur aura beau dire, le nouveau système est une baisse de salaire déguisée, et c'est ce qui nous révolte, car si la Compagnie a des économies à faire, elle agit très mal en les réalisant uniquement sur l'ouvrier.

— Ah! nous y voilà! cria M. Hennebeau. Je l'attendais, cette accusation d'affamer le peuple et de vivre de sa sueur. Comment pouvez-vous dire des bêtises pareilles, vous qui devriez savoir les risques énormes que les capitaux courent dans l'industrie, dans les mines par exemple? Une fosse tout équipée,

LA VEUVE, OUTRÉE, NE DÉCOLÉRAIT PLUS. (Page 22¹.)

aujourd'hui, coûte de quinze cent mille francs à deux millions ; et que de peine avant de retirer un intérêt médiocre d'une telle somme engloutie ! Presque la moitié des sociétés minières, en France, font faillite... Du reste, c'est stupide d'accuser de cruauté celles qui réussissent. Quand leurs ouvriers souffrent, elles souffrent elles-mêmes. Croyez-vous que la Compagnie n'a pas autant à perdre que vous, dans la crise actuelle ? Elle n'est pas la maîtresse du salaire, elle obéit à la concurrence, sous peine de ruine. Prenez-vous-en aux faits, et non à elle... Mais vous ne voulez pas entendre, vous ne voulez pas comprendre !

— Si, dit le jeune homme, nous comprenons très bien qu'il n'y a pas d'amélioration possible pour nous, tant que les choses iront comme elles vont, et c'est même à cause de ça que les ouvriers finiront, un jour ou l'autre, par s'arranger de façon à ce qu'elles aillent autrement.

Cette parole, si modérée de forme, fut prononcée à demi-voix, avec une telle conviction, tremblante de menace, qu'il se fit un grand silence. Une gêne, un souffle de peur passa dans le recueillement du salon. Les autres délégués, qui comprenaient mal, sentaient pourtant que le camarade venait de réclamer leur part, au milieu de ce bien-être ; et ils recommençaient à jeter des regards obliques sur les tentures chaudes, sur les sièges confortables, sur tout ce luxe dont la moindre babiole aurait payé leur soupe pendant un mois.

Enfin, M. Hennebeau, qui était resté pensif, se leva, pour les congédier. Tous l'imitèrent. Étienne, légèrement, avait poussé le coude de Maheu ; et celui-ci reprit, la langue déjà empâtée et maladroite :

— Alors, monsieur, c'est tout ce que vous répondez... Nous allons dire aux autres que vous repoussez nos conditions.

— Moi, mon brave, s'écria le directeur, mais je ne repousse rien !... Je suis un salarié comme vous, je n'ai pas plus de volonté ici que le dernier de vos galibots. On me donne des ordres, et mon seul rôle est de veiller à leur bonne exécution. Je vous ai dit ce que j'ai cru devoir vous dire, mais je me garderais bien de décider... Vous m'apportez vos exigences, je les ferai connaître à la Régie, puis je vous transmettrai la réponse.

Il parlait de son air correct de haut fonctionnaire, évitant de se passionner dans les questions, d'une sécheresse courtoise de simple instrument d'autorité. Et les mineurs, maintenant, le regardaient avec défiance, se demandaient d'où il venait, quel intérêt il pouvait avoir à mentir, ce qu'il devait voler, en se mettant ainsi entre eux et les vrais patrons. Un intrigant peut-être, un homme qu'on payait comme un ouvrier, et qui vivait si bien !

Étienne osa de nouveau intervenir.

— Voyez donc, monsieur le directeur, comme il est regrettable que nous ne puissions plaider notre cause en personne. Nous expliquerions beaucoup de choses, nous trouverions des raisons qui vous échappent forcément... Si nous savions seulement où nous adresser.

M. Hennebeau ne se fâcha point. Il eut même un sourire.

— Ah! dame! cela se complique, du moment où vous n'avez pas confiance en moi... Il faut aller là-bas.

Les délégués avaient suivi son geste vague, sa main tendue vers une des fenêtres. Où était-ce, là-bas? Paris sans doute. Mais ils ne le savaient pas au juste, cela se reculait dans un lointain terrifiant, dans une contrée inaccessible et religieuse, où trônait le dieu inconnu, accroupi au fond de son tabernacle. Jamais ils ne le verraient, ils le sentaient seulement comme une force qui, de loin, pesait sur les dix mille charbonniers de Montsou. Et, quand le directeur parlait, c'était cette force qu'il avait derrière lui, cachée et rendant des oracles.

Un découragement les accabla, Étienne lui-même eut un haussement d'épaules, pour leur dire que le mieux était de s'en aller; tandis que M. Hennebeau tapait amicalement sur le bras de Maheu, en lui demandant des nouvelle de Jeanlin.

— En voilà une rude leçon cependant, et c'est vous qui défendez les mauvais boisages!... Vous réfléchirez, mes amis, vous comprendrez qu'une grève serait un désastre pour tout le monde. Avant une semaine, vous mourrez de faim comment ferez-vous?... Je compte sur votre sagesse d'ailleurs, et je suis convaincu que vous redescendrez lundi au plus tard.

Tous partaient, quittaient le salon dans un piétinement de troupeau, le dos arrondi, sans répondre un mot à cet espoir de soumission. Le directeur, qui les accompagnait, fut obligé de résumer l'entretien : la Compagnie d'un côté avec son nouveau tarif, les ouvriers de l'autre avec leur demande d'une augmentation de cinq centimes par berline. Pour ne leur laisser aucune illusion, il crut devoir les prévenir que leurs conditions seraient certainement repoussées par la Régie.

— Réfléchissez avant de faire des bêtises, répéta-t-il, inquiet de leur silence.

Dans le vestibule, Pierron salua très bas, pendant que Levaque affectait de remettre sa casquette. Maheu cherchait un mot pour partir, lorsque Étienne, de nouveau, le toucha du coude. Et tous s'en allèrent, au milieu de ce silence menaçant. La porte seule retomba, à grand bruit.

Lorsque M. Hennebeau rentra dans la salle à manger, il retrouva ses convives immobiles et muets, devant les liqueurs. En deux mots, il mit au courant Deneulin, dont le visage acheva de s'assombrir. Puis, tandis qu'il buvait son café froid, on tâcha de parler d'autre chose. Mais les Grégoire eux-mêmes revinrent à la grève, étonnés qu'il n'y eût pas des lois pour défendre aux ouvriers de quitter leur travail. Paul rassurait Cécile, affirmait qu'on attendait les gendarmes.

Enfin, madame Hennebeau appela le domestique.

— Hippolyte, avant que nous passions au salon, ouvrez les fenêtres et donnez de l'air.

Quinze jours s'étaient écoulés; et, le lundi de la troisième semaine, les feuilles de présence, envoyées à la Direction, indiquèrent une diminution nouvelle dans le nombre des ouvriers descendus. Ce matin-là, on comptait sur la reprise du travail; mais l'obstination de la Régie à ne pas céder exaspérait les mineurs. Le Voreux, Crèvecœur, Mirou, Madeleine n'étaient plus les seuls qui chômaient; à la Victoire et à Feutry-Cantel, la descente comptait à peine maintenant le quart des hommes; et Saint-Thomas lui-même se trouvait atteint. Peu à peu, la grève devenait générale.

Au Voreux, un lourd silence pesait sur le carreau. C'était l'usine morte, ce vide et cet abandon des grands chantiers, où dort le travail. Dans le ciel gris de décembre, le long des hautes passerelles, trois ou quatre berlines, oubliées avaient la tristesse muette des choses. En bas, entre les jambes maigres des tréteaux, le stock de charbon s'épuisait, laissant la terre nue et noire; tandis que la provision des bois pourrissait sous les averses. A l'embarcadère du canal, il était resté une péniche à moitié chargée, comme assoupie dans l'eau trouble; et, sur le terri désert, dont les sulfures décomposés fumaient malgré la pluie, une charette dressait mélancoliquement ses brancards. Mais les bâtiments surtout s'engourdissaient, le criblage aux persiennes closes, le beffroi où ne montaient plus les grondements de la recette, et la chambre refroidie des générateurs, et la cheminée géante trop large pour les rares fumées. On ne chauffait la machine d'extraction que le matin. Les palefreniers descendaient la nourriture des chevaux, les porions travaillaient seuls au fond, redevenus ouvriers, veillant aux désastres qui endommagent les voies, dès qu'on cesse de les entretenir, puis, à partir de neuf heures, le reste du service se faisait par les échelles. Et, au-dessus de cette mort des bâtiments, ensevelis dans leur drap de poussière noire, il n'y avait toujours que l'échappement de la pompe soufflant son haleine grosse et longue, le reste de vie de la fosse, que les eaux auraient détruite, si le souffle s'était arrêté.

En face, sur le plateau, le coron des Deux-Cent-Quarante, lui aussi, semblait mort. Le préfet de Lille était accouru, des gendarmes avaient battu les routes; mais, devant le calme des grévistes, préfet et gendarmes s'étaient décidés à rentrer chez eux. Jamais le coron n'avait donné un si bel exemple, dans la vaste plaine. Les hommes, pour éviter d'aller au cabaret, dormaient la journée entière; les femmes, en se rationnant de café, devenaient raisonnables, moins enragées de bavardages et de querelles; et jusqu'aux bandes d'enfants qui avaient l'air de comprendre, d'une telle sagesse, qu'elles couraient pieds nus et se giflaient sans bruit. C'était le mot d'ordre, répété, circulant de bouche en bouche : on voulait être sage.

Pourtant, un continuel va-et-vient emplissait de monde la maison des Maheu. Étienne, à titre de secrétaire, y avait partagé les trois mille francs de la caisse de prévoyance, entre les familles nécessiteuses; ensuite, de divers côtés, étaient arrivées quelques centaines de francs, produites par des souscriptions et des quêtes. Mais, aujourd'hui, toutes ressources s'épuisaient, les mineurs n'avaient plus d'argent pour soutenir la grève, et la faim était là, menaçante. Maigrat, après avoir promis un crédit d'une quinzaine, s'était brusquement ravisé au bout de huit jours, coupant les vivres. D'habitude, il prenait les ordres de la Compagnie; peut-être celle-ci désirait-elle en finir tout de suite, en affamant les corons. Il agissait d'ailleurs en tyran capricieux, donnait ou refusait du pain, suivant la figure de la fille que les parents envoyaient aux provisions; et il fermait surtout sa porte à la Maheude, plein de rancune, voulant la punir de ce qu'il n'avait pas eu Catherine. Pour comble de misère, il gelait très fort, les femmes voyaient diminuer leur tas de charbon, avec la pensée inquiète qu'on ne le renouvellerait plus aux fosses, tant que les hommes ne redescendraient pas. Ce n'était point assez de crever de faim, on allait aussi crever de froid.

Chez les Maheu, déjà tout manquait. Les Levaque mangeaient encore, sur une pièce de vingt francs prêtée par Bouteloup. Quant aux Pierron, ils avaient toujours de l'argent; mais, pour paraître aussi affamés que les autres, dans la crainte des emprunts, ils se fournissaient à crédit chez Maigrat, qui aurait jeté son magasin à la Pierronne, si elle avait tendu sa jupe. Dès le samedi, beaucoup de familles s'étaient couchées sans souper. Et, en face des jours terribles qui commençaient, pas une plainte ne se faisait entendre, tous obéissaient au mot d'ordre, avec un tranquille courage. C'était quand même une confiance absolue, une foi religieuse, le don aveugle d'une population de croyants. Puisqu'on leur avait promis l'ère de la justice, ils étaient prêts à souffrir pour la conquête du bonheur universel. La faim exaltait les têtes, jamais l'horizon fermé n'avait ouvert un au-delà plus large à ces hallucinés de la misère. Ils revoyaient là-bas, quand leurs yeux se troublaient de faiblesse, la cité idéale de leur rêve, mais prochaine à cette heure et comme réelle, avec son peuple de frères, son âge d'or, de travail et de repas en commun. Rien n'ébranlait la conviction qu'ils avaient d'y entrer enfin. La caisse s'était épuisée, la Compagnie ne céderait pas, chaque jour devait aggraver la situation, et ils gardaient leur espoir, et ils montraient le mépris souriant des faits. Si la terre craquait sous eux, un miracle les sauverait. Cette foi remplaçait le pain et chauffait le ventre. Lorsque les Maheu et les autres avaient digéré trop vite leur soupe d'eau claire, ils montaient ainsi dans un demi-vertige, l'extase d'une vie meilleure qui jetait les martyrs aux bêtes.

Désormais, Étienne était le chef incontesté. Dans les conversations du soir, il rendait des oracles, à mesure que l'étude l'affinait et le faisait trancher en toutes choses. Il passait les nuits à lire, il recevait un nombre plus grand de lettres ; même il s'était abonné au *Vengeur*, une feuille socialiste de Belgique, et ce journal, le premier qui entrait dans le coron, lui avait attiré, de la part des camarades, une considération extraordinaire. Sa popularité croissante le surexcitait chaque jour davantage. Tenir une correspondance étendue, discuter du sort des travailleurs aux quatre coins de la province, donner des consultations aux mineurs du Voreux, surtout devenir un centre, sentir le monde rouler autour de soi, c'était un continuel gonflement de vanité, pour lui, l'ancien mécanicien, le haveur aux mains grasses et noires. Il montait d'un échelon, il entrait dans cette bourgeoisie exécrée, avec des satisfactions d'intelligence et de bien-être, qu'il ne s'avouait pas. Un seul malaise lui restait, la conscience de son manque d'instruction, qui le rendait embarrassé et timide, dès qu'il se trouvait devant un monsieur en redingote. S'il continuait à s'instruire, dévorant tout, le manque de méthode rendait l'assimilation très lente, une telle confusion se produisait, qu'il finissait par savoir des choses qu'il n'avait pas comprises. Aussi, à certaines heures de bon sens, éprouvait-il une inquiétude sur sa mission, la peur de n'être point l'homme attendu. Peut-être aurait-il fallu un avocat, un savant capable de parler et d'agir, sans compromettre les camarades ? Mais une révolte le remettait bientôt d'aplomb. Non, non, pas d'avocats ! tous sont des canailles, ils profitent de leur science pour s'engraisser avec le peuple ! Ça tournerait comme ça tournerait, les ouvriers devaient faire leurs affaires entre eux. Et son rêve de chef populaire le berçait de nouveau : Montsou à ses pieds, Paris dans un lointain de brouillard, qui sait ? la députation un jour, la tribune d'une salle riche, où il se voyait foudroyant les bourgeois, du premier discours prononcé par un ouvrier dans un Parlement.

Depuis quelques jours, Étienne était perplexe. Pluchart écrivait lettre sur lettre, en offrant de se rendre à Montsou, pour chauffer le zèle des grévistes. Il s'agissait d'organiser une réunion privée, que le mécanicien présiderait ; et il y avait, sous ce projet, l'idée d'exploiter la grève, de gagner à l'Internationale les mineurs, qui, jusque-là, s'étaient montrés méfiants. Étienne redoutait du tapage, amis il aurait cependant laissé venir Pluchart, si Rasseneur n'avait blâmé violemment cette intervention. Malgré sa puissance, le jeune homme devait compter avec le cabaretier, dont les services étaient plus anciens, et qui gardait des fidèles parmi ses clients. Aussi hésitait-il encore, ne sachant que répondre.

Justement, le lundi, vers quatre heures, une nouvelle lettre arriva de Lille, comme Étienne se trouvait seul, avec la Maheude, dans la salle du bas. Maheu, énervé d'oisiveté, était parti à la pêche : s'il avait la chance de prendre un beau poisson, en dessous de l'écluse du canal, on le vendrait et on achèterait du pain. Le vieux Bonnemort et le petit Jeanlin venaient de filer, pour essayer leurs jambes remises à neuf ; tandis que les enfants étaient sortis avec Alzire, qui passait des heures sur le terri, à ramasser des escarbilles. Assise près du maigre feu, qu'on n'osait plus entretenir, la Maheude, dégrafée, un sein hors du corsage et tombant jusqu'au ventre, faisait téter Estelle.

Lorsque le jeune homme replia la lettre, elle l'interrogea.

— Est-ce de bonnes nouvelles? va-t-on nous envoyer de l'argent?

Il répondit non du geste, et elle continua :

— Cette semaine, je ne sais comment nous allons faire... Enfin, on tiendra tout de même. Quand on a le bon droit de son côté, n'est-ce pas ? ça vous donne du cœur, on finit toujours par être les plus forts.

A cette heure, elle était pour la grève, raisonnablement. Il aurait mieux valu forcer la Compagnie à être juste, sans quitter le travail. Mais, puisqu'on l'avait quitté, on devait ne pas le reprendre, avant d'obtenir justice. Là-dessus, elle se montrait d'une énergie intraitable. Plutôt crever que de paraître avoir eu tort, lorsqu'on avait raison!

— Ah! s'écria Étienne, s'il éclatait un bon choléra, qui nous débarrassât de tous ces exploiteurs de la Compagnie !

— Non, non, répondit-elle, il ne faut souhaiter la mort à personne. Ça ne nous avancerait guère, il en repousserait d'autres... Moi, je demande seulement que ceux-là reviennent à des idées plus sensées, et j'attends ça, car il y a des braves gens partout... Vous savez que je ne suis pas du tout pour votre politique.

En effet, elle blâmait d'habitude ses violences de paroles, elle le trouvait batailleur. Qu'on voulût se faire payer son travail ce qu'il valait, c'était bon ; mais pourquoi s'occuper d'un tas de choses, des bourgeois et du gouvernement? pourquoi se mêler des affaires des autres, où il n'y avait que de mauvais coups à attraper? Et elle lui gardait son estime, parce qu'il ne se grisait pas et qu'il lui payait régulièrement ses quarante-cinq francs de pension. Quand un homme avait de la conduite, on pouvait lui passer le reste.

Étienne, alors, parla de la République, qui donnerait du pain à tout le monde. Mais la Maheude secoua la tête, car elle se souvenait de 48, une année de chien, qui les avait laissés nus comme des vers, elle et son homme, dans les premiers temps de leur ménage. Elle s'oubliait à en conter les embêtements d'une voix morne, les yeux perdus, la gorge à l'air, tandis que sa fille Estelle, sans lâcher

SAISI DE PEUR, ÉTIENNE LE REGARDAIT. — (Page 230.)

le sein, s'endormait sur ses genoux. Et, absorbé lui aussi, Étienne regardait fixement ce sein énorme, dont la blancheur molle tranchait avec le teint massacré et jauni du visage.

— Pas un liard, murmurait-elle, rien à se mettre sous la dent, et toutes les fosses qui s'arrêtaient. Enfin, quoi ! la crevaison du pauvre monde, comme aujourd'hui !

Mais, à ce moment, la porte s'ouvrit, et ils restèrent muets de surprise devant Catherine qui entrait. Depuis sa fuite avec Chaval, elle n'avait plus reparu au coron. Son trouble était si grand, qu'elle ne referma pas la porte, tremblante et muette. Elle comptait trouver sa mère seule, la vue du jeune homme dérangeait la phrase préparée en route.

— Qu'est-ce que tu viens ficher ici ? cria la Maheude, sans même quitter sa chaise. Je ne veux plus de toi, va-t'en !

Alors, Catherine tâcha de rattraper des mots.

— Maman, c'est du café et du sucre... Oui, pour les enfants... J'ai fait des heures, j'ai songé à eux...

Elle tirait de ses poches une livre de café et une livre de sucre, qu'elle s'enhardit à poser sur la table. La grève du Voreux la tourmentait, tandis qu'elle travaillait à Jean-Bart, et elle n'avait trouvé que cette façon d'aider un peu ses parents, sous le prétexte de songer aux petits. Mais son bon cœur ne désarmait pas sa mère, qui répliqua :

— Au lieu de nous apporter des douceurs, tu aurais mieux fait de rester à nous gagner du pain.

Elle l'accabla, elle se soulagea, en lui jetant à la face tout ce qu'elle répétait contre elle, depuis un mois. Filer avec un homme, se coler à seize ans, lorsqu'on avait une famille dans le besoin ! Il fallait être la dernière des filles dénaturées. On pouvait pardonner une bêtise, mais une mère n'oubliait jamais un pareil tour. Et encore si on l'avait tenue à l'attache ! Pas du tout, elle était libre comme l'air, on lui demandait seulement de rentrer coucher.

— Dis ? qu'est-ce que tu as dans la peau, à ton âge ?

Catherine, immobile près de la table, écoutait, la tête basse. Un tressaillement agitait son maigre corps de fille tardive, et elle tâchait de répondre, en paroles entrecoupées.

— Oh ! s'il n'y avait que moi, pour ce que ça m'amuse !... C'est lui. Quand il veut, je suis bien forcée de vouloir, n'est-ce pas ? parce que, vois-tu, il est le plus fort... Est-ce qu'on sait comment les choses tournent ? Enfin, c'est fait, et ce n'est pas à défaire, car autant lui qu'un autre, maintenant. Faut bien qu'il m'épouse.

Elle se défendait sans révolte, avec la résignation passive des filles qui subissent le mâle de bonne heure. N'était-ce pas la loi commune ? Jamais elle n'avait rêvé autre chose, une violence derrière le terri, un enfant à seize ans, puis la misère dans le ménage, si son galant l'épousait. Et elle ne rougissait de honte, elle ne tremblait ainsi, que bouleversée d'être traitée en gueuse devant ce garçon, dont la présence l'oppressait et la désespérait.

Étienne, cependant, s'était levé, en affectant de secouer le feu à demi éteint, pour ne pas gêner l'explication. Mais leurs regards se rencontrèrent, il la trouvait pâle, éreintée, jolie quand même avec ses yeux si clairs, dans sa face qui se tannait ; et il éprouva un singulier sentiment, sa rancune était partie, il aurait simplement voulu qu'elle fût heureuse, chez cet homme qu'elle lui avait préféré. C'était un besoin de s'occuper d'elle encore, une envie d'aller à Montsou forcer l'autre à des égards. Mais elle ne vit que de la pitié dans cette tendresse qui s'offrait toujours, il devait la mépriser pour la dévisager de la sorte. Alors, son cœur se serra tellement, qu'elle étrangla, sans pouvoir bégayer d'autres paroles d'excuse.

— C'est ça, tu fais mieux de te taire, reprit la Maheude implacable. Si tu reviens pour rester, entre ; autrement, file tout de suite, et estime-toi heureuse que je sois embarrassée, car je t'aurais déjà fichu mon pied quelque part.

Comme si, brusquement, cette menace se réalisait, Catherine reçut dans le derrière, à toute volée, un coup de pied dont la violence l'étourdit de surprise et de douleur. C'était Chaval, entré d'un bond par la porte ouverte, qui lui allongeait une ruade de bête mauvaise. Depuis une minute, il la guettait du dehors.

— Ah ! salope, hurla-t-il, je t'ai suivie, je savais bien que tu revenais ici t'en faire foutre jusqu'au nez ! Et c'est toi qui le paies, hein ? Tu l'arroses de café avec mon argent !

La Maheude et Étienne, stupéfiés, ne bougeaient pas. D'un geste furibond, Chaval chassait Catherine vers la porte.

— Sortiras-tu, nom de Dieu !

Et, comme elle se réfugiait dans un angle, il retomba sur la mère.

— Un joli métier de garder la maison, pendant que ta putain de fille est là-haut, les jambes en l'air !

Enfin, il tenait le poignet de Catherine, il la secouait, la traînait dehors. A la porte, il se retourna de nouveau vers la Maheude, clouée sur sa chaise. Elle en avait oublié de rentrer son sein. Estelle s'était endormie, le nez glissé en avant, dans la jupe de laine ; et le sein énorme pendait, libre et nu, comme une mamelle de vache puissante.

— Quand la fille n'y est pas, c'est la mère qui se fait tamponner, cria Chaval. Va, montre-lui ta viande ! Il n'est pas dégoûté, ton salaud de logeur !

Du coup, Étienne voulut gifler le camarade. La peur d'ameuter le coron par une bataille l'avait retenu de lui arracher Catherine des mains. Mais, à son tour, une rage l'emportait, et les deux hommes se trouvèrent face à face, le sang dans les yeux. C'était une vieille haine, une jalousie longtemps inavouée, qui éclatait. Maintenant, il fallait que l'un des deux mangeât l'autre.

— Prends garde ! balbutia Étienne, les dents serrés. J'aurai ta peau,

— Essaye ! répondit Chaval.

Ils se regardèrent encore pendant quelques secondes, de si près, que leur souffle ardent brûlait leur visage. Et ce fut Catherine, suppliante, qui reprit la main de son amant pour l'entraîner. Elle le tirait hors du coron, elle fuyait, sans tourner la tête.

— Quelle brute ! murmura Étienne en fermant la porte violemment, agité d'une telle colère, qu'il dut se rasseoir.

En face de lui, la Maheude n'avait pas remué. Elle eut un grand geste, et un silence se fit, pénible et lourd des choses qu'ils ne disaient pas. Malgré son effort, il revenait quand même à sa gorge, à cette coulée de chair blanche, dont l'éclat maintenant le gênait. Sans doute, elle avait quarante ans et elle était déformée, comme une bonne femelle qui produisait trop ; mais beaucoup la désiraient encore, large, solide, avec sa grosse figure longue d'ancienne belle fille. Lentement, d'un air tranquille, elle avait pris à deux mains sa mamelle et la rentrait. Un coin rose s'obstinait, elle le renfonça du doigt, puis se boutonna, toute noire à présent, avachie dans son vieux caraco.

— C'est un cochon, dit-elle enfin. Il n'y a qu'un sale cochon pour avoir des idées si dégoûtantes... Moi, je m'en fiche ! Ça ne méritait pas de réponse.

Puis, d'une voix franche, elle ajouta, sans quitter le jeune homme du regard :

— J'ai mes défauts bien sûr, mais je n'ai pas celui-là... Il n'y a que deux hommes qui m'ont touchée, un herscheur autrefois, à quinze ans, et Maheu ensuite. S'il m'avait lâchée comme l'autre, dame ! je ne sais trop ce qu'il serait arrivé, et je ne suis pas plus fière pour m'être bien conduite avec lui depuis notre mariage, parce que, lorsqu'on n'a point fait le mal, c'est souvent que les occasions ont manqué... Seulement, je dis ce qui est, et je connais des voisines qui n'en pourraient dire autant, n'est-ce pas ?

— Ça, c'est bien vrai, répondit Étienne en se levant.

Et il sortit, pendant qu'elle se décidait à rallumer le feu, après avoir posé Estelle endormie sur deux chaises. Si le père attrapait et vendait un poisson, on ferait tout de même de la soupe.

Dehors, la nuit tombait déjà, une nuit glaciale, et la tête basse, Étienne marchait, pris d'une tristesse noire. Ce n'était plus de la colère contre l'homme, de la pitié pour la pauvre fille maltraitée. La scène brutale s'effaçait, se noyait, le rejetait à la souffrance de tous, aux abominations de la misère. Il revoyait le coron sans pain, ces femmes, ces petits qui ne mangeraient pas le soir, tout ce peuple luttant, le ventre vide. Et le doute dont il était effleuré parfois, s'éveillait en lui, dans la mélancolie affreuse du crépuscule, le torturait d'un malaise qu'il n'avait jamais ressenti si violent. De quelle terrible responsabilité il se chargeait ! Allait-il les pousser encore, les faire s'entêter à la résistance, maintenant qu'il n'y avait ni argent ni crédit ? et quel serait le dénouement, s'il n'arrivait

aucun secours, si la faim abattait les courages? Brusquement, il venait d'avoir
la vision du désastre : des enfants qui mouraient, des mères qui sanglotaient,
tandis que les hommes, haves et maigris, redescendaient dans les fosses. Il
marchait toujours, ses pieds buttaient sur les pierres, l'idée que la Compagnie
serait la plus forte et qu'il aurait fait le malheur des camarades, l'emplissait d'une
insupportable angoisse.

Lorsqu'il leva la tête, il vit qu'il était devant le Voreux. La masse sombre des
bâtiments s'alourdissait sous les ténèbres croissantes. Au milieu du carreau
désert, obstrué de grandes ombres immobiles, on eût dit un coin de forteresse
abandonnée. Dès que la machine d'extraction s'arrêtait, l'âme s'en allait des
murs. A cette heure de nuit, rien n'y vivait plus, pas une lanterne, pas une
voix; et l'échappement de la pompe lui-même n'était qu'un râle lointain, venu
on ne savait d'où, dans cet anéantissement de la fosse entière.

Étienne regardait, et le sang lui remontait au cœur. Si les ouvriers souffraient
la faim, la Compagnie entamait ses millions. Pourquoi serait-elle la plus forte,
dans cette guerre du travail contre l'argent? En tous cas, la victoire lui coûterait
cher. On compterait ses cadavres, ensuite. Il était repris d'une fureur de bataille,
du besoin farouche d'en finir avec la misère, même au prix de la mort. Autant
valait-il que le coron crevât d'un coup, si l'on devait continuer à crever en détail,
de famine et d'injustice. Des lectures mal digérées lui revenaient, des exemples
de peuples qui avaient incendié leurs villes pour arrêter l'ennemi, des histoires
vagues où les mères sauvaient les enfants de l'esclavage, en leur cassant la tête
sur le pavé, où les hommes se laissaient mourir d'inanition, plutôt que de
manger le pain des tyrans. Cela l'exaltait, une gaieté rouge se dégageait de sa
crise de noire tristesse, chassant le doute, lui faisant honte de cette lâcheté d'une
heure. Et, dans ce réveil de sa foi, des bouffées d'orgueil reparaissaient et l'emportaient plus haut, la joie d'être le chef, de se voir obéi jusqu'au sacrifice, le
rêve élargi de sa puissance, le soir du triomphe. Déjà, il imaginait une scène
d'une grandeur simple, son refus du pouvoir, l'autorité remise entre les mains
du peuple, quand il serait le maître.

Mais il s'éveilla, il tressaillit à la voix de Maheu qui lui contait sa chance,
une truite superbe pêchée et vendue trois francs. On aurait de la soupe. Alors,
il laissa le camarade retourner seul au coron, en lui disant qu'il le suivait; et il
entra s'attabler à l'Avantage, il attendit le départ d'un client pour avertir nettement Rasseneur qu'il allait écrire à Pluchart de venir tout de suite. Sa résolution
était prise, il voulait organiser une réunion privée, car la victoire lui semblait
certaine, si les charbonniers de Montsou adhéraient en masse à l'Internationale.

Ce fut au Bon-Joyeux, chez la veuve Désir, qu'on organisa la réunion privée, pour le jeudi, à deux heures. La veuve, outrée des misères qu'on faisait à ses enfants, les charbonniers, ne décolérait plus, depuis surtout que son cabaret se vidait. Jamais grève n'avait eu moins soif, les soulards s'enfermaient chez eux, par crainte de désobéir au mot d'ordre de sagesse. Aussi Montsou, qui grouillait de monde les jours de ducasse, allongeait-il sa large rue, muette et morne, d'un air de désolation. Plus de bière coulant des comptoirs et des ventres, les ruisseaux étaient secs. Sur le pavé, au débit Casimir et à l'estaminet du Progrès, on ne voyait que les faces pâles des cabaretières interrogeant la route; puis, dans Montsou même, toute la ligne s'étendait déserte, de l'estaminet Lenfant à l'estaminet Tison, en passant par l'estaminet Piquette et le débit de la Tête-Coupée; seul, l'estaminet Saint-Éloi, que des porions fréquentaient, versait encore quelques chopes; et la solitude gagnait jusqu'au Volcan, dont les dames chômaient, faute d'amateurs, bien qu'elles eussent baissé leur prix de dix sous à cinq sous, vu la rigueur des temps. C'était un vrai deuil qui crevait le cœur du pays entier.

— Nom de Dieu! s'é ait écriée la veuve Désir, en tapant des deux mains sur ses cuisses, c'est la faute aux gendarmes! Qu'ils me foutent en prison, s'ils veulent, mais il faut que je les embête!

Pour elle, toutes les autorités, tous les patrons, c'étaient des gendarmes, un terme de mépris général, dans lequel elle enveloppait les ennemis du peuple. Et elle avait accueilli avec transport la demande d'Étienne : sa maison entière appartenait aux mineurs, elle prêterait gratuitement la salle de bal, elle lancerait elle-même les invitations, puisque la loi l'exigeait. D'ailleurs, tant mieux, si la loi n'était pas contente! on verrait sa gueule. Dès le lendemain, le jeune homme lui apporta à signer une cinquantaine de lettres, qu'il avait fait copier par les voisins du coron sachant écrire, et l'on envoya ces lettres, dans les fosses, aux délégués et à des hommes dont on était sûr. L'ordre du jour avoué était de discuter la continuation de la grève ; mais, en réalité, on attendait Pluchart, on comptait sur un discours de lui, pour enlever l'adhésion en masse à l'Internationale.

Le jeudi matin, Étienne fut pris d'inquiétude, en ne voyant pas arriver son ancien contre-maître, qui avait promis par dépêche d'être là le mercredi soir. Que se passait-il donc ? Il était désolé de ne pouvoir s'entendre avec lui, avant la réunion. Dès neuf heures, il se rendit à Montsou, dans l'idée que le mécanicien y était peut-être allé tout droit, sans s'arrêter au Voreux.

— Non, je n'ai pas vu votre ami, répondit la veuve Désir. Mais tout est prêt, venez donc voir.

Elle le conduisit dans la salle de bal. La décoration en était restée la même, des guirlandes qui soutenaient, au plafond, une couronne de fleurs en papier peint, et des écussons de carton doré alignant des noms de saints et de saintes, le long des murs. Seulement, on avait remplacé la tribune des musiciens par une table et trois chaises, dans un angle; et, rangés de biais, des bancs garnissaient la salle.

— C'est parfait, déclara Étienne.

— Et, vous savez, reprit la veuve, vous êtes chez vous. Gueulez tant que ça vous plaira... Faudra que les gendarmes me passent sur le corps, s'ils viennent.

Malgré son inquiétude, il ne put s'empêcher de sourire en la regardant, tellement elle lui parut vaste, avec une paire de seins dont un seul réclamait un homme, pour être embrassé; ce qui faisait dire que, maintenant, sur les six galants de la semaine, elle en prenait deux chaque soir, à cause de la besogne.

Mais Étienne s'étonna de voir entrer Rasseneur et Souvarine; et, comme la veuve les laissait tous trois dans la grande salle vide, il s'écria :

— Tiens! c'est déjà vous!

Souvarine, qui avait travaillé la nuit au Voreux, les machineurs n'étant pas en grève, venait simplement par curiosité. Quant à Rasseneur, il semblait gêné depuis deux jours, sa grasse figure ronde avait perdu son rire débonnaire.

— Pluchart n'est pas arrivé, je suis très inquiet, ajouta Étienne.

Le cabaretier détourna les yeux et répondit entre ses dents :

— Ça ne m'étonne pas, je ne l'attends plus.

— Comment ?

Alors, il se décida, il regarda l'autre en face, et d'un air brave :

— C'est que, moi aussi, je lui ai envoyé une lettre, si tu veux que je te le dise : et, dans cette lettre, je l'ai supplié de ne pas venir... Oui, je trouve que nous devons faire nos affaires nous-mêmes, sans nous adresser aux étrangers.

Étienne, hors de lui, tremblant de colère, les yeux dans les yeux, du camarade, répétait en bégayant :

— Tu as fait ça! tu as fait ça!

D'UN GESTE, IL RÉCLAMA LE SILENCE (Page 236.)

— J'ai fait ça, parfaitement ! Et tu sais pourtant si j'ai confiance en Pluchart !
C'est un malin et un solide, on peut marcher avec lui... Mais, vois-tu, je me fous
de vos idées, moi ! La politique, le gouvernement, tout ça, je m'en fous ! Ce que
je désire, c'est que le mineur soit mieux traité. J'ai travaillé au fond pendant
vingt ans, j'y ai sué tellement de misère et de fatigue, que je me suis juré
d'obtenir des douceurs pour les pauvres bougres qui y sont encore ; et, je le sens
bien, vous n'obtiendrez rien du tout avec vos histoires, vous allez rendre le sort
de l'ouvrier encore plus misérable... Quand il sera forcé par la faim de redescendre, on le salera davantage, la Compagnie le payera à coups de trique, comme
un chien échappé qu'on fait rentrer à la niche... Voilà ce que je veux empêcher,
entends-tu !

Il haussait la voix, le ventre en avant, planté carrément sur ses grosses
jambes. Et toute sa nature d'homme raisonnable et patient se confessait en
phrases claires, qui coulaient abondantes, sans effort. Est-ce que ce n'était pas
stupide de croire qu'on pouvait d'un coup changer le monde, mettre les ouvriers,
à la place des patrons, partager l'argent comme on partage une pomme ? Il
faudrait des mille ans et des mille ans pour que ça se réalisât peut-être. Alors,
qu'on lui fichât la paix, avec les miracles ! Le parti le plus sage, quand on ne
voulait pas se casser le nez, c'était de marcher droit, d'exiger les réformes possibles, d'améliorer enfin le sort des travailleurs, dans toutes les occasions. Ainsi,
lui se faisait fort, s'il s'en occupait, d'amener la Compagnie à des conditions
meilleures ; au lieu que, va te faire fiche ! on y crèverait tous, en s'obstinant.

Étienne l'avait laissé parler, la parole coupée par l'indignation. Puis, il cria :
— Nom de Dieu ! tu n'as donc pas de sang dans les veines ?

Un instant, il l'aurait giflé ; et, pour résister à la tentation, il se lança dans la
salle à grands pas, il soulagea sa fureur sur les bancs, au travers desquels il s'ouvrait un passage.
— Fermez la porte au moins, fit remarquer Souvarine. On n'a pas besoin
d'entendre.

Après être allé lui-même la fermer, il s'assit tranquillement sur une des chaises
du bureau. Il avait roulé une cigarette, il regardait les deux de son œil doux et
fin, les lèvres pincées d'un mince sourire.
— Quand tu te fâcheras, ça n'avance à rien, reprit judicieusement Rasseneur.
Moi, j'ai cru d'abord que tu avais du bon sens. C'était très bien de recommander
le calme aux camarades, de les forcer à ne pas remuer de chez eux, d'user de
ton pouvoir enfin pour le maintien de l'ordre. Et, maintenant, voilà que tu vas
les jeter dans le gâchis !

A chacune de ses courses au milieu des bancs, Étienne revenait vers le cabaretier, le saisissait par les épaules, le secouait, en lui criant ses réponses dans
la face.
— Mais, tonnerre de Dieu ! je veux bien être calme. Oui, je leur ai imposé une

discipline! oui, je leur conseille encore de ne pas bouger! Seulement, il ne faut
pas qu'on se foute de nous, à la fin!... Tu es heureux de rester froid. Moi, il y a
des heures où je sens ma tête qui déménage.

C'était, de son côté, une confession. Il se raillait de ses illusions de néophyte,
de son rêve religieux d'une cité où la justice allait régner bientôt, entre les
hommes devenus frères. Un bon moyen vraiment, se croiser les bras et attendre,
si l'on voulait voir les hommes se manger entre eux jusqu'à la fin du monde,
comme des loups. Non! il fallait s'en mêler, autrement l'injustice serait éternelle,
toujours les riches suceraient le sang des pauvres. Aussi ne se pardonnait-il pas
la bêtise d'avoir dit autrefois qu'on devait bannir la politique de la question
sociale. Il ne savait rien alors, et depuis il avait lu, il avait étudié. Maintenant,
ses idées étaient mûres, il se vantait d'avoir un système. Pourtant, il l'expliquait
mal, en phrases dont la confusion gardait un peu de toutes les théories traversées
et successivement abandonnées. Au sommet, restait debout l'idée de Karl Marx :
le capital était le résultat de la spoliation, le travail avait le devoir et le droit de
reconquérir cette richesse volée. Dans la pratique, il s'était d'abord, avec
Proudhon, laissé prendre par la chimère du crédit mutuel, d'une vaste banque
d'échange, qui supprimait les intermédiaires ; puis, les sociétés coopératives de
Lasalle, dotées par l'État, transformant peu à peu la terre en une seule ville
industrielle, l'avaient passionné, jusqu'au jour où le dégoût lui en était venu,
devant la difficulté du contrôle ; et il en arrivait depuis peu au collectivisme ; et
demandait que tous les instruments du travail fussent rendus à la collectivité.
Mais cela demeurait vague, il ne savait comment réaliser ce nouveau rêve, em-
pêché encore par les scrupules de sa sensibilité et de sa raison, n'osant risquer
les affirmations absolues des sectaires. Il en était simplement à dire qu'il
s'agissait de s'emparer du gouvernement, avant tout. Ensuite, on verrait.

— Mais qu'est-ce qu'il te prend? pourquoi passes-tu aux bourgeois? continuat-
il avec violence, en revenant se planter devant le cabaretier. Toi-même, tu
le disais : il faut que ça pète !

Rasseneur rougit légèrement.

— Oui, je l'ai dit. Et si ça pète, tu verras que je ne suis pas plus lâche qu'un
autre... Seulement, je refuse d'être avec ceux qui augmentent le gâchis, pour
pêcher une position.

A son tour, Étienne fut pris de rougeur. Les deux hommes ne crièrent plus,
devenus aigres et mauvais, gagnés par le froid de leur rivalité. C'était, au fond,
ce qui outrait les systèmes, jetant l'un à une exagération révolutionnaire, poussant l'autre à une affectation de prudence, les emportant malgré eux au delà
de leurs idées vraies, dans ces fatalités des rôles qu'on ne choisit pas soi-même.
Et Souvarine, qui les écoutait, laissa voir, sur son visage de fille blonde, un mépris
silencieux, l'écrasant mépris de l'homme prêt à donner sa vie, obscurément,
sans même en tirer l'éclat du martyre.

— Alors, c'est pour moi que tu dis ça? demanda Étienne. Tu es jaloux?

— Jaloux de quoi? répondit Rasseneur. Je ne me pose pas en grand homme, je ne cherche pas à créer une section à Montsou, pour en devenir le secrétaire.

L'autre voulut l'interrompre, mais il ajouta :

— Sois donc franc! tu te fiches de l'Internationale, tu brûles seulement d'être à notre tête, de faire le monsieur en correspondant avec le fameux Consei! fédéral du Nord!

Un silence régna. Étienne, frémissant, reprit :

— C'est bon... Je croyais n'avoir rien à me reprocher. Toujours je te consultais, car je savais que tu avais combattu ici, longtemps avant moi. Mais puisque tu ne peux souffrir personne à ton côté, j'agirai désormais tout seul... Et, d'abord, je t'avertis que la réunion aura lieu, même si Pluchart ne vient pas, et que les camarades adhéreront malgré toi.

— Oh! adhérer, murmura le cabaretier, ce n'est pas fait... Il faudra les décider à payer la cotisation.

— Nullement. L'Internationnale accorde du temps aux ouvriers en grève. Nous payerons plus tard, et c'est elle qui, tout de suite, viendra à notre secours.

Rasseneur, du coup, s'emporta.

— Eh bien! nous allons voir... J'en suis, de ta réunion, et je parlerai. Oui, je ne te laisserai pas tourner la tête aux amis, je les éclairerai sur leurs intérêts véritables. Nous saurons lequel ils entendent suivre, de moi, qu'ils connaissent depuis trente ans, ou de toi, qui as tout bouleversé chez nous, en moins d'une année... Non! non! fous-moi la paix! c'est maintenant à qui écrasera l'autre!

Et il sortit, en faisant claquer la porte. Les guirlandes de fleurs tremblèrent au plafond, les écussons dorés sautèrent contre les murs. Puis, la grande salle retomba à sa paix lourde.

Souvarine fumait de son air doux, assis devant la table. Après avoir marché un instant en silence, Étienne se soulageait longuement. Était-ce sa faute, si on lâchait ce gros fainéant pour venir à lui? et il se défendait d'avoir recherché la popularité, il ne savait pas même comment tout cela s'était fait, la bonne amitié du coron, la confiance des mineurs, le pouvoir qu'il avait sur eux, à cette heure Il s'indignait qu'on l'accusât de vouloir pousser au gâchis par ambition, il tapait sur sa poitrine, en protestant de sa fraternité.

Brusquement, il s'arrêta devant Souvarine, il cria :

— Vois-tu, si je savais coûter une goutte de sang à un ami, je filerais tout de suite en Amérique!

Le machineur haussa les épaules, et un sourire amincit de nouveau ses lèvres.

— Oh! du sang, murmura-t-il, qu'est-ce que ça fait? la terre en a besoin.

Étienne, se calmant, prit une chaise et s'accouda de l'autre côté de la table. Cette face blonde, dont les yeux rêveurs s'ensauvageaient parfois d'une clarté rouge, l'inquiétait, exerçait sur sa volonté une action singulière. Sans que le camarade parlât, conquis par ce silence même, il se sentait absorbé peu à peu.

— Voyons, demanda-t-il, que ferais-tu à ma place? N'ai-je pas raison de vouloir agir?... Le mieux, n'est-ce pas? est de nous mettre de cette Association.

Souvarine, après avoir soufflé lentement un jet de fumée, répondit par son mot favori :

— Oui, des bêtises ! mais, en attendant, c'est toujours ça... D'ailleurs, leur Internationale va marcher bientôt. Il s'en occupe.

— Qui donc?

— Lui !

Il avait prononcé ce mot à demi-voix, d'un air de ferveur religieuse, en jetant un regard vers l'Orient. C'était du maître qu'il parlait, de Bakounine l'exterminateur.

— Lui seul peut donner le coup de massue, continua-t-il, tandis que tes savants sont des lâches, avec leur évolution... Avant trois ans, l'Internationale, sous ses ordres, doit écraser le vieux monde.

Étienne tendait les oreilles, très attentif. Il brûlait de s'instruire, de comprendre ce culte de la destruction, sur lequel le machineur ne lâchait que de rares paroles obscures, comme s'il en eût gardé pour lui les mystères.

— Mais enfin explique-moi... Quel est votre but?

— Tout détruire... Plus de nations, plus de gouvernements, plus de propriété, plus de Dieu ni de culte.

— J'entends bien. Seulement, à quoi ça vous mène-t-il?

— A la commune primitive et sans forme, à un monde nouveau, au recommencement de tout.

— Et les moyens d'exécution? comment comptez-vous vous y prendre?

— Par le feu, par le poison, par le poignard. Le brigand est le vrai héros, le vengeur populaire, le révolutionnaire en action, sans phrases puisées dans les livres. Il faut qu'une série d'effroyables attentats épouvantent les puissants et réveillent le peuple.

En parlant, Souvarine devenait terrible. Une extase le soulevait sur sa chaise, une flamme mystique sortait de ses yeux pâles, et ses mains délicates étreignaient le bord de la table, à la briser. Saisi de peur, l'autre le regardait, songeait aux histoires dont il avait reçu la vague confidence, des mines chargées sous les palais du tzar, des chefs de la police abattus à coups de couteau ainsi que des sangliers, une maîtresse à lui, la seule femme qu'il eût aimée, pendue à Moscou, un matin de pluie, pendant que, dans la foule, il la baisait des yeux, une dernière fois.

— Non! non! murmura Étienne, avec un grand geste qui écartait ces abominables visions, nous n'en sommes pas encore là, chez nous. L'assassinat, l'incendie, jamais! C'est monstrueux, c'est injuste, tous les camarades se lèveraient pour étrangler le coupable !

Et puis, il ne comprenait toujours pas, sa race se refusait au rêve sombre de cette extermination du monde, fauché comme un champ de seigle, à ras de terre. Ensuite, que ferait-on, comment repousseraient les peuples ? Il exigeait une réponse.

— Dis-moi ton programme. Nous voulons savoir où nous allons, nous autres.

Alors, Souvarine conclut paisiblement, avec son regard noyé et perdu :

— Tous les raisonnements sur l'avenir sont criminels, parce qu'ils empêchent la destruction pure et entravent la marche de la révolution.

Cela fit rire Étienne, malgré le froid que la réponse lui avait soufflé sur la chair. Du reste, il confessait volontiers qu'il y avait du bon dans ces idées, dont l'effrayante simplicité l'attirait. Seulement, ce serait donner la partie trop belle à Rasseneur, si l'on en contait de pareilles aux camarades. Il s'agissait d'être pratique.

La veuve Désir leur proposa de déjeuner. Ils acceptèrent, ils passèrent dans la salle du cabaret, qu'une cloison mobile séparait du bal, pendant la semaine. Lorsqu'ils eurent fini leur omelette et leur fromage, le machineur voulut partir ; et, comme l'autre le retenait :

— A quoi bon ? pour vous entendre dire des bêtises inutiles !... J'en ai assez vu. Bonsoir.

Il s'en alla de son air doux et obstiné, une cigarette aux lèvres.

L'inquiétude d'Étienne croissait. Il était une heure, décidément Pluchart lui manquait de parole. Vers une heure et demie, les délégués commencèrent à paraître, et il dut les recevoir, car il désirait veiller aux entrées, de peur que la Compagnie n'envoyât ses mouchards habituels. Il examinait chaque lettre d'invitation, dévisageait les gens ; beaucoup, d'ailleurs, pénétraient sans lettre, il suffisait qu'il les connût, pour qu'on leur ouvrît la porte. Comme deux heures sonnaient, il vit arriver Rasseneur, qui acheva sa pipe devant le comptoir, en causant, sans hâte. Ce calme goguenard acheva de l'énerver, d'autant plus que des farceurs étaient venus, simplement pour la rigolade, Zacharie, Mouquet, d'autres encore : ceux-là se fichaient de la grève, trouvaient drôle de ne rien faire ; et, attablés, dépensant leurs derniers deux sous à une chope, ils ricanaient, ils blaguaient les camarades, les convaincus, qui allaient avaler leur langue d'embêtement.

Un nouveau quart d'heure s'écoula. On s'impatientait dans la salle. Alors, Étienne, désespéré, eut un geste de résolution. Il se décidait à entrer, quand la veuve Désir, qui allongeait la tête au dehors, s'écria :

— Mais le voilà, votre monsieur !

C'était Pluchart, en effet. Il arrivait en voiture, traîné par un cheval poussif. Tout de suite, il sauta sur le pavé, mince, bellâtre, la tête carrée et trop grosse, ayant sous sa redingote de drap noir l'endimanchement d'un ouvrier cossu. Depuis cinq ans, il n'avait plus donné un coup de lime, et il se soignait, se peignait surtout avec correction, vaniteux de ses succès de tribune ; mais il gardait des raideurs de membres, les ongles de ses mains larges ne repoussaient pas, mangés par le fer. Très actif, il servait son ambition, en battant la province sans relâche, pour le placement de ses idées.

— Ah! ne m'en veuillez pas! dit-il, devançant les questions et les reproches. Hier, conférence à Preuilly le matin, réunion le soir à Valençay. Aujourd'hui, déjeuner à Marchiennes, avec Sauvagnat... Enfin, j'ai pu prendre une voiture. Je suis exténué, vous entendez ma voix. Mais ça ne fait rien, je parlerai tout de même,

Il était sur le seuil du Bon-Joyeux, lorsqu'il se ravisa.

— Sapristi! et les cartes que j'oublie! Nous serions propres !

Il revint à la voiture, que le cocher remisait, et il tira du coffre une petite caisse de bois noir, qu'il emporta sous son bras.

Étienne, rayonnant, marchait dans son ombre, tandis que Rasseneur, consterné, n'osait lui tendre la main. L'autre la lui serrait déjà, et il dit à peine un mot rapide de la lettre : quelle drôle d'idée ! pourquoi ne pas faire cette réunion? on devait toujours faire une réunoin, quand on le pouvait. La veuve Désir lui offrit de prendre quelque chose, mais il refusa. Inutile ! il parlait sans boire Seulement, il était pressé, parce que, le soir, il comptait pousser jusqu'à Joiselle, où il voulait s'entendre avec Legoueux. Tous alors entrèrent en paquet dans la salle de bal. Maheu et Levaque, qui arrivaient en retard, suivirent ces messieurs. Et la porte fut fermée à clef, pour être chez soi, ce qui fit ricaner plus haut les blagueurs, Zacharie ayant crié à Mouquet, qu'ils allaient peut-être bien foutre un enfant à eux tous, là dedans.

Une centaine de mineurs attendaient sur les banquettes, dans l'air enfermé de la salle, où les odeurs chaudees du dernier bal remontaient du parquet. Des chuchotements coururent, les têtes se tournèrent, pendant que les nouveaux venus s'asseyaient aux places vides. On regardait le monsieur de Lille, la redingote noire causait une surprise et un malaise.

Mais, immédiatement, sur la proposition d'Étienne, on constitua le bureau. Il lançait des noms, les autres approuvaient en levant la main. Pluchart fut nommé président, puis on désigna comme assesseurs Maheu et Étienne lui-même. Il y eut un remuement de chaises, le bureau s'installait; et l'on chercha un instant le président disparu derrière la table, sous laquelle il glissait la caisse, qu'il n'avait pas lâchée. Quand il reparut, il tapa légèrement du poing pour réclamer l'attention ; ensuite, il commença d'une voix enrouée :

— Citoyens...

Une petite porte s'ouvrit, il dut s'interrompre. C'était la veuve Désir, qui, faisant le tour par la cuisine, apportait six chopes sur un plateau.

— Ne vous dérangez pas, murmura-t-elle. Lorsqu'on parle, on a soif.

Maheu la débarrassa et Pluchart put continuer. Il se dit très touché du bon accueil des travaillleurs de Montsou, il s'excusa de son retard, en parlant de sa fatigue et de sa gorge malade. Puis, il donna la parole au citoyen Rasseneur, qui la demandait.

Déjà, Rasseneur se plantait à côté de la table, près des chopes. Une chaise

LES AUTRES, SUR LE TROTTOIR, LE TRAITÈRENT DE VENDU. — (Page 245.)

retournée lui servait de tribune. Il semblait très ému, il toussa avant de lancer
à pleine voix :

— Camarades...

Ce qui faisait son influence sur les ouvriers des fosses, c'était la facilité de sa
parole, la bonhomie avec laquelle il pouvait leur parler pendant des heures, sans
jamais se lasser. Il ne risquait aucun geste, restait lourd et souriant, les noyait,
les étourdissait jusqu'à ce que tous criassent : « Oui, oui, c'est bien vrai, tu as
raison ! » Pourtant, ce jour-là, dès les premiers mots, il avait senti une opposi-
tion sourde. Aussi avançait-il prudemment. Il ne discutait que la continuation de la
grève, il attendait d'être applaudi, avant de s'attaquer à l'Internationale. Certes,
l'honneur défendait de céder aux exigences de la Compagnie ; mais, que de
misères ! quel avenir terrible, s'il fallait s'obstiner longtemps encore ! Et, sans se
prononcer pour la soumission, il amollissait les courages, il montrait les corons
mourant de faim, il demandait sur quelles ressources comptaient les partisans de
la résistance. Trois ou quatre amis essayèrent de l'approuver, ce qui accentua le
silence froid du plus grand nombre, la désapprobation peu à peu irritée qui
accueillait ses phrases. Alors, désespérant de les reconquérir, la colère l'emporta,
il leur prédit des malheurs, s'ils se laissaient tourner la tête par des provocations
venues de l'étranger. Les deux tiers s'étaient levés, se fâchaient, voulaient l'empêcher d'en dire davantage, puisqu'il les insultait, en les traitant comme des
enfants incapables de se conduire. Et lui, buvant coup sur coup des gorgées de
bière, parlait quand même au milieu du tumulte, criait violemment qu'il n'était
pas né, bien sûr, le gaillard qui l'empêcherait de faire son devoir !

Pluchart était debout. Comme il n'avait pas de sonnette, il tapait du poing
sur la table, il répétait de sa voix étranglée :

— Citoyens... citoyens...

Enfin, il obtint un peu de calme, et la réunion, consultée, retira la parole à
Rasseneur. Les délégués qui avaient représenté les fosses, dans l'entrevue avec
le directeur, menaient les autres, tous enragés par la faim, travaillés d'idées
nouvelles. C'était un vote réglé à l'avance.

— Tu t'en fous, toi ! tu manges ! hurla Levaque, en montrant le poing à
Rasseneur.

Étienne s'était penché, derrière le dos du président, pour apaiser Maheu, très
rouge, mis hors de lui par ce discours d'hypocrite.

— Citoyens, dit Pluchart, permettez-moi de prendre la parole.

Un silence profond se fit. Il parla. Sa voix sortait pénible et rauque ; mais il
s'y était habitué, toujours en course, promenant sa laryngite avec son programme. Peu à peu, il l'enflait et en tirait des effets pathétiques. Les bras
ouverts, accompagnant les périodes d'un balancement d'épaules, il avait une
éloquence qui tenait du prône, une façon religieuse de laisser tomber la fin des
phrases, dont le ronflement monotone finissait par convaincre.

Et il plaça son discours sur la grandeur et les bienfaits de l'Internationale, celui qu'il déballait d'abord, dans les localités où il débutait. Il en expliqua le but, l'émancipation des travailleurs ; il en montra la structure grandiose, en bas la commune, plus haut la province, plus haut encore la nation, et tout au sommet l'humanité. Ses bras s'agitaient lentement, entassaient les étages, dressaient l'immense cathédrale du monde futur. Puis, c'était l'administration intérieure : il lut les statuts, parla des congrès, indiqua l'importance croissante de l'œuvre, l'élargissement du programme, qui, parti de la discussion des salaires, s'attaquait maintenant à la liquidation sociale, pour en finir avec le salariat. Plus de nationalités, les ouvriers du monde entier réunis dans un besoin commun de justice, balayant la pourriture bourgeoise, fondant enfin la société libre, où celui qui ne travaillerait pas, ne récolterait pas ! Il mugissait, son haleine effarait les fleurs de papier peint, sous le plafond enfumé, dont l'écrasement rabattait les éclats de sa voix.

Une houle agita les têtes. Quelques-uns crièrent :

— C'est ça !... Nous en sommes !

Lui, continuait. C'était la conquête du monde avant trois ans. Et il énumérait les peuples conquis. De tous côtés pleuvaient les adhésions. Jamais religion naissante n'avait fait tant de fidèles. Puis, quand on serait les maîtres, on dicterait des lois aux patrons, ils auraient à leur tour le poing sur la gorge.

— Oui ! oui !... C'est eux qui descendront !

D'un geste, il réclama le silence. Maintenant, il abordait la question des grèves. En principe, il les désapprouvait, elles étaient un moyen trop lent, qui aggravait plutôt les souffrances de l'ouvrier. Mais, en attendant mieux, quand elles devenaient inévitables, il fallait s'y résoudre, car elles avaient l'avantage de désorganiser le capital. Et, dans ce cas, il montrait l'Internationale comme une providence pour les grévistes, il citait des exemples : à Paris, lors de la grève des bronziers, les patrons avaient tout accordé d'un coup, pris de terreur à la nouvelle que l'Internationale envoyait des secours ; à Londres, elle avait sauvé les mineurs d'une houillère, en rapatriant à ses frais un convoi de Belges, appelés par le propriétaire de la mine. Il suffisait d'adhérer, les Compagnies tremblaient, les ouvriers entraient dans la grande armée des travailleurs, décidés à mourir les uns pour les autres, plutôt que de rester les esclaves de la société capitaliste.

Des applaudissements l'interrompirent. Il s'essuyait le front avec son mouchoir, tout en refusant une chope que Maheu lui passait. Quand il voulut reprendre, de nouveaux applaudissements lui coupèrent la parole.

— Ça y est ! dit-il rapidement à Étienne. Ils en ont assez... Vite ! les cartes !

Il avait plongé sous la table, il reparut avec la petite caisse de bois noir.

— Citoyens, cria-t-il, dominant le vacarme, voici les cartes de membres. Que vos délégués s'approchent, je les leur remettrai, et ils les distribueront... Plus tard, on réglera tout.

Rasseneur s'élança, protesta encore. De son côté, Étienne s'agitait, ayant à prononcer un discours. Une confusion extrème s'ensuivit. Levaque lançait les poings en avant, comme pour se battre. Debout, Maheu parlait, sans qu'on pût distinguer un seul mot. Dans ce redoublement de tumulte, une poussière montait du parquet, la poussière volante des anciens bals, empoisonnant l'air de l'odeur forte des herscheuses et des galibots.

Brusquement, la petite porte s'ouvrit, la veuve Désir l'emplit de son ventre et de sa gorge, en disant d'une voix tonnante :

— Taisez-vous donc, nom de Dieu !... V'là les gendarmes !

C'était le commissaire de l'arrondissement qui arrivait, un peu tard, pour dresser procès-verbal et dissoudre la réunion. Quatre gendarmes l'accompagnaient. Depuis cinq minutes, la veuve les amusait à la porte, en répondant qu'elle était chez elle, qu'on avait bien le droit de réunir des amis. Mais on l'avait bousculée, et elle accourait prévenir ses enfants.

— Faut filer par ici, reprit-elle. Il y a un sale gendarme qui garde la cour. Ça ne fait rien, mon petit bûcher ouvre sur la ruelle... Dépêchez-vous donc !

Déjà, le commissaire frappait à coups de poing ; et, comme on n'ouvrait pas, il menaçait d'enfoncer la porte. Un mouchard avait dû parler, car il criait que la réunion était illégale, un grand nombre de mineurs se trouvant là sans lettre d'invitation.

Dans la salle, le trouble augmentait. On ne pouvait se sauver ainsi, on n'avait pas même voté, ni pour l'adhésion, ni pour la continuation de la grève. Tous s'entêtaient à parler à la fois. Enfin, le président eut l'idée d'un vote par acclamation. Des bras se levèrent, les délégués déclarèrent en hâte qu'ils adhéraient au nom des camarades absents. Et ce fut ainsi que les dix mille charbonniers de Montsou devinrent membres de l'Internationale.

Cependant, la débandade commençait. Protégeant la retraite, la veuve Désir était allée s'accoter contre la porte, que les crosses des gendarmes ébranlaient dans son dos. Les mineurs enjambaient les bancs, s'échappaient à la file, par la cuisine et le bûcher. Rasseneur disparut un des premiers, et Levaque le suivit, oublieux de ses injures, rêvant de se faire offrir une chope, pour se remettre. Étienne, après s'être emparé de la petite caisse, attendait avec Pluchart et Maheu, qui tenaient à honneur de sortir les derniers. Comme ils partaient, la serrure sauta, le commissaire se trouva en présence de la veuve, dont la gorge et le ventre faisaient encore barricade.

— Ça vous avance à grand'chose, de tout casser chez moi ! dit-elle. Vous voyez bien qu'il n'y a personne.

Le commissaire, un homme lent, que les drames ennuyaient, menaça simplement de la conduire en prison. Et il s'en alla pour verbaliser, il rammena ses quatre gendarmes, sous les ricanements de Zacharie et de Mouquet, qui, pris d'admiration devant la bonne blague des camarades, se fichaient de la force armée.

Dehors, dans la ruelle, Étienne, embarrassé de la caisse, galopa, suivi des autres. L'idée brusque de Pierron lui vint, il demanda pourquoi on ne l'avait pas vu, et Maheu, tout en courant, répondit qu'il était malade; une maladie complaisante, la peur de se compromettre. On voulait retenir Pluchart; mais, sans s'arrêter, il déclara qu'il repartait à l'instant pour Joiselle, où Legoujeux attendait des ordres. Alors, on lui cria bon voyage, on ne ralentit pas la course, les talons en l'air, tous lancés au travers de Montsou. Des mots s'échangeaient, entrecoupés par le halètement des poitrines. Étienne et Maheu riaient de confiance, certains désormais du triomphe : lorsque l'Internationale aurait envoyé des secours, ce serait la Compagnie qui les supplierait de reprendre le travail. Et, dans cet élan d'espoir, dans ce galop de gros souliers sonnant sur le pavé des routes, il y avait autre chose encore, quelque chose d'assombri et de farouche, une violence dont le vent allait enfiévrer les corons, aux quatre coins du pays.

Une autre quinaine s'écoulait. On était aux premiers jours de janvier, par des brumes froides qui engourdissaient l'immense plaine. Et la misère avait empiré encore, les corons agonisaient d'heure en heure, sous la disette croissante. Quatre mille francs, envoyés de Londres, par l'Internationale, n'avaient pas donné trois jours de pain. Puis, rien n'était venu. Cette grande espérance morte abattait les courages. Sur qui compter maintenant, puisque leurs frères eux-mêmes les abandonnaient ? Ils se sentaient perdus au milieu du gros hiver, isolés du monde.

Le mardi, toute ressource manqua, au coron des Deux-Cent-Quarante. Étienne s'était multiplié avec les délégués : on ouvrait des souscriptions nouvelles, dans les villes voisines, et jusqu'à Paris ; on faisait des quêtes, on organisait des conférences. Ces efforts n'aboutissaient guère ; l'opinion, qui s'était émue d'abord, devenait indifférente, depuis que la grève s'éternisait, très calme, sans drames passionnants. A peine de maigres aumônes suffisaient-elles à soutenir les familles les plus pauvres. Les autres vivaient en engageant les nippes, en vendant pièce à pièce le ménage. Tout filait chez les brocanteurs, la laine des matelas, les ustensiles de cuisine, des meubles mêmes. Un instant, on s'était cru sauvé, les petits détaillants de Montsou, tués par Maigrat, avaient offert des crédits pour tâcher de lui reprendre la clientèle ; et, durant une semaine, Verdonck l'épicier, les deux boulangers Carouble et Smelten, tinrent en effet boutique ouverte ; mais leurs avances s'épuisaient, les trois s'arrêtèrent. Des huissiers s'en réjouirent, il n'en résultait qu'un écrasement de dettes, qui devait peser longtemps sur les mineurs. Plus de crédit nulle part, plus une vieille casserole à vendre, on pouvait se coucher dans un coin et crever comme des chiens galeux.

Étienne aurait vendu sa chair. Il avait abandonné ses appointements, il était allé à Marchiennes engager son pantalon et sa redingote de drap, heureux de

faire bouillir encore la marmite des Maheu. Seules, les bottes lui restaient, il les
gardait pour avoir les pieds solides, disait-il. Son désespoir était que la grève
se fût produite trop tôt, lorsque la caisse de prévoyance n'avait pas eu le temps
de s'emplir. Il y voyait la cause unique du désastre, car les ouvriers triom-
pheraient sûrement des patrons, le jour où ils trouveraient dans l'épargne
l'argent nécessaire à la résistance. Et il se rappelait les paroles de Souvarine,
accusant la Compagnie de pousser à la grève, pour détruire les premiers fonds
de la caisse.

La vue du coron, de ces pauvres gens sans pain et sans feu, le bouleversait.
Il préférait sortir, se fatiguer en promenades lointaines. Un soir, comme il
rentrait et qu'il passait près de Réquillart, il avait aperçu, au bord de la route,
une vieille femme évanouie. Sans doute, elle se mourait d'inanition; et, après
l'avoir relevée, il s'était mis à héler une fille, qu'il voyait de l'autre côté de la
palissade.

— Tiens ! c'est toi, dit-il en reconnaissant la Mouquette. Aide-moi donc, il
faudrait lui faire boire quelque chose.

La Mouquette, apitoyée aux larmes, rentra vivement chez elle, dans la masure
branlante que son père s'était ménagée au milieu des décombres. Et elle en
ressortit aussitôt avec du genièvre et un pain. Le genièvre ressuscita la vieille,
qui, sans parler, mordit au pain, goulument. C'était la mère d'un mineur, elle
habitait un coron, du côté de Cougny, et elle était tombée là, en revenant de
Joiselle, où elle avait tenté vainement d'emprunter dix sous à une sœur.
Lorsqu'elle eut mangé, elle s'en alla, étourdie.

Étienne était resté dans le champ vague de Réquillart, dont les hangars
écroulés disparaissaient sous les ronces.

— Eh bien ! tu n'entres pas boire un petit verre? lui demanda la Mouquette
gaiement.

Et, comme il hésitait.

— Alors, tu as toujours peur de moi ?

Il la suivit, gagné par son rire. Ce pain qu'elle avait donné de si grand cœur,
l'attendrissait. Elle ne voulut pas le recevoir dans la chambre du père, elle l'emmena dans sa chambre à elle, où elle versa tout de suite deux petits verres de
genièvre. Cette chambre était très propre, il lui en fit compliment. D'ailleurs, la
famille ne semblait manquer de rien : le père continuait son service de palefrenier, au Voreux; et elle, histoire de ne pas vivre les bras croisés, s'était mise
blanchisseuse, ce qui lui rapportait trente sous par jour. On a beau rigoler avec
les hommes, on n'en est pas plus fainéante pour ça.

— Dis? murmura-t-elle tout d'un coup, en venant le prendre gentiment par la
taille, pourquoi ne veux-tu pas m'aimer?

Il ne put s'empêcher de rire, lui aussi, tellement elle avait lancé ça d'un
air mignon.

UN MONSIEUR A CHEVAL DÉBOUCHA. — (Page 253.)

— Mais je t'aime bien, répondit-il.

— Non, non, pas comme je veux... Tu sais que j'en meurs d'envie. Dis? ça me ferait tant plaisir!

C'était vrai, elle le lui demandait depuis six mois. Il la regardait toujours, se collant à lui, l'étreignant de ses deux bras frissonnants, la face levée dans une telle supplication d'amour, qu'il en était très touché. Sa grosse figure ronde n'avait rien de beau, avec son teint jauni, mangé par le charbon; mais ses yeux luisaient d'une flamme, il lui sortait de la peau un charme, un tremblement de désir, qui la rendait rose et toute jeune. Alors, devant ce don si humble, si ardent, il n'osa plus refuser.

— Oh! tu veux bien, balbutia-t-elle, ravie, oh! tu veux bien!

Et elle se livra dans une maladresse et un évanouissement de vierge, comme si c'était la première fois, et qu'elle n'eût jamais connu d'homme. Puis, quand il la quitta, ce fut elle qui déborda de reconnaissance : elle lui disait merci, elle lui baisait les mains

Étienne demeura un peu honteux de cette bonne fortune. On ne se vantait pas d'avoir eu la Mouquette. En s'en allant, il se jura de ne point recommencer. Et il lui gardait un souvenir amical pourtant, elle était une brave fille.

Quand il rentra au coron, d'ailleurs, des choses graves qu'il apprit, lui firent oublier l'aventure. Le bruit courait que la Compagnie consentirait peut-être à une concession, si les délégués tentaient une nouvelle démarche près du directeur. Du moins, des porions avaient répandu ce bruit. La vérité était que, dans la lutte engagée, la mine souffrait plus encore que les mineurs. Des deux côtés, l'obstination entassait des ruines : tandis que le travail crevait de faim, le capital se détruisait. Chaque jour de chômage emportait des centaines de mille francs. Toute machine qui s'arrête, est une machine morte. L'outillage et le matériel s'altéraient, l'argent immobilisé fondait, comme une eau bue par du sable. Depuis que le faible stock de houille s'épuisait sur le carreau des fosses, la clientèle parlait de s'adresser en Belgique; et il y avait là, pour l'avenir, une menace. Mais ce qui effrayait surtout la Compagnie, ce qu'elle cachait avec soin, c'étaient les dégâts croissants, dans les galeries et les tailles. Les porions ne suffisaient pas au raccommodage, les bois cassaient de toutes parts, des éboulements se produisaient à chaque heure. Bientôt, les désastres étaient devenus tels, qu'ils devaient nécessiter de longs mois de réparation, avant que l'abatage pût être repris. Déjà, des histoires couraient la contrée : à Crèvecœur, trois cents mètres de voie s'étaient effondrés d'un bloc, bouchant l'accès de la veine Cinq-Paumes; à Madeleine, la veine Mougrétout s'émiettait et s'emplissait d'eau. La Direction refusait d'en convenir, lorsque, brusquement, deux accidents, l'un sur l'autre, l'avaient forcée d'avouer. Un matin, près de la Piolaine, on trouva le sol fendu au-dessus de la galerie nord de Mirou, éboulée de la veille; et, le lendemain, ce fut un affaissement intérieur du Voreux qui ébranla tout un coin de faubourg, au point que deux maisons faillirent disparaître.

Étienne et les délégués hésitaient à risquer une démarche, sans connaître les intentions de la Régie. Dansaert, qu'ils interrogèrent, évita de répondre ; certainement, on déplorait le malentendu, on ferait tout au monde afin d'amener une entente ; mais il ne précisait pas. Ils finirent par décider qu'ils se rendraient près de M. Hennebeau, pour mettre la raison de leur côté ; car ils ne voulaient pas qu'on les accusât plus tard d'avoir refusé à la Compagnie une occasion de reconnaître ses torts. Seulement, ils jurèrent de ne céder sur rien, de maintenir quand même leurs conditions, qui étaient les seules justes.

L'entrevue eut lieu le mardi matin, le jour où le coron tombait à la misère noire. Elle fut moins cordiale que la première. Maheu parla encore, expliqua que les camarades envoyaient demander si ces messieurs n'avaient rien de nouveau à leur dire. D'abord, M. Hennebeau affecta la surprise : aucun ordre ne lui était parvenu, les choses ne pouvaient changer, tant que les mineurs s'entêteraient dans leur révolte détestable ; et cette raideur autoritaire produisit l'effet le plus fâcheux, à tel point que, si les délégués s'étaient dérangés avec des intentions conciliantes, la façon dont on les recevait, aurait suffi à les faire s'obstiner davantage. Ensuite, le directeur voulut bien chercher un terrain de concessions mutuelles : ainsi, les ouvriers accepteraient le payement du boisage à part, tandis que la Compagnie hausserait ce payement des deux centimes dont on l'accusait de profiter. Du reste, il ajoutait qu'il prenait l'offre sur lui, que rien n'était résolu, qu'il se flattait pourtant d'obtenir à Paris cette concession. Mais les délégués refusèrent et répétèrent leurs exigences : le maintien de l'ancien système, avec une hausse de cinq centimes par berline. Alors, il avoua qu'il pouvait traiter tout de suite, il les pressa d'accepter, au nom de leurs femmes et de leurs petits mourant de faim. Et, les yeux à terre, le crâne dur, ils dirent non, toujours non, d'un branle farouche. On se sépara brutalement. M. Hennebeau faisait claquer les portes. Étienne, Maheu et les autres s'en allaient, tapant leurs gros talons sur le pavé, dans la rage muette des vaincus poussés à bout.

Vers deux heures, les femmes du coron tentèrent, de leur côté, une démarche près de Maigrat. Il n'y avait plus que cet espoir, fléchir cet homme, lui arracher une nouvelle semaine de crédit. C'était une idée de la Maheude, qui comptait souvent trop sur le bon cœur des gens. Elle décida la Brûlé et la Levaque à l'accompagner ; quant à la Pierronne, elle s'excusa, elle raconta qu'elle ne pouvait quitter Pierron, dont la maladie n'en finissait pas de guérir. D'autres femmes se joignirent à la bande, elles étaient bien une vingtaine. Lorsque les bourgeois de Montsou les virent arriver, tenant la largeur de la route, sombres et misérables, ils hochèrent la tête d'inquiétude. Des portes se fermèrent, une dame cacha son argenterie. On les rencontrait ainsi pour la première fois, et rien n'était d'un plus mauvais signe : d'ordinaire, tout se gâtait, quand les femmes battaient ainsi les chemins. Chez Maigrat, il y eut une scène violente. D'abord, il les avait fait entrer, ricanant, feignant de croire qu'elles venaient payer leurs dettes : ça, c'était gentil, de s'être entendu, pour apporter l'argent d'un coup. Puis, dès que la Maheude eut pris la parole, il affecta de s'emporter. Est-ce qu'elles se fichaient du monde? Encore du crédit, elles rêvaient donc de le mettre sur la paille? Non, plus une pomme de terre, plus une miette de pain! Et il les envoyait à l'épicier Verdonck, aux boulangers Carouble et Smelten, puisqu'elles se servaient chez eux, maintenant. Les femmes l'écoutaient d'un air d'humilité peureuse, s'excusaient, guettaient dans ses yeux s'il se laissait attendrir. Il recommença à dire des farces, il offrit sa boutique à la Brûlé, si elle le prenait pour galant. Une telle lâcheté les tenait toutes, qu'elles en rirent; et la Levaque renchérit, déclara qu'elle voulait bien, elle. Mais il fut aussitôt grossier, il les poussa vers la porte. Comme elles insistaient, suppliantes, il en brutalisa une. Les autres, sur le trottoir, le traitèrent de vendu, tandis que la Maheude, les deux bras en l'air, dans un élan d'indignation vengeresse, appelait la mort en criant qu'un homme pareil ne méritait pas de manger.

Le retour au coron fut lugubre. Quand les femmes rentrèrent les mains vides, les hommes les regardèrent, puis baissèrent la tête. C'était fini, la journée s'achèverait sans une cuillerée de soupe ; et les autres journées s'étendaient dans une ombre glacée, où ne luisait pas un espoir. Ils avaient voulu cela, aucun ne parlait de se rendre. Cet excès de misère les faisait s'entêter davantage, muets, comme des bêtes traquées, résolues à mourir au fond de leur trou, plutôt que d'en sortir. Qui aurait osé parler le premier de soumission? on avait juré avec les camarades de tenir tous ensemble, et tous tiendraient, ainsi qu'on tenait à la fosse quand il y en avait un sous un éboulement. Ça se devait, ils étaient là-bas à une bonne école pour savoir se résigner; on pouvait se serrer le ventre pendant huit jours, lorsqu'on avalait le feu et l'eau depuis l'âge de douze ans; et leur dévouement se doublait ainsi d'un orgueil de soldats, d'hommes fiers de leur métier ayant pris, dans leur lutte quotidienne contre la mort, une vantardise du sacrifice.

Chez les Maheu, la soirée fut affreuse. Tous se taisaient, assis devant le feu mourant, où fumait la dernière pâtée d'escaillage. Après avoir vidé les matelas poignée à poignée, on s'était décidé l'avant-veille à vendre pour trois francs le coucou; et la pièce semblait nue et morte, depuis que le tictac familier ne l'emplissait plus de son bruit. Maintenant, au milieu du buffet, il ne restait d'autre luxe que la boîte de carton rose, un ancien cadeau de Maheu, auquel la Maheude tenait comme à un bijou. Les deux bonnes chaises étaient parties, le père Bonnemort et les enfants se serraient sur un vieux banc moussu, rentré du jardin. Et le crépuscule livide qui tombait, semblait augmenter le froid.

— Quoi faire? répéta la Maheude, accroupie au coin du fourneau.

Étienne, debout, regardait les portraits de l'empereur et de l'impératrice, collés contre le mur. Il les en aurait arrachés depuis longtemps, sans la famille qui les défendait, pour l'ornement. Aussi murmura-t-il, les dents serrées:

— Et dire qu'on n'aurait pas deux sous de ces jeansfoutre qui nous regardent crever!

— Si je portais la boîte? reprit la femme toute pâle après une hésitation.

Maheu, assis au bord de la table, les jambes pendantes et la tête sur la poitrine, s'était redressé.

— Non, je ne veux pas!

Péniblement, la Maheude se leva et fit le tour de la pièce. Était-ce Dieu possible, d'en être réduit à cette misère! le buffet sans une miette, plus rien à vendre, pas même une idée pour avoir un pain! Et le feu qui allait s'éteindre! Elle s'emporta contre Alzire qu'elle avait envoyée le matin aux escarbilles, sur le terri; et qui était revenue les mains vides, en disant que la Compagnie défendait la glane. Est-ce qu'on ne s'en foutait pas, de la Compagnie? comme si l'on volait quelqu'un, à ramasser les brins de charbon perdus! La petite, désespérée, racontait qu'un homme l'avait menacée d'une gifle; puis, elle promit d'y retourner, le lendemain, et de se laisser battre.

— Et ce bougre de Jeanlin? cria la mère, où est-il encore, je vous le demande?... Il devait apporter de la salade: on en aurait brouté comme des bêtes, au moins Vous verrez qu'il ne rentrera pas. Hier déjà, il a découché. Je ne sais ce qu'il trafique, mais la rosse a toujours l'air d'avoir le ventre plein.

— Peut-être, dit Étienne, ramasse-t-il des sous sur la route.

Du coup, elle brandit les deux poings, hors d'elle.

— Si je savais ça!... Mes enfants mendier! J'aimerais mieux les tuer et me tuer ensuite.

Maheu, de nouveau, s'était affaissé, au bord de la table. Lénore et Henri, étonnés qu'on ne mangeât pas, commençaient à geindre, tandis que le vieux Bonnemort, silencieux, roulait philosophiquement la langue dans sa bouche, pour tromper sa faim. Personne ne parla plus, tous s'engourdissaient sous cette aggravation de leurs maux, le grand-père toussant, crachant noir, repris de rhumatismes qui se tournaient en hydropisie, le père asthmatique, les genoux enflés d'eau, la mère et les petits travaillés de la scrofule et de l'anémie héréditaires. Sans doute, le métier voulait ça; on ne s'en plaignait que lorsque le manque de nourriture achevait le monde; et déjà l'on tombait comme des mouches, dans le coron. Il fallait pourtant trouver à souper. Quoi faire, où aller, mon Dieu?

Alors, dans le crépuscule dont la morne tristesse assombrissait de plus en plus la pièce, Étienne, qui hésitait depuis un instant, se décida, le cœur crevé.

— Attendez-moi, dit-il. Je vais voir quelque part.

Et il sortit. L'idée de la Mouquette lui était venue. Elle devait bien avoir un pain et elle le donnerait volontiers. Cela le fâchait, d'être ainsi forcé de retourner à Réquillart: cette fille lui baiserait les mains, de son air de servante amoureuse; mais on ne lâchait pas des amis dans la peine, il serait encore gentil avec elle, s'il le fallait.

Moi aussi, je vais voir, dit à son tour la Maheude. C'est trop bête.

Elle rouvrit la porte derrière le jeune homme et la rejeta violemment, laissant les autres immobiles et muets, dans la maigre clarté d'un bout de chandelle qu'Alzire venait d'allumer. Dehors, une courte réflexion l'arrêta. Puis, elle entra chez les Levaque.

— Dis donc, je t'ai prêté un pain, l'autre jour. Si tu me le rendais.

Mais elle s'interrompit, ce qu'elle voyait n'était guère encourageant ; et la maison sentait la misère plus que la sienne.

La Levaque, les yeux fixes, regardait son feu éteint, tandis que Levaque, soûlé par des cloutiers, l'estomac vide, dormait sur la table. Adossé au mur, Bouteloup frottait machinalement ses épaules, avec l'ahurissement d'un bon diable, dont on a mangé les économies, et qui s'étonne d'avoir à se serrer le ventre.

— Un pain, ah ! ma chère, répondit la Levaque. Moi qui voulais t'e emprunter un autre !

Puis, comme son mari grognait de douleur dans son sommeil, elle lui écrasa la face contre la table.

— Tais-toi, cochon ! Tant mieux, si ça te brûle les boyaux !... Au lieu de te faire payer à boire, est-ce que tu n'aurais pas dû demander vingt sous à un ami ?

Elle continua, jurant, se soulageant, au milieu de la saleté du ménage, abandonné depuis si longtemps déjà, qu'une odeur insupportable s'exhalait du carreau. Tout pouvait craquer, elle s'en fichait ! Son fils, ce gueux de Bébert, avait aussi disparu depuis le matin, et elle criait que ce serait un fameux débarras, s'il ne revenait plus. Puis, elle dit qu'elle allait se coucher. Au moins, elle aurait chaud. Elle bouscula Bouteloup.

— Allons, houp ! montons... Le feu est mort, pas besoin d'allumer la chandelle pour voir les assiettes vides... Viens-tu à la fin, Louis ? Je te dis que nous nous couchons. On se colle, ça soulage... Et que ce nom de Dieu de soûlard crève ici de froid tout seul !

Quand elle se retrouva dehors, la Maheude coupa résolument par les jardins, pour se rendre chez les Pierron. Des rires s'entendaient. Elle frappa, et il y eut un brusque silence. On mit une grande minute à lui ouvrir.

— Tiens ! c'est toi, s'écria la Pierronne en affectant une vive surprise. Je croyais que c'était le médecin.

Sans la laisser parler, elle continua, elle montra Pierron assis devant un grand feu de houille.

— Ah ! il ne va pas, il ne va toujours pas. La figure a l'air bonne, c'est dans le ventre que ça le travaille. Alors, il lui faut de la chaleur, on brûle tout ce qu'on a.

Pierron, en effet, semblait gaillard, le teint fleuri, la chair grasse. Vainement il soufflait, pour faire l'homme malade. D'ailleurs, la Maheude, en entrant, venait de sentir une forte odeur de lapin : bien sûr qu'on avait déménagé le plat. Des miettes traînaient sur la table ; et, au beau milieu, elle aperçut une bouteille de vin oubliée.

— Maman est allée à Montsou pour tâcher d'avoir un pain, reprit la Pierronne. Nous nous morfondons à l'attendre.

Mais sa voix s'étrangla, elle avait suivi le regard de la voisine, et elle aussi était tombée sur la bouteille. Tout de suite, elle se remit, elle raconta l'histoire : oui, c'était du vin, les bourgeois de la Piolaine lui avaient apporté cette bouteille-là pour son homme, à qui le médecin ordonnait du bordeaux. Et elle ne tarissait pas en remercîments, quels braves bourgeois ! la demoiselle surtout, pas fière, entrant chez les ouvriers, distribuant elle-même ses aumônes !

— Je sais, dit la Maheude, je les connais.

Son cœur se serrait à l'idée que le bien va toujours aux moins pauvres. Jamais ça ne ratait, ces gens de la Piolaine auraient porté de l'eau à la rivière. Comment ne les avait-elle pas vus dans le coron ? Peut-être tout de même en aurait-elle tiré quelque chose.

— J'étais donc venue, avoua-t-elle enfin, pour savoir s'il y avait plus gras chez vous que chez nous... As-tu seulement du vermicelle, à charge de revanche ?

La Pierronne se désespéra bruyamment.

— Rien du tout, ma chère. Pas ce qui s'appelle un grain de semoule... Si maman ne rentre pas, c'est qu'elle n'a point réussi. Nous nous allons coucher sans souper.

A ce moment, des pleurs vinrent de la cave, et elle s'emporta, elle tapa du poing contre la porte. C'était cette coureuse de Lydie qu'elle avait enfermée, disait-elle, pour la punir de n'être rentrée qu'à cinq heures, après toute une journée de vagabondage. On ne pouvait plus la dompter, elle disparaissait continuellement.

Cependant, la Maheude restait debout, sans se décider à partir. Ce grand feu la pénétrait d'un bien-être douloureux, la pensée qu'on mangeait là, lui creusait l'estomac davantage. Évidemment, ils avaient renvoyé la vieille et enfermé la petite, pour bâfrer leur lapin. Ah ! on avait beau dire, quand une femme se conduisait mal, ça portait bonheur à sa maison !

— Bonsoir, dit-elle tout d'un coup.

Dehors, la nuit était tombée, et la lune, derrière des nuages, éclairait la terre d'une clarté louche. Au lieu de retraverser les jardins, la Maheude fit le tour, désolée, n'osant rentrer chez elle. Mais, le long des façades mortes, toutes les portes sentaient la famine et sonnaient le creux. A quoi bon frapper ? C'était misère et compagnie. Depuis des semaines qu'on ne mangeait plus, l'odeur de l'oignon elle-même était partie, cette odeur forte qui annonçait le coron de loin dans la campagne ; maintenant, il n'avait que l'odeur des vieux caveaux, l'humi-

EST-CE QUE TU TE FOUS DU MONDE? CRIA ÉTIENNE. (Page 260.)

dité des trous où rien ne vit. Les bruits vagues se mouraient, des larmes étouffées, des jurons perdus ; et, dans le silence qui s'alourdissait peu à peu, on entendait venir le sommeil de la faim, l'écrasement des corps jetés en travers des lits, sous les cauchemars des ventres vides.

Comme elle passait devant l'église, elle vit une ombre filer rapidement. Un espoir la fit se hâter, car elle avait reconnu le curé de Montsou, l'abbé Joire, qui disait la messe le dimanche à la chapelle du coron : sans doute il sortait de la sacristie, où le règlement de quelque affaire l'avait appelé. Le dos rond, il courait de son air d'homme gras et doux, désireux de vivre en paix avec tout le monde. S'il avait fait sa course à la nuit, ce devait être pour ne pas se compromettre au milieu des mineurs. On disait du reste qu'il venait d'obtenir de l'avancement. Même, il s'était promené déjà avec son successeur, un abbé maigre, aux yeux de braise rouge.

— Monsieur le curé, monsieur le curé, bégaya la Maheude

Mais il ne s'arrêta point.

— Bonsoir, bonsoir, ma brave femme.

Elle se retrouvait devant chez elle. Ses jambes ne la portaient plus, et elle rentra.

Personne n'avait bougé. Maheu était toujours au bord de la table, abattu. Le vieux Bonnemort et les petits se serraient sur le banc, pour avoir moins froid Et on ne s'était pas dit une parole, seule la chandelle avait brûlé, si courte, que la lumière elle-même bientôt leur manquerait. Au bruit de la porte, les enfants tournèrent la tête ; mais, en voyant que la mère ne rapportait rien, ils se remirent à regarder par terre, renfonçant une grosse envie de pleurer, de peur qu'on ne les grondât. La Maheude était retombée à sa place, près du feu mourant. On ne la questionna point, le silence continua. Tous avaient compris, ils jugeaient inutile de se fatiguer encore à causer ; et c'était maintenant une attente anéantie, sans courage, l'attente dernière du secours qu'Étienne, peut-être, allait déterrer quelque part. Les minutes s'écoulaient, ils finissaient par ne plus y compter.

Lorsque Étienne reparut, il avait, dans un torchon, une douzaine de pommes de terre, cuites et refroidies.

— Voilà tout ce que j'ai trouvé, dit-il.

Chez la Mouquette, le pain manquait également : c'était son dîner qu'elle lui avait mis de force dans ce torchon, en le baisant de tout son cœur.

— Merci, répondit-il à la Maheude qui lui offrait sa part. J'ai mangé là-bas.

Il mentait, il regardait d'un air sombre les enfants se jeter sur la nourriture. Le père et la mère, eux aussi, se retenaient, afin d'en laisser davantage ; mais le vieux, goulument, avalait tout. On dut lui reprendre une pomme de terre pour Alzire.

Alors, Étienne dit qu'il avait appris des nouvelles. La compagnie, irritée de l'entêtement des grévistes, parlait de rendre leurs livrets aux mineurs compromis. Elle voulait la guerre, décidément. Et un bruit plus grave circulait, elle se vantait d'avoir décidé un grand nombre d'ouvriers à redescendre : le lendemain, la Victoire et Feutry-Cantel devaient être au complet ; même il y aurait, à Madeleine et à Mirou, un tiers des hommes. Les Maheu furent exaspérés.

— Nom de Dieu ! cria le père, s'il y a des traîtres, faut régler leur compte !

Et, debout, cédant à l'emportement de sa souffrance :

— A demain soir, dans la forêt !... Puisqu'on nous empêche de nous entendre au Bon-Joyeux, c'est dans la forêt que nous serons chez nous.

Ce cri avait réveillé le vieux Bonnemort, que sa gloutonnerie assoupissait. C'était le cri ancien de ralliement, le rendez-vous, où les mineurs de jadis allaient comploter leur résistance aux soldats du roi.

— Oui, oui, à Vandame ! J'en suis, si l'on va là-bas !

La Maheude eut un geste énergique.

— Nous irons tous. Ça finira, ces injustices et ces traîtrises !

Étienne décida que le rendez-vous serait donné à tous les corons, pour le lendemain soir. Mais le feu était mort, comme chez les Levaque, et la chandelle brusquement s'éteignit. Il n'y avait plus de houille, plus de pétrole, il fallut se coucher à tâtons, dans le grand froid qui pinçait la peau. Les petits pleuraient.

IV

Jeanlin, guéri, marchait à présent; mais ses jambes étaient si mal recollées, qu'il boitait de la droite et de la gauche; et il fallait le voir filer d'un train de canard, courant aussi fort qu'autrefois, avec son adresse de bête malfaisante et voleuse.

Ce soir-là, au crépuscule, sur la route de Réquillart, Jeanlin, accompagné de ses inséparables, Bébert et Lydie, faisait le guet. Il s'était embusqué dans un terrain vague, derrière une palissade, en face d'une épicerie borgne, plantée de travers à l'encoignure d'un sentier. Une vieille femme, presque aveugle, y étalait trois ou quatre sacs de lentilles et de haricots, noirs de poussière; et c'était une antique morue sèche, pendue à la porte, chinée de chiures de mouche, qu'il couvait de ses yeux minces. Déjà, deux fois, il avait lancé Bébert, pour aller la décrocher. Mais, chaque fois, du monde avait paru, au coude du chemin. Toujours des gêneurs, on ne pouvait pas faire ses affaires!

Un monsieur à cheval déboucha, et les enfants s'aplatirent au pied de la palissade, en reconnaissant M. Hennebeau. Souvent, on le voyait ainsi par les routes, depuis la grève, voyageant seul au milieu des corons révoltés, mettant un courage tranquille à s'assurer en personne de l'état du pays. Et jamais une pierre n'avait sifflé à ses oreilles, il ne rencontrait que des hommes silencieux et lents à le saluer, il tombait le plus souvent sur des amoureux, qui se moquaient de la politique et se bourraient de plaisir, dans les coins. Au trot de sa jument, la tête droite pour ne déranger personne, il passait, tandis que son cœur se gonflait d'un besoin inassouvi, à travers cette goinfrerie des amours libres. Il aperçut parfaitement les galopins, les petits sur la petite, en tas. Jusqu'aux marmots qui déjà s'égayaient à frotter leur misère! Ses yeux s'étaient mouillés, il disparut, raide sur la selle, militairement boutonné dans sa redingote.

— Foutu sort! dit Jeanlin, ça ne finira pas...Vas-y, Bébert! tire sur la queue!

Mais deux hommes, de nouveau, arrivaient, et l'enfant étouffa encore un juron, quand il entendit la voix de son frère Zacharie, en train de raconter à Mouquet comment il avait découvert une pièce de quarante sous, cousue dans une jupe de sa femme. Tous deux ricanaient d'aise, en se tapant sur les épaules Mouquet eut l'idée d'une grande partie de crosse pour le lendemain : on partirait à deux heures de l'Avantage, on irait du côté de Montoire, près de Marchiennes Zacharie accepta. Qu'est-ce qu'on avait à les embêter avec la grève ? autant rigoler, puisqu'on ne fichait rien ! Et ils tournaient le coin de la route, lorsque Étienne, qui venait du canal, les arrêta et se mit à causer.

— Est-ce qu'ils vont coucher ici ? reprit Jeanlin exaspéré. V'là la nuit, la vieille rentre ses sacs.

Un autre mineur descendait vers Réquillart. Étienne s'éloigna avec lui ; et, comme ils passaient devant la palissade, l'enfant les entendit parler de la forêt : on avait dû remettre le rendez-vous au lendemain, par crainte de ne pouvoir avertir en un jour tous les corons.

— Dites donc, murmura-t-il à ses deux camarades, la grande machine est pour demain. Faut en être. Hein ? nous filerons, l'après-midi.

Et, la route enfin étant libre, il lança Bébert.

— Hardi ! tire sur la queue !... Et méfie-toi, la vieille a son balai.

Heureusement, la nuit se faisait noire. Bébert, d'un bond, s'était pendu à la morue, dont la ficelle cassa. Il prit sa course, en l'agitant comme un cerf-volant, suivi par les les deux autres, galopant tous les trois. L'épicière, étonnée, sortit de sa boutique, sans comprendre, sans pouvoir distinguer ce troupeau qui se perdait dans les ténèbres.

Ces vauriens finissaient par être la terreur du pays. Ils l'avaient envahi peu à peu, ainsi qu'une horde sauvage. D'abord, ils s'étaient contentés du carreau du Voreux, se culbutant dans le stock de charbon d'où ils sortaient pareils à des nègres, faisant des parties de cache-cache parmi la provision des bois, au travers de laquelle ils se perdaient, comme au fond d'une forêt vierge. Puis, ils avaient pris d'assaut le terri, ils en descendaient sur le derrière les parties nues, bouillantes encore des incendies intérieurs, ils se glissaient parmi les ronces des parties anciennes, cachés la journée entière, occupés à des petits jeux tranquilles de souris polissonnes. Et ils élargissaient toujours leurs conquêtes, allaient se battre au sang dans les tas de briques, couraient les prés en mangeant sans pain toutes sortes d'herbes laiteuses, fouillaient les berges du canal pour prendre des poissons de vase qu'ils avalaient crus, et poussaient plus loin, et voyageaient à des kilomètres jusqu'aux futaies de Vandame sous lesquelles ils se gorgeaientde fraises au printemps, de noisettes et de myrtils en été. Bientôt l'immense plaine leur avait appartenu.

Mais ce qui les lançait ainsi, de Montsou à Marchiennes, sans cesse par les chemins, avec des yeux de jeunes loups, c'était un besoin croissant de maraude· Jeanlin restait le capitaine de ces expéditions, jetant la troupe sur toutes les proies, ravageant les champs d'oignons, pillant les vergers, attaquant les étalages. Dans le pays, on accusait les mineurs en grève, on parlait d'une vaste bande organisée. Un jour même, il avait forcé Lydie à voler sa mère, il s'était fait apporter par elle deux douzaines de sucres d'orge que la Pierronne tenait dans un bocal, sur une des planches de sa fenêtre; et la petite, rouée de coups, ne l'avait pas trahi, tellement elle tremblait devant son autorité. Le pis était qu'il se taillait la part du lion. Bébert, également, devait lui remettre le butin, heureux si le capitaine ne le giflait pas, pour garder tout.

Depuis quelques temps, Jeanlin abusait. Il battait Lydie comme on bat une femme légitime, et il profitait de la crédulité de Bébert pour l'engager dans des aventures désagréables, très amusé de faire tourner en bourrique ce gros garçon, plus fort que lui, qui l'aurait assommé d'un coup de poing. Il les méprisait tous les deux, les traitait en esclaves, leur racontait qu'il avait pour maîtresse une princesse, devant laquelle ils étaient indignes de se montrer. Et, en effet, il y avait huit jours qu'il disparaissait brusquement, au bout d'une rue, au tournant d'un sentier, n'importe où il se trouvait, après leur avoir ordonné, l'air terrible, de rentrer au coron. D'abord, il empochait le butin.

Ce fut d'ailleurs ce qui arriva, ce soir-là.

— Donne, dit-il en arrachant la morue des mains de son camarade, lorsqu'ils s'arrêtèrent tous trois, à un coude, près de Réquillart.

Bébert protesta.

— J'en veux, tu sais. C'est moi qui l'ai prise.

— Hein? quoi? cria-t-il. T'en auras, si j'en donne, et pas ce soir, bien sûr : demain, s'il en reste.

Il bourra Lydie, il les planta l'un et l'autre sur la même ligne, comme des soldats au port d'arme. Puis, passant derrière eux :

— Maintenant, vous allez rester là cinq minutes, sans vous retourner... Nom de Dieu! si vous vous retournez, il y aura des bêtes qui vous mangeront... Et vous rentrerez ensuite tout droit, et si Bébert touche à Lydie en chemin, je le saurai, je vous ficherai des claques.

Alors, il s'évanouit au fond de l'ombre, avec une telle légèreté, qu'on n'entendit même pas le bruit de ses pieds nus. Les deux enfants demeurèrent immobiles durant les cinq minutes, sans regarder en arrière, par crainte de recevoir une gifle de l'invisible. Lentement, une grande affection était née entre eux, dans leur commune terreur. Lui, toujours songeait à la prendre, à la serrer très fort entre ses bras, comme il voyait faire aux autres; et, elle aussi, aurait bien voulu, car ça l'aurait changée, d'être ainsi caressée gentiment. Mais ni lui ni elle ne se serait permis de désobéir. Quand ils s'en allèrent, bien que la nuit fût très noire, ils ne s'embrassèrent même pas. Ils marchèrent côte à côte, attendris et désespérés, certains que, s'ils se touchaient, le capitaine par derrière leur allongerait des claques.

Étienne, à la même heure, était entré à Réquillart. La veille, Mouquette l'avait supplié de revenir, et il revenait, honteux, pris d'un goût, qu'il refusait de s'avouer, pour cette fille qui l'adorait comme un Jésus. C'était, d'ailleurs, dans l'intention de rompre. Il la verrait, il lui expliquerait qu'elle ne devait plus le poursuivre, à cause des camarades. On n'était guère à la joie, ça manquait d'honnêteté, de se payer ainsi des douceurs, quand le monde crevait de faim. Et, ne l'ayant pas trouvée chez elle, il s'était décidé à l'attendre, il guettait les ombres au passage.

Sous le beffroi en ruines, l'ancien puits s'ouvrait, à demi obstrué. Une poutre toute droite, où tenait un morceau de toiture, avait un profil de potence, au-dessus du trou noir; et, dans le muraillement éclaté des margelles, deux arbres poussaient, un sorbier et un platane, qui semblaient grandir au fond de la terre. C'était un coin de sauvage abandon, l'entrée herbue et chevelue d'un gouffre, embarrassée de vieux bois, plantée de pruneliers et d'aubépines, que les fauvettes peuplaient de leurs nids, au printemps. Voulant éviter de gros frais d'entretien, la Compagnie, depuis dix ans, se proposait de combler cette fosse morte ; mais elle attendait d'avoir installé au Voreux un ventilateur, car le foyer d'aérage des deux puits, qui communiquaient, se trouvait placé au pied de Réquillart, dont l'ancien goyot d'épuisement servait de cheminée. On s'était contenté de consolider le cuvelage du niveau par des étais placés en travers, barrant l'extraction, et on avait délaissé les galeries supérieures, pour ne surveiller que la galerie du fond, dans laquelle flambait le fourneau d'enfer, l'énorme brasier de houille, au tirage si puissant, que l'appel d'air faisait souffler le vent en tempête, d'un bout à l'autre de la fosse voisine. Par prudence, afin qu'on pût monter et descendre encore, l'ordre était donné d'entretenir le goyot des échelles; seulement personne ne s'en occupait, les échelles se pourrissaient d'humidité, des paliers s'étaient effondrés déjà. En haut, une grande ronce bouchait l'entrée du goyot; et comme la première échelle avait perdu des échelons, il fallait, pour l'atteindre, se pendre à une racine du sorbier, puis se laisser tomber, au petit bonheur, dans le noir.

Étienne patientait, caché derrière un buisson, lorsqu'il entendit, parmi les branches, un long frôlement. Il crut à la fuite effrayée d'une couleuvre. Mais la brusque lueur d'une allumette l'étonna, et il demeura stupéfait, en reconnaissant Jeanlin qui allumait une chandelle et qui s'abîmait dans la terre. Une curiosité si vive le saisit, qu'il s'approcha du trou : l'enfant avait disparu, lueur faible venait du deuxième palier. Il hésita un instant, puis se laissa rouler, en se tenant aux racines, pensa faire le saut des cinq cent vingt-quatre mètres que mesurait la fosse, finit pourtant par sentir un échelon. Et il descendit doucement. Jeanlin n'avait rien dû entendre, Étienne voyait toujours, sous lui, la lumière s'enfoncer, tandis que l'ombre du petit, colossale et inquiétante, dansait, avec le déhanchement de ses jambes infirmes. Il gam-

Milton Keynes UK
Ingram Content Group UK Ltd.
UKHW021301150124
436063UK00019B/923